青少年古诗词读本

滕 浩 选编

当代世界出版社

图书在版编目（CIP）数据

青少年古诗词读本/滕浩选编．—北京：当代世界出版社，2015.1
（中国梦青少年读本）
ISBN 978-7-5090-0994-9

Ⅰ.①青…　Ⅱ.①滕…　Ⅲ.①古曲诗歌－诗歌欣赏－中国－青少年读物　Ⅳ.①I207.2-49

中国版本图书馆CIP数据核字（2014）第237502号

出版发行：	当代世界出版社
地　　址：	北京市复兴路4号（100860）
网　　址：	http://www.worldpress.org.cn
编务电话：	（010）83907332
发行电话：	（010）83908455
	（010）83908409
	（010）83908377
	（010）83908423（邮购）
	（010）83908410（传真）
经　　销：	全国新华书店
印　　刷：	北京欣睿虹彩印刷有限公司
开　　本：	700毫米×960毫米　1/16
印　　张：	17.5
字　　数：	288千字
版　　次：	2015年1月第1版
印　　次：	2015年1月第1次
书　　号：	ISBN 978-7-5090-0994-9
定　　价：	24.80元

如发现印装质量问题，请与承印厂联系调换。
版权所有，翻印必究，未经许可，不得转载！

目 录

诗

关　雎	《诗经》	(3)
静　女	《诗经》	(4)
氓	《诗经》	(5)
君子于役	《诗经》	(9)
东门之墠	《诗经》	(10)
伐　檀	《诗经》	(11)
硕　鼠	《诗经》	(12)
蟋　蟀	《诗经》	(13)
蒹　葭	《诗经》	(15)
无　衣	《诗经》	(17)
七　月（节选）	《诗经》	(18)
北　山	《诗经》	(19)
泰山岩岩	《诗经》	(21)
离　骚（节选）	屈　原	(22)
湘夫人	屈　原	(25)
国　殇	屈　原	(28)
涉　江	屈　原	(30)
大风歌	刘　邦	(33)
垓下歌	项　羽	(34)
明月皎夜光	古诗十九首	(35)
迢迢牵牛星	古诗十九首	(36)

江　南	汉乐府（37）
陌上桑	汉乐府（38）
长歌行	汉乐府（40）
东门行	汉乐府（41）
孔雀东南飞（并序）	汉乐府（43）
桓灵时童谣	汉乐府（51）
短歌行	曹　操（52）
观沧海	曹　操（54）
龟虽寿	曹　操（55）
白马篇	曹　植（56）
七步诗	曹　植（58）
归园田居	陶渊明（59）
归园田居	陶渊明（60）
饮　酒	陶渊明（61）
挽歌诗	陶渊明（62）
晚登三山还望京邑	谢　朓（63）
入若耶溪	王　籍（65）
西洲曲	南北朝乐府（65）
折杨柳歌辞	南北朝乐府（67）
木兰诗	南北朝乐府（68）
敕勒歌	南北朝乐府（70）
送杜少府之任蜀州	王　勃（71）
登鹳雀楼	王之涣（72）
凉州词	王之涣（72）
夜归鹿门歌	孟浩然（73）
望洞庭湖赠张丞相	孟浩然（74）
过故人庄	孟浩然（75）
宿建德江	孟浩然（76）
春　晓	孟浩然（77）
咏　柳	贺知章（77）

目 录

回乡偶书二首	贺知章	(78)
次北固山下	王　湾	(79)
芙蓉楼送辛渐	王昌龄	(80)
山居秋暝	王　维	(81)
辋川闲居赠裴秀才迪	王　维	(82)
观　猎	王　维	(83)
使至塞上	王　维	(83)
鸟鸣涧	王　维	(85)
相　思	王　维	(85)
送元二使安西	王　维	(86)
蜀道难	李　白	(87)
将进酒	李　白	(91)
行路难	李　白	(94)
塞下曲	李　白	(96)
子夜吴歌	李　白	(97)
秋浦歌	李　白	(97)
赠汪伦	李　白	(98)
闻王昌龄左迁龙标，遥有此寄	李　白	(99)
忆旧游寄谯郡元参军	李　白	(100)
梦游天姥吟留别	李　白	(105)
渡荆门送别	李　白	(110)
送友人	李　白	(111)
宣州谢朓楼饯别校书叔云	李　白	(112)
送温处士归黄山白鹅峰旧居	李　白	(114)
望庐山瀑布	李　白	(115)
秋登宣城谢朓北楼	李　白	(116)
望天门山	李　白	(117)
客中作	李　白	(118)
越中览古	李　白	(119)
别董大	高　适	(120)

黄鹤楼	崔 颢	(120)
题破山寺后禅院	常 建	(122)
白雪歌送武判官归京	岑 参	(123)
逢入京使	岑 参	(125)
望 岳	杜 甫	(126)
奉赠韦左丞丈二十二韵	杜 甫	(127)
饮中八仙歌	杜 甫	(130)
月 夜	杜 甫	(133)
春 望	杜 甫	(134)
赠卫八处士	杜 甫	(135)
石壕吏	杜 甫	(137)
兵车行	杜 甫	(138)
蜀 相	杜 甫	(142)
客 至	杜 甫	(143)
春夜喜雨	杜 甫	(144)
水槛遣心	杜 甫	(145)
茅屋为秋风所破歌	杜 甫	(146)
江畔独步寻花	杜 甫	(148)
闻官军收河南河北	杜 甫	(148)
旅夜书怀	杜 甫	(150)
咏怀古迹五首（其三）	杜 甫	(151)
阁 夜	杜 甫	(152)
登 高	杜 甫	(153)
登岳阳楼	杜 甫	(155)
江南逢李龟年	杜 甫	(156)
江上值水如海势聊短述	杜 甫	(157)
枫桥夜泊	张 继	(158)
塞下曲	卢 纶	(159)
游子吟	孟 郊	(159)
登科后	孟 郊	(160)

目 录

城东早春 …………………………………… 杨巨源（161）
雨过山村 …………………………………… 王　建（161）
左迁至蓝关示侄孙湘 ……………………… 韩　愈（162）
早春呈水部张十八员外二首 ……………… 韩　愈（163）
题都城南庄 ………………………………… 崔　护（164）
秋　词 ……………………………………… 刘禹锡（165）
石头城 ……………………………………… 刘禹锡（165）
乌衣巷 ……………………………………… 刘禹锡（166）
酬乐天扬州初逢席上见赠 ………………… 刘禹锡（167）
钱塘湖春行 ………………………………… 白居易（168）
观刈麦 ……………………………………… 白居易（169）
赋得古原草送别 …………………………… 白居易（171）
卖炭翁 ……………………………………… 白居易（172）
大林寺桃花 ………………………………… 白居易（173）
买　花 ……………………………………… 白居易（174）
琵琶行并序 ………………………………… 白居易（175）
江　雪 ……………………………………… 柳宗元（183）
渔　翁 ……………………………………… 柳宗元（184）
闻乐天授江州司马 ………………………… 元　稹（185）
送无可上人 ………………………………… 贾　岛（186）
题诗后 ……………………………………… 贾　岛（187）
寻隐者不遇 ………………………………… 贾　岛（187）
南　园 ……………………………………… 李　贺（188）
雁门太守行 ………………………………… 李　贺（189）
李凭箜篌引 ………………………………… 李　贺（190）
寄扬州韩绰判官 …………………………… 杜　牧（192）
秋　夕 ……………………………………… 杜　牧（193）
江南春 ……………………………………… 杜　牧（194）
清　明 ……………………………………… 杜　牧（194）
山　行 ……………………………………… 杜　牧（195）

5

过华清宫	杜 牧 (196)
泊秦淮	杜 牧 (197)
赤 壁	杜 牧 (198)
夜雨寄北	李商隐 (198)
锦 瑟	李商隐 (199)
无 题	李商隐 (201)
金陵图	韦 庄 (202)
伤田家	聂夷中 (203)
焚书坑	章 碣 (204)
社 日	王 驾 (205)
苦 吟	卢延让 (205)
金缕衣	杜秋娘 (206)
宿甘露僧舍	曾公亮 (207)
登飞来峰	王安石 (208)
泊船瓜洲	王安石 (209)
元 日	王安石 (209)
饮湖上初晴后雨	苏 轼 (210)
海 棠	苏 轼 (211)
惠崇《春江晚景》	苏 轼 (212)
食荔枝	苏 轼 (212)
夏日绝句	李清照 (213)
游山西村	陆 游 (214)
书 愤	陆 游 (215)
临安春雨初霁	陆 游 (217)
十一月四日风雨大作	陆 游 (218)
闻武均州报已复西京	陆 游 (219)
示 儿	陆 游 (220)
四时田园杂兴	范成大 (221)
小 池	杨万里 (221)
春 日	朱 熹 (222)

观书有感	朱 熹(223)
绝 句	僧志南(224)
游园不值	叶绍翁(224)
过零丁洋	文天祥(225)
石灰吟	于 谦(226)
别云间	夏完淳(227)
圆圆曲	吴伟业(227)
论 诗	赵 翼(231)
己亥杂诗	龚自珍(232)

词

忆江南	白居易(235)
渔歌子	张志和(235)
忆江南	温庭筠(236)
菩萨蛮	温庭筠(236)
虞美人	李 煜(237)
相见欢	李 煜(238)
浪淘沙	李 煜(239)
渔家傲	范仲淹(240)
浣溪沙	晏 殊(241)
玉楼春	宋 祁(241)
雨霖铃	柳 永(242)
生查子	欧阳修(244)
玉楼春	欧阳修(244)
桂枝香·金陵怀古	王安石(245)
水调歌头	苏 轼(247)
念奴娇·赤壁怀古	苏 轼(248)
江城子·密州出猎	苏 轼(249)
浣溪沙	苏 轼(250)

江城子·乙卯正月二十日夜记梦	苏　轼（251）
鹊桥仙	秦　观（252）
苏幕遮	周邦彦（253）
一剪梅	李清照（254）
声声慢	李清照（255）
醉花阴	李清照（256）
诉衷情	陆　游（257）
钗头凤	陆　游（258）
菩萨蛮·书江西造口壁	辛弃疾（259）
永遇乐·京口北固亭怀古	辛弃疾（259）
清平乐·村居	辛弃疾（261）
丑奴儿·书博山道中壁	辛弃疾（262）
西江月·夜行黄沙道中	辛弃疾（262）
破阵子·为陈同甫赋壮词以寄之	辛弃疾（263）
青玉案·元夕	辛弃疾（264）
齐天乐	姜　夔（265）
扬州慢	姜　夔（267）

诗

关 雎[1]

《诗经》

关关雎鸠[2]，在河之洲[3]。
窈窕淑女[4]，君子好逑[5]。

参差荇菜[6]，左右流之[7]。
窈窕淑女，寤寐求之[8]。

求之不得，寤寐思服[9]。
悠哉悠哉[10]，辗转反侧[11]。

参差荇菜，左右采之。
窈窕淑女，琴瑟友之[12]。

参差荇菜，左右芼之[13]。
窈窕淑女，钟鼓乐之[14]。

【译文】

一对雎鸠"关关"鸣叫，在河中的小洲上！
娴静美丽的姑娘是品德高尚的小伙子的好配偶。

长短不齐的荇菜，左右采它。
娴静美丽的姑娘，
小伙子不论醒来还是做梦都在想念她。

追求没得到，日夜思念她。
深长不尽的思念啊，

小伙子翻来覆去地难以入眠。

长短不齐的荇菜，左右采它。
娴静美丽的姑娘，
小伙子弹琴奏瑟亲近她。

长短不齐的荇菜，左右采它。
娴静美丽的姑娘，小伙子撞钟击鼓使她快乐。

【释义】

[1]选自《诗经·周南》。 [2]关关：雌雄二鸟互相和答的鸣声。雎鸠（jū jiū）：水鸟名。传说此种鸟雌雄终生相守不离。 [3]河：指黄河。洲：水中可居之地。 [4]窈窕（yǎo tiǎo）：娴静而美好。淑女：有贤德的女子。 [5]君子：品德高尚的人。好逑（qiú）：好的配偶。逑，通"仇"，相匹、相配的意思。这里指配偶。 [6]参差（cēn cī）：长短不齐的样子。荇（xìng）菜：一种生在水中的植物。根生水底，茎如钗股，上青下白。叶呈紫赤色，圆径约一寸多，浮在水面上，可食用。 [7]流：求取。 [8]寤寐（wù mèi）：指日夜。寤：指睡醒。寐：指睡着。求：追求。 [9]思服：思念。服：怀念。 [10]悠：深长。 [11]辗转反侧：在床上翻来覆去。 [12]琴瑟友之：弹琴奏瑟同她亲近。 [13]芼（mào）：采，摘。 [14]钟鼓乐之：撞钟击鼓使她欢乐。

静 女[1]

《诗经》

静女其姝[2]，俟我于城隅[3]。
爱而不见[4]，搔首踟蹰[5]。

静女其娈[6]，贻我彤管[7]。
彤管有炜[8]，说怿女美[9]。

自牧归荑[10]，洵美且异[11]。

匪女之为美[12]，美人之贻。

【译文】

娴静的姑娘多么漂亮，约我相会在城角。
躲臧着迟迟不出来，
害得我抓耳挠腮心迟疑。

娴静的姑娘多么美丽，送我一把红管草，
红管草啊多么鲜艳，我爱你颜色好。

采自牧场的嫩草，实在美得出奇，
不是嫩草本身美，
而是嫩草是从美人手中来。

【释义】

[1]选自《诗经·邶风》。静：娴雅文静。 [2]其：虚用，无实义，可译为"多么"。姝（shū）：美好的样子。 [3]俟（sì）：等待。城隅：城角。 [4]爱：薆的假借字，即隐蔽。一说指可爱。见：同"现"，出现。 [5]搔首：用手挠头。踟蹰（chí chú）：形容心中迟疑，要走不走的样子。 [6]娈（luán）：相貌美。 [7]贻（yí）：赠送、遗留。彤（tóng）：红色。管：指管状茅草。一说指笔，一说指管状乐器。 [8]炜（wěi）：鲜亮的样子。 [9]说：通"悦"。怿（yì）：喜悦。女：同"汝"，即你。 [10]牧：此指郊野放牧的地方。归：通"馈"，即赠送。荑（tí）：指初生的草。 [11]洵（xún）：诚然，实在。异：出奇、与众不同。 [12]匪：非。

氓

《诗经》

氓之蚩蚩[1]，抱布贸丝[2]。
匪来贸丝，来即我谋[3]。

送子涉淇[4]，至于顿丘[5]。
匪我愆期[6]，子无良媒。
将子无怒[7]，秋以为期。

乘彼垝垣[8]，以望复关[9]。
不见复关，泣涕涟涟[10]。
既见复关，载笑载言[11]。
尔卜尔筮[12]，体无咎言[13]。
以尔车来，以我贿迁[14]。

桑之未落，其叶沃若[15]。
于嗟鸠兮，无食桑葚[16]。
于嗟女兮，无与士耽[17]。
士之耽兮，犹可说也[18]。
女之耽兮，不可说也。

桑之落矣，其黄而陨[19]。
自我徂尔[20]，三岁食贫[21]。
淇水汤汤[22]，渐车帷裳[23]。
女也不爽[24]，士贰其行[25]。
士也罔极[26]，二三其德[27]。

三岁为妇，靡室劳矣[28]。
夙兴夜寐[29]，靡有朝矣[30]。
言既遂矣[31]，至于暴矣[32]。
兄弟不知，咥其笑矣[33]。
静言思之，躬自悼矣[34]。

及尔偕老[35]，老使我怨。
淇则有岸[36]，隰则有泮[37]。

总角之宴[38]，言笑晏晏[39]。
信誓旦旦[40]，不思其反[41]。
反是不思[42]，亦已焉哉[43]。

【译文】

那个人笑嘻嘻，抱着布来换丝。
他不是来换丝，是来和我商量结婚的事。
送你过淇水，一直送到顿丘。
不是我拖延婚期，是你没有找好媒人。
请你不要发怒，订下秋天为婚期。

登上那断墙，眺望你回来接我的车。
不见你回来接我的车，
伤心哭泣泪涟涟。
终于看到回来接我的车，不由得喜笑颜开。
你又占卜，又算卦，卦象没有灾祸。
把你车赶来，将我的嫁妆运走。

桑树没有落叶，那叶儿又绿又嫩又鲜艳。
唉，斑鸠啊，不要贪吃桑葚！
唉，女人啊，不要和男人沉溺于情爱！
男子沉溺情爱啊，还可以解脱。
女人沉溺于情爱啊，就无法解脱。

桑叶落了，那叶儿枯黄而衰败。
自我嫁到你家，三年吃苦受穷。
淇水汤汤，浸湿了车的帷幔。
女人没有差错，男子却变了心。
男人不守做人的准则，三心二意反复无常。

做了三年媳妇，一家劳累由我一人承担。
起早睡迟吃尽了辛苦，

白天黑夜哪有尽头。
顺从了你的意愿之后,
你就发展到粗暴无礼。
兄弟不知实情,对我嘲笑又讥刺。
静心细想这些,独自悲伤哭泣。

当初曾说和你过到老,
到老却打发不尽的怨。
淇水有岸,漯河有边。
儿时一起玩耍,说说笑笑好快乐。
当年信誓旦旦,
没想到你会违反。
违反誓言,万万没有想到,
算了罢,一切都已成过去。

【释义】

[1]氓(méng):民。指弃妇的丈夫。蚩(chī):同"嗤"。蚩蚩:嬉皮笑脸的样子。　[2]布:一说布匹,一说古代的货币。贸:交换,或买。　[3]即:就,接近。谋:商量,这里指商量婚事。　[4]涉:渡。淇:淇水,卫国的河流。[5]顿丘:地名,在淇水南(今河南省浚县境内)。　[6]愆(qiān)期:过期。愆,拖延,过。　[7]将(qiāng):希望,请。　[8]乘:登上。垝(guǐ):倒塌,坏。垣(yuán):墙。　[9]复关:指丈夫所居之地。一说,关,指车厢。"复关",指返回的车子。　[10]泣涕:小声哭。涟涟:形容流泪的样子。　[11]载:同"则"。　[12]尔:你,指丈夫。卜:用火烧龟甲,根据烧出的裂纹判断吉凶。筮(shì):用蓍草五十根,依法排比判断吉凶。　[13]体:卦体,卦象。咎(jiù):不吉利,凶,不好的。　[14]贿:财物,指嫁妆。迁:搬迁。　[15]沃若:肥硕润泽的样子。　[16]于嗟:叹词。鸠:即斑鸠。桑葚:桑树的果实。传说鸠食桑葚过多,就要昏醉,喻女子沉迷于恋情,就不能自已,分不清对象好坏。[17]士:男子的通称。耽:沉溺。　[18]说:通"脱",解脱。一说为"讲"。[19]黄:指叶变黄。陨:落。　[20]徂(cú):往,到。　[21]岁:年。食贫:吃苦受穷。　[22]汤(shāng)汤:形容水大的样子。　[23]渐:浸湿,渍。帷裳:

车上的布幔。　[24]爽：过失，差错。一说负约。　[25]贰：不专一，变心。行：行为。　[26]罔：无。极：中，至，标准。　[27]二三：再三反复，前后不一致。德：言行。一说心意。　[28]靡：不，无。室：指家中之事。一说"怡"。　[29]夙兴：早起。夜寐：迟睡。　[30]靡有朝：指不止一日，日日如此。朝（zhāo）：日，天。　[31]言：句首语气词。既：已经。遂：顺从，听从。一说满足，满意；一说久；一说成就，成。　[32]暴：暴虐。　[33]咥（xī）：形容大笑的样子。[34]躬自：自己，自身，亲自。悼：伤心，悲伤，哀伤。　[35]及：同，与。偕老：相伴生活到老。　[36]淇：河名。　[37]隰（xí）：低湿的地方。一说指漯河。泮（pàn）：同"畔"。边，边沿。　[38]总角：古代称小孩头发扎成形似牛角的两个结，此指尚未成年。宴：乐。　[39]晏（yàn）晏：柔和，快乐的样子。[40]信誓：守信的誓言。旦旦：诚实，诚恳的样子。　[41]不思：未想到。反：违反，变心。　[42]是：则。　[43]已：一说止；一说罢了，算了。

君子于役[1]

《诗经》

君子于役，不知其期[2]。
曷至哉[3]？鸡栖于埘[4]，
日之夕矣[5]，羊牛下来。
君子于役，如之何勿思[6]？

君子于役，不日不月[7]，
曷其有佸[8]？鸡栖于桀[9]，
日之夕矣，羊牛下括[10]。
君子于役，苟无饥渴[11]。

【译文】

我的丈夫外出服役去了，
不知什么时候才能满期，

什么时候才能回家来?
太阳下山鸡儿归了窝,
牛羊也都下山进了圈。
我的丈夫服役去了,怎能叫我不想念他呢?

我的丈夫外出服役去了,没日没月,
什么时候他才能回家和我团圆呢?
太阳下山,天快黑了,鸡已上了架,
牛羊也从山上下来全部进了栏。
我的丈夫外出去服役,
或许他没受到饥渴折磨吧!

【释义】

[1]选自《诗经·王风》。君子,古代妻子对丈夫的敬称。于:往。役:服徭役或兵役。于役,即"行役于外"。 [2]期:指期限或归期。 [3]曷(hé):何时,什么时候。至:归来,至家。哉:语助词。 [4]埘(shí):墙壁上掏成的鸡窝。 [5]夕:日落时候或傍晚。 [6]如之何勿思:怎么能不想(他)。如之何:何如,如何,怎么样,怎么能。勿思:不想。 [7]不日不月:即没日没月,没有期限。 [8]佸(huó):相会,团聚。 [9]桀:鸡栖的木架。 [10]括:聚集一处。 [11]苟:且、或、也许、或许之意。苟无饥渴:(我丈夫久役于外)或许不会有什么忍饥受渴的情形吧!

东门之墠[1]

《诗经》

东门之墠[2],茹藘在阪[3]。
其室则迩[4],其人甚远[5]。

东门之栗[6],有践家室[7]。
岂不尔思[8]?子不我即[9]。

【译文】

东门有平地，蒨草长在斜坡上。
她家近在眼前，她人儿可真遥远！

东门栗树旁，有整齐房屋就是我的家，
我怎能不想你呢？望穿秋水你不来。

【释义】

[1]选自《诗经·郑风》。 [2]墠（shàn）：平地。一说，指堤。 [3]茹藘（lú）：茜草。其根可作红色染料。阪（bǎn）：斜坡。 [4]迩：近。 [5]其人：那个人，指她。 [6]栗（lì）：栗子树。 [7]践：排列整齐。家室：房屋。 [8]岂不尔思：即"岂不思尔"。尔：你。 [9]子不我即：即"子不即我"。子：你。即：就、到、来。

伐 檀[1]

《诗经》

坎坎伐檀兮[2]，寘之河之干兮[3]，河水清且涟猗[4]。不稼不穑[5]，胡取禾三百廛兮[6]？不狩不猎[7]，胡瞻尔庭有县貆兮[8]？彼君子兮[9]，不素餐兮[10]！

坎坎伐辐兮[11]，寘之河之漘兮，河水清且直猗[12]。不稼不穑，胡取禾三百亿兮[13]？不狩不猎，胡瞻尔庭有县特兮[14]？彼君子兮，不素食兮！

坎坎伐轮兮，寘之河之漘兮[15]，河水清且沦猗[16]。不稼不穑，胡取禾三百囷兮[17]？不狩不猎，胡瞻尔庭有县鹑兮[18]？彼君子兮，不素飧兮[19]！

【译文】

叮叮当当砍檀树啊，把它们放到河岸上啊。河水清澈而且泛起波纹呀。

他不耕种不收割,为什么能得到稻谷三百束啊?他不去打猎,他院子里为何能挂着獾啊?那位君子啊,可不是白白吃闲饭!

叮叮当当砍檀木做车辐啊,把它们放到河的旁边啊。河水清澈而且波纹平直啊。他不耕种不收割,为什么能得到稻谷三百束啊?他不去打猎,他院子里为何能挂着三岁野兽啊?那位君子啊,可不是无功把禄受啊!

叮叮当当砍檀木做车轮啊,把它们放到水边啊。河水清澈而且起微波啊。他不耕种不收割,为什么能得到稻谷三百束啊?他不去打猎,他院子里为何能挂着鹌鹑啊?那位君子啊,可不是白白受供养啊!

【释义】

[1]选取自《诗经·魏风》。魏风,流传于魏地(今山西西南部)的民歌。[2]坎坎:伐木声。檀:一种质地坚固的树木。兮(xī):语助词,仿佛今天口语中的"啊"。 [3]寘:同"置",放的意思。前一"之"字,代词,指檀;后一"之"字,助词,同"的"。干:岸。这句意思是:把伐下的檀树放在河边上。[4]涟:风吹水面,波纹连续不断。猗(yī):同"兮"。 [5]稼:种庄稼。穑(sè):收获。 [6]胡:为什么。禾:黍、稷、稻等粮食作物的总称。廛(chán):同"缠",束的意思。三百廛:极言禾把数目之多。 [7]狩(shòu):冬天打猎。[8]瞻(zhān):看到。尔:你,指奴隶主。县:同"悬"。貆(huán):幼小的貉,豪猪。古又同貛(huān)。 [9]君子:指奴隶主。 [10]不素餐:不白吃饭。这是反语。 [11]辐(fú):车毂上的直条。伐辐:砍取制辐的檀木。 [12]直:指直纹的水波。 [13]亿:同"繶",束。 [14]特:三岁的野兽。 [15]漘(chún):水边。 [16]沦:细小而成圈的水纹。 [17]囷(qūn):同"稇",束。[18]鹑(chún):鸟名,即鹌鹑。 [19]飧(sūn):熟食。

硕 鼠[1]

《诗经》

硕鼠硕鼠[2],无食我黍[3]!三岁贯女[4],莫我肯顾[5]。逝将去女[6],适彼乐土[7]。乐土乐土,爰得我所[8]。

硕鼠硕鼠,无食我麦!三岁贯女,莫我肯德[9]。逝将去女,适彼乐国。乐国乐国,爰得我直[10]。

　　硕鼠硕鼠,无食我苗[11]！三岁贯女,莫我肯劳[12]。逝将去女,适彼乐郊[13]。乐郊乐郊,谁之永号[14]？

【译文】

　　大老鼠啊,大老鼠,不要吃我的黄米！整整养活你三年,我的死活你却不顾。我发誓将离开你,把家迁往乐土。乐土乐土,才是我安身之处。

　　大老鼠啊,大老鼠,别吃我的麦子！整整养活你三年,你对我却不施一点恩惠。我发誓将离开你,把家迁往乐国。乐国乐国,才能得到我应得的报酬。

　　大老鼠啊,大老鼠,别吃我的水稻！整整养活你三年,你对我却不犒劳。我发誓将离开你,把家迁往乐郊。乐郊乐郊,谁还会经常哭嚎？

【释义】

　　[1]选自《诗经·魏风》。这是一首反剥削反压迫的民歌。　[2]硕:大。　[3]无食我黍:不要吃我的黍子。　[4]三岁:泛指时间长久,不是确数。贯:供养。女:同"汝",你。　[5]顾:体恤。莫我肯顾:莫肯顾我。这里是把宾语"我"移于谓语之前。下文"莫我肯德""莫我肯劳"句法与此相同。　[6]逝:同"誓",发誓。一说,"逝"为语首助词。去:离开。　[7]适:往。乐土:安乐的地方。　[8]爰:才,乃,于是。所:处所,即居住的地方。　[9]德:作动词用,加惠。　[10]直:职位。一说同"值",即价值。　[11]苗:禾苗。一说"秧苗"。　[12]劳:慰劳。　[13]乐郊:即乐土。　[14]谁之永号:谁还会痛苦而长哭呢？之,作助词。

蟋　蟀[1]

《诗经》

蟋蟀在堂[2],岁聿其莫[3]。

今我不乐,日月其除[4]。

无已大康[5]，职思其居[6]！
好乐无荒[7]，良士瞿瞿[8]。

蟋蟀在堂，岁聿其逝[9]。
今我不乐，日月其迈[10]。
无已大康，职思其外[11]！
好乐无荒，良士蹶蹶[12]。

蟋蟀在堂，役车其休[13]。
今我不乐，日月其慆[14]。
无已大康，职思其忧[15]！
好乐无荒，良士休休[16]。

【译文】

蟋蟀进入堂屋，眼看就要到年底。
今若不行乐，时光只去不留。
行乐不可过度，慎思神圣的职守。
享乐不能玩忽职守，贤士眼顾左右。

蟋蟀进入堂屋，一年即将过去。
今若不行乐，时光即将逝去。
行乐不可过度，要关心天下安危。
享乐不能玩忽职守，贤士勤奋工作。

蟋蟀进入堂屋，百工停车休息。
今若不行乐，时光将要流失。
行乐不可过度，要为国家、百姓分忧！
享乐不能玩忽职守，
贤士心怀仁厚。

【释义】

[1]选自《诗经·唐风》。 [2]堂:堂屋。 [3]聿(yù):语助词,此处含有将、就的意思。莫:古"暮"字,即晚、末、尽的意思。 [4]日月:指时光。除:去,过去。 [5]大(太):同"泰",一说通"泰"。康:安乐。 [6]职:常。一说尚、还,一说当。居:担任的职位,所处的地位。 [7]好:喜欢。乐:享受。荒:荒淫,一说荒废。 [8]良:贤。瞿(jù)瞿:惊恐四看的样子。 [9]逝:去,往。 [10]迈:行,一说逝去。 [11]外:职务以外的事,一说指外界关系。 [12]蹶(jué)蹶:动作敏捷的样子。引申为勤奋。 [13]役车:服劳役的车。一说车名,农家收割庄稼时用来装谷物的车。休:休息。 [14]慆(tāo):逝去。 [15]忧:忧愁的事。 [16]休休:安闲自得的样子。一说宽容,一说希望和平的心情。

蒹 葭[1]

《诗经》

蒹葭苍苍[2],白露为霜[3]。
所谓伊人[4],在水一方[5]。
溯洄从之[6],道阻且长[7]。
溯游从之[8],宛在水中央[9]。

蒹葭凄凄[10],白露未晞[11]。
所谓伊人,在水之湄[12]。
溯洄从之,道阻且跻[13]。
溯游从之,宛在水中坻[14]。

蒹葭采采[15],白露未已[16]。
所谓伊人,在水之涘[17]。
溯洄从之,道阻且右[18]。

溯游从之，宛在水中沚[19]。

【译文】

芦苇茂盛叶青青，秋晨露水凝为霜，
我的那个心上人啊，就在河水那一方。
逆着曲水去寻访，道路险阻又漫长！
逆着直水去找她，仿佛就在河水正中央。

芦苇茂盛叶青青，清晨露水未曾干，
我的那个心上人啊，就在河岸边，
逆着曲水去找她，道路崎岖坡又陡。
逆着直水去找她，仿佛就在水中小洲上。

芦苇茂盛叶青青，太阳未出露珠圆，
我的那个心上人啊，就在河水边。
逆着曲水去找她，道路艰难又曲折。
逆着直水去找她，仿佛就在水中小渚上。

【释义】

[1]选自《诗经·秦风》。蒹（jiān）：芦苇一类的草，又名荻。葭（jiā）：初生的芦苇。 [2]苍苍：茂盛的样子。 [3]白露为霜：晶莹的露水凝结成白霜。 [4]所谓：所说的，指所思恋的。伊：这个、那个、彼。伊人：那个人。 [5]一方：一边。 [6]溯（sù）洄（huí）从之：沿着曲折的水边逆流而上。溯洄：逆流而上。从：就，接近。 [7]阻：险阻，指道路崎岖难走。 [8]溯游从之：逆着直流水道去寻找她。游与"流"通，指直流的水道。 [9]宛：犹如，仿佛。 [10]凄凄：假借为萋萋，茂盛的样子。 [11]晞（xī）：干。 [12]湄（méi）：水草相接之处，即岸边。 [13]跻（jī）：上升，指道路陡起。 [14]坻（chí）：露出水面的小沙洲。 [15]采采：茂盛的样子。 [16]已：结束、止、完。 [17]涘（sì）：水边。 [18]右：迂回弯曲。 [19]沚（zhǐ）：水中小渚（zhǔ），即水中小块陆地。

无 衣[1]

《诗经》

岂曰无衣？与子同袍[2]。
王于兴师[3]，修我戈矛[4]，与子同仇[5]。

岂曰无衣？与子同泽[6]。
王于兴师，修我矛戟[7]，与子偕作[8]。

岂曰无衣？与子同裳[9]。
王于兴师，修我甲兵[10]，与子偕行[11]。

【译文】

怎么能说没有衣裳？
和你同穿一件长袍。
君王要起兵，修整好戈矛，共同对敌。

怎么能说没有衣裳？
和你同穿一件内衣。
君王要起兵，修整好矛戟，共同准备。

怎么能说没有衣裳？
和你同穿一条裙。
君王要起兵，修整好铠甲和兵器，
和你一道出征。

【释义】

[1]选自《诗经·秦风》。 [2]同袍：同用一件长袍。袍：长衣，就是斗篷，或叫披风。士兵白天当衣穿，夜晚当被盖。 [3]王：秦王，一说周王。于：语助词。兴师：出兵，起兵。 [4]修：修理、整治。戈：古兵器，横刃，用铜或铁制

成，装有长柄。　[5]同仇：共同对敌，一说仇敌相同。　[6]泽：假借为"襗(zé)"，内衣。　[7]戟：古兵器，在长柄一端装有铜或铁的枪尖，旁边附有月牙形锋刃。　[8]偕：共同。作：干，起。　[9]裳（cháng）：古指下身服装，古代的裙。　[10]甲：铠甲。兵：兵器的统称。　[11]行（xíng）：往，出征。

七　月[1]（节选）

《诗经》

五月斯螽动股[2]，六月莎鸡振羽[3]。七月在野，八月在宇，九月在户，十月蟋蟀入我床下[4]。穹窒熏鼠[5]，塞向墐户[6]。嗟我妇子[7]，曰为改岁[8]，入此室处[9]。

【译文】

五月斯螽弹腿鸣，六月纺织娘在振翅叫。七月蟋蟀在野外，八月在屋檐下，九月门口叫，十月床下移。烟火熏耗子，窟窿尽堵上，塞起北窗户，柴门涂上泥。可怜老婆和孩子，如今快过年，且来住屋里。

【释义】

[1]选自《诗经·豳（bīn）风》。　[2]斯螽（zhōng）：蝗类鸣虫。动股：指发出鸣声。据说，这种虫以两股与翅膀相摩擦发出声音。　[3]莎（suō）鸡：虫名，今名纺织娘。振羽：振动翅膀发出声音。　[4]这四句意思是：蟋蟀鸣声由远而近，七月在田间，八月在檐下，九月进室内，最后入床下，形容天气越来越冷。[5]穹（qióng）：屋子的缝隙。窒（zhì）：堵塞。熏鼠：用烟火熏烧鼠类，使它们从洞里出来，以便消灭。　[6]塞：堵住。向：北面的窗户。墐（jìn）：涂。墐户：用湿泥涂抹柴门。　[7]嗟：叹息声。妇子：老婆、孩子。　[8]曰：一作"聿"，句首语气词。改岁：更换新年，即过年。　[9]处（chù）：居室。

北　山[1]

《诗经》

陟彼北山[2]，言采其杞[3]。
偕偕士子[4]，朝夕从事[5]。
王事靡盬[6]，忧我父母[7]。

溥天之下[8]，莫非王土。
率土之滨[9]，莫非王臣。
大夫不均[10]，我从事独贤[11]。

四牡彭彭[12]，王事傍傍[13]。
嘉我未老[14]，鲜我方将[15]。
旅力方刚[16]，经营四方[17]。

或燕燕居息[18]，或尽瘁事国[19]。
或息偃在床[20]，或不已于行[21]。

或不知叫号[22]，或惨惨劬劳[23]。
或栖迟偃仰[24]，或王事鞅掌[25]。

或湛乐饮酒[26]，或惨惨畏咎[27]。
或出入风议[28]，或靡事不为[29]。

【译文】

去登上那北山，为了采枸杞。
强壮的士子，早晚都役于王事。
王事无穷无尽，使我父母忧愁。

普天之下，哪一处不是王土；
四海之内，谁不是王的臣民。

执政者不公平，使我独个儿劳苦。

四匹马奔跑不停，王事繁重难当。
夸奖我，说我还没有老；
称赞我，说我正年富力强。
就因为我筋骨强健，叫我奔走四方。

有的人在家享安逸，有的人为国事尽瘁。
有的人高枕无忧，
有的人为王事辛劳。

有的人从不知世上有痛苦的事，
有的人忧虑劳累。
有的人自在悠游，
有的人因王事而无时不在外奔走。

有的人沉溺于享乐，
有的人怕犯错误谨小慎微。
有的人只会高谈阔论，
有的人为王家无事不作。

【释义】

[1]选自《诗经·小雅》。 [2]陟（zhì）：登上。 [3]言：一说是"我"的意思。一说是助词，无实在意义。杞（qǐ）：枸（gǒu）杞。其果实可入药，有滋补作用。 [4]偕偕：强壮的样子。士子：士大夫，或学子，此为作者自称。[5]从事：役于王事。 [6]靡：没有。盬（gǔ）：止息。 [7]忧：使……忧。[8]溥（pǔ）：同"普"，广大。 [9]率：自、从。土：指中国所有的领土。滨：水边。 [10]大夫：指执政者。不均：很不公平。 [11]贤：多、劳。 [12]牡（mǔ）：雄性的。彭彭：奔跑，不得休息的样子。 [13]傍傍：多，指王事总是无穷无尽。 [14]嘉：嘉许，称赞。 [15]鲜：与"嘉"同义。将：强壮。 [16]旅：同"膂"。刚：强健。 [17]经营：劳作，指奔走于王事。 [18]燕燕：安息的样子。居息：指私居休息。 [19]瘁：劳累。 [20]偃（yǎn）：卧。 [21]不已：不停止。行：道路。 [22]叫号：呼叫号哭。 [23]惨惨：忧虑不安的样子。劬

(qú)劳：辛勤劳苦。　[24]栖迟：指栖息盘桓于安闲之境。偃仰：同"息偃"，安居。　[25]鞅（yāng）掌：指勤于驰驱，掌不离鞅。引申为公事忙碌。　[26]湛（dān）：同"耽"。此言沉溺于享乐，过度的享乐。　[27]畏咎：怕犯错误。　[28]风议：放言高论，说空话。风：同"放"。　[29]靡事不为：无事不干。

泰山岩岩[1]

《诗经》

泰山岩岩[2]，鲁邦所詹[3]。
奄有龟蒙[4]，遂荒大东[5]。
至于海邦[6]，淮夷来同[7]。
莫不率从[8]，鲁侯之功。

【译文】

泰山多么巍峨！登上泰山可以看到整个鲁国。
鲁国地域广大，不仅包括龟、蒙山区，
而且东边疆土大无穷。
直到沿海小国都包容在版图内，
淮河沿岸及近海地区的少数民族都来朝见。
没有谁敢不顺从，这是鲁侯建立的大功啊！

【释义】

[1]节选自《诗经·鲁颂·閟宫》。泰山：山名，在山东省中部。主峰玉皇顶在泰安县城北，古称东岳，一称岱山、岱宗。海拔1545米，山峰突兀峻拔，雄伟壮丽。　[2]岩岩：高峻的样子。一说积石貌。　[3]鲁邦：鲁国。詹（zhān）：通"瞻"。　[4]奄（yǎn）：覆盖，包括。龟蒙：山名。　[5]遂：就，于是。荒：有。大东：极东。　[6]海邦：近海小国。　[7]淮夷：古代居住在淮河沿岸及近海地区的少数民族。同：会同，古代诸侯朝见天子叫会同。　[8]率从：服从。

离 骚[1]（节选）

屈 原

长太息以掩涕兮[2]，哀民生之多艰[3]。
余虽好修姱以鞿羁兮[4]，謇朝谇而夕替[5]。
既替余以蕙纕兮[6]，又申之以揽茝[7]。
亦余心之所善兮[8]，虽九死其犹未悔[9]。
怨灵修之浩荡兮[10]，终不察夫民心[11]。
众女嫉余之蛾眉兮[12]！谣诼谓余以善淫[13]。
固时俗之工巧兮[14]，偭规矩而改错[15]。
背绳墨以追曲兮[16]，竞周容以为度[17]。
忳郁邑余侘傺兮[18]，吾独穷困乎此时也[19]。
宁溘死以流亡兮[20]，余不忍为此态也[21]！
鸷鸟之不群兮[22]，自前世而固然[23]。
何方圜之能周兮[24]？夫孰异道而相安[25]？
屈心而抑志兮，忍尤而攘诟[26]。
伏清白以死直兮[27]，固前圣之所厚[28]！

悔相道之不察兮[29]，延伫乎吾将反[30]。
回朕车以复路兮[31]，及行迷之未远[32]。
步余马于兰皋兮[33]，驰椒丘且焉止息[34]。
进不入以离尤兮[35]，退将复修吾初服[36]。
制芰荷以为衣兮[37]，集芙蓉以为裳[38]。
不吾知其亦已兮[39]，苟余情其信芳[40]！
高余冠之岌岌兮[41]，长余佩之陆离[42]。
芳与泽其杂糅兮[43]，唯昭质其犹未亏[44]。
忽反顾以游目兮[45]，将往观乎四荒[46]。

佩缤纷其繁饰兮[47]，芳菲菲其弥章[48]！
民生各有所乐兮[49]，余独好修以为常[50]！
虽体解吾犹未变兮[51]，岂余心之可惩[52]？

【译文】

我长久地叹息，不断地抹泪，悲叹老百姓多灾多难。
我尽管爱好修身洁行而严格约束自己，想不到早晨进谏，晚上就遭斥废。
既因我佩带香蕙而把我随意疏废，又因我采摘香茝而给我加罪。
只要我内心崇尚美德善行，虽身遭九死，我也决不会后悔。
怨恨君王糊涂啊，终究不能明察人心的好坏。
众小人嫉妒我漂亮的蛾眉，造谣说我放荡、淫秽。
世俗本来就善于取巧作伪，肆意违背规矩而胡作非为。
抛开绳墨而追求邪曲，竞相苟合取容，以为法度。
我因失志而忧愁苦闷，此时，唯独我走投无路。
我宁愿忽然死去随流水而消亡，决不与逸佞的群小同流合污。
高翔的雄鹰不与凡鸟同飞，自古以来就如此。
方和圆怎能彼此相容，不同道的人又怎能彼此相安无事呢？
心受委屈，志不能伸展。遇到斥责只有忍受，遇到咒骂只有退让。
保持清白之志，以死于直道，本来就是前代圣贤所嘉许的。

后悔选择道路时没有看清啊，我久久伫立而想返回。
调转我的车马向原路返回，趁迷途未远。
我骑着马儿在兰皋上徐行，又急驰到椒丘上，在那儿暂且休息。
进身君王面前不为所用而获罪，即使身退也仍旧不改夙志。
我缝制荷叶做成衣，缀集芙蓉作为裳。
只要我的内心确实芳洁，即使没有人理解我也无所谓。
加高我的帽子多么巍峨，加长我的佩带，长得不寻常。
芳香与污浊混杂不分，唯独我的美好品质并未亏损。
我忽然回顾，纵目远望，将前往观看四方边远之地。
我的佩带五彩缤纷，装饰繁盛，香气勃勃，更加显露。

人生各有喜爱，唯独我爱好修身洁行，习以为常。

纵然受到肢解也不改志向，难道我的内心是可以屈服的吗？

【释义】

[1]《离骚》是屈原的代表作，是一篇长篇自叙性的抒情诗，共三百七十多句，二千四百多字。写作年代，有楚怀王朝后半期和顷襄王朝前半期二说。其主题一方面恳切地表达自己对于祖国与人民的热爱和在逆境中的坚贞不屈，另一方面无情地抨击了国王的昏庸和奸臣的贪污、邪僻。在艺术性方面，这篇长篇抒情诗善于运用人民喜闻乐见的语言和音节，善于把神话传说和自己丰富多彩的想象结合起来，产生感人的艺术魅力，不仅鼓舞了当时楚国人民，也教育了后代读者。此选其两节，借以管中窥豹。离骚：司马迁解释为"离骚者，犹离忧也"（《史记·屈原贾生列传》）。班固解释为"离，犹遭也；骚，忧也"（《离骚赞序》）。王逸解释为"离，别也；骚，愁也"（《楚辞章句》）。后世学者大多主张"遭到忧患"或"离别的忧愁"的说法。游国恩教授认为是歌曲名，与《楚辞·大招》所说的"劳商"为双声字，或即同实而异名，其义相当于"牢骚"。 [2]太息：长叹。掩涕：擦抹眼泪。 [3]哀：怜悯，可怜。民：老百姓。生：谋生。艰：艰难。 [4]虽：虽然。好（hào）：爱慕，崇尚。修姱（kuā）：修洁而美好。鞿（jī）羁：本指马缰绳和马络头，喻指束缚、约束、牵累。余虽好修姱以鞿羁：我虽然好修饰自己，不肯同流合污，却因此受到牵累。 [5]謇（jiǎn）：句首语气词。谇（suì）：谏诤，进谏。替：废弃、贬斥。謇朝（zhāo）谇（suì）而夕替：早晨进谏，晚上就被撤职。 [6]既：是关联词。蕙（huì）纕（xiāng）：比喻高尚德行。 [7]又：关联词。申：重，加上。揽茝（chǎi）：比喻高尚的德行。 [8]亦：转折的语气词。所善：所崇尚的美德。 [9]虽：纵然、即使。九死：泛指多次死亡。未悔：不知后悔。 [10]灵修：指楚怀王。据王逸注："灵，神也；修，远也。能神明远见者，君德也，故以喻君。"浩荡：糊涂，荒唐。 [11]察：体察。民心：人心（或指诗人的苦心）。 [12]众女：喻指许多小人。蛾眉：形容眉毛如蚕蛾触角那样弯曲而细长，喻指高尚的德行。 [13]谣诼（zhuó）：造谣，诽谤。淫：淫荡、纵欲无度。 [14]固：本来，已经。时俗：世俗。工巧：善于取巧。 [15]偭（miǎn）：违背。错：通"措"，措施。 [16]背绳墨：指违背正常的法则。追曲：追求邪曲之路。 [17]周容：犹言苟合取容。度：法度。 [18]忳（tún）：忧闷。郁邑：通"郁悒"，忧愁、苦闷。侘（chà）傺（chì）：失意的样子。 [19]穷困：

走投无路。[20]溘（kè）：忽然。[21]此态：指群小谗佞之态。态（tì），与上句"时"押韵。[22]鸷（zhì）鸟：凶猛的鸟，如鹞鹰等，喻个性刚强忠正之人。不群：不与凡鸟为伍。[23]固然：本来就是如此。[24]方：喻君子之行为端正。圜：同"圆"，喻小人之圆滑谗佞。周：相合，相同。[25]异道：不同道。[26]忍尤而攘诟：忍耻含辱。尤：过。攘：取。诟：辱。[27]伏清白：保持清白的节操。伏：同"服"，保持。死直：为正义而死。[28]厚：嘉许，重视。[29]悔相道之不察：追悔自己看道路看得不明。相：观看。察：明审。[30]延：长久。伫（zhù）：停住、站立。反：同"返"。[31]朕（zhèn）：我的。复路：回到原来的路上去。[32]迷：迷途。[33]步：慢走。皋：池泽旁边。兰皋：皋间有兰。[34]驰：马急行。椒丘：有椒树的山丘。且：暂且。焉：于此，指在彼处。止息：休息下来。[35]进：指进身于君前。不入：不为君所用。离：同"罹"，遭遇。尤：过失。离尤：获罪。[36]退：离去。初服：[未读]志趣。[37]制：裁制。芰荷：荷叶。衣：上衣。[38]集：集合[未读]荷花。裳：下衣。[39]不吾知：不知吾。其：那。亦：也。已：罢了。[40]苟余情其信芳：只要我内心真是芳洁。[41]岌（jí）岌：高的样子。[42]陆离：长的样子。[43]芳与泽其杂糅：芳与泽二者交集于我的一身。芳：香草的芳香。泽：川泽的泽，指卑下的地方，引申作"污浊"解。糅（róu）：混杂。[44]昭质：清白的本质。昭：明。亏（古音xī）：亏损。[45]反顾：回头看看。游目：纵目远望。[46]四荒：指四方的边际。荒：极远的地方。[47]佩：用以代替自身的品德和才能。缤纷：多而杂乱。繁饰：繁盛的装饰。[48]芳菲菲：香气勃勃。弥：更加。章：明显。[49]民生：泛指人生。乐：喜爱。[50]好修：爱好修身洁行。常：习以为常。一说，常，本作"恒"，与下句"惩"字押韵。因汉帝名恒，故汉人避讳，改"恒"为"常"。[51]体解：肢解。[52]惩：惩戒，引申为屈服。

湘夫人[1]

屈　原

　　帝子降兮北渚[2]，目眇眇兮愁予[3]。嫋嫋兮秋风[4]，洞庭波兮木叶下[5]。

登白薠兮骋望[6]，与佳期兮夕张[7]。鸟何萃兮蘋中[8]，罾何为兮木上[9]？

沅有芷兮澧有兰[10]，思公子兮未敢言[11]。荒忽兮远望[12]，观流水兮潺湲[13]。

麋何食兮庭中[14]，蛟何为兮水裔[15]？朝驰余马兮江皋[16]，夕济兮西澨[17]。闻佳人兮召予[18]，将腾驾兮偕逝[19]。

筑室兮水中[20]，葺之兮荷盖[21]？荪壁兮紫坛[22]，播芳椒兮成堂[23]。桂栋兮兰橑[24]，辛夷楣兮药房[25]。罔薜荔兮为帷[26]，擗蕙櫋兮既张[27]。白玉兮为镇[28]，疏石兰兮为芳[29]。芷葺兮荷屋[30]，缭之兮杜衡[31]。合百草兮实庭[32]，建芳馨兮庑门[33]。九嶷缤兮并迎[34]，灵之来兮如云[35]。

捐余袂兮江中[36]，遗余褋兮澧浦[37]。搴汀洲兮杜若[38]，将以遗兮远者[39]。时不可兮骤得[40]，聊逍遥兮容与[41]。

【译文】

天帝的女儿降临在水的北岸，我极目远眺，恍惚中愁绪茫茫。缓缓吹来的秋风，使洞庭波浪翻滚，树叶纷纷飘落。

登上白薠生长的地方举目远望，计算约会的傍晚，做好准备等候她到来。鸟为什么聚在蘋中，网为什么挂上树梢？

沅水有白芷，澧水有兰草，思念心上人啊，不敢开口对人讲。神思恍惚眺望远方，只见江水潺湲奔流不息。

麋鹿为什么寻食到庭院，蛟龙啊，为什么搁浅在水边？清晨，我骑马驰骋到江湾，傍晚我乘船横渡到江西岸。耳中依稀听到心上人把我召唤，恨不能与她一道消逝在云霞里。

在水底造一幢新房，编织荷叶做屋顶，壁上缀满香花，地上铺镶紫贝，堂上涂遍香椒，金桂作栋梁，木兰当屋檐，辛夷为门楣，白芷装洞房，薜荔网帷帐啊，蕙草织成帐顶，各样陈设已齐备。白玉镇席，石兰送幽香。荷叶苫顶绿芷缠，杜蘅围绕院落吐芳香。百草生庭院，香花摆满厢房和走廊。九嶷山上的众神纷纷迎接帝女，神灵们飘临如云霞汇聚。（他们接走了帝女，我的期待终成泡影。）

把我的长袖抛入江中，把我的单衣丢进澧水。我到汀洲采摘杜若，将赠给远去的她。时光易逝，佳期难得，姑且流连水滨，驱遣我心中的忧伤！

【释义】

[1]选自屈原《楚辞·九歌》。此篇为湘君思念湘夫人之作，由扮湘君的男巫所唱。 [2]帝子：和下文的"公子""佳人"都是湘君称湘夫人之词。因为她是帝尧的女儿，所以称为"帝子"。"帝子"与"公子"义同，在古代的用法上不限于男性。"佳人"：犹言美人。凡理想中的人都可称为"佳人"，不一定是指容貌美的人。降：降临。北渚：江北岸。 [3]眇（miǎo）眇：极目远视的样子。愁予（yù）：使我忧愁。 [4]嫋（niǎo）嫋：同"袅袅"，微弱而细长的样子。 [5]下（hù）：飘落。 [6]蘋（fán）：秋生草。骋（chěng）望：纵目远望。 [7]与：数（shǔ），查点数目。佳期：约会的时期。张：陈设。 [8]鸟：山鸟。萃：集。蘋：水草。 [9]罾（zēng）：渔网。 [10]芷（zhǐ）：香草名。一作"茝"。澧：一作"醴"。 [11]未敢言：指蕴藏在内心而无法倾吐的深厚情感。 [12]荒忽：若有若无的样子。 [13]潺湲：流水声。 [14]麋（mí）：鹿一类的动物，似鹿而大。食：一作"为"。 [15]蛟：传说中的一种龙，居深渊，能发水。水裔：水边。 [16]江皋：江边。 [17]澨（shì）：水边。 [18]召（zhào）：召唤。 [19]腾驾：飞腾起车驾。偕逝：指与湘夫人同去。 [20]筑室：建筑房屋。 [21]葺（古音 qì）：用草盖房屋。荷盖（古音 jì）：荷叶。 [22]荪（sūn）：香草，一作"荃"。荪壁：用香草装饰墙壁。紫：紫贝的简称。古时用作货币。坛：楚地方言谓中庭为"坛"。紫坛：中庭的地面用紫贝做成，取其坚滑而光彩。 [23]播芳椒兮成堂：用椒涂堂壁播散芳香。播：散播。成：整理。一作"盈"，义通。 [24]栋：屋梁。橑（lǎo）：屋椽。 [25]辛夷：香木，花开最早。北方呼为"木笔"，南方叫做"望春"，又名迎春。一说"玉兰树"。楣（méi）：门户上的横梁。药：白芷。房：卧室。 [26]罔：古"网"字，这里是编结的意思。帷：帐的四帷。 [27]擗（pǐ）：用手剖开。櫋（mián）：一作"幔"，一作"屋联"，即今室中隔扇。高亨说："当作幔，幔是帐子的顶。分布蕙草作帐子顶。"既张：已经这样陈设起来。 [28]镇：压坐席的东西。 [29]疏：分布，陈列。石兰：香草名。

[30]茸：指加盖。 [31]缭：缭绕。杜衡（古音háng）：香草名。 [32]合：集合。实：充实。 [33]建：设置。芳馨：香草。庑（wǔ）：厢房。庑门：指"庑"和"门"。门：古音mín。 [34]九嶷：九嶷山神，即下句的"灵"。 [35]如云：比喻众多的样子。 [36]捐：抛弃。袂（mèi）：衣袖。 [37]遗：丢掉。褋（dié）：罩在外面的单裙。浦：水边。 [38]搴（qiān）：拔取。汀洲：水中平地。杜若：香草名，即杜衡。 [39]遗（wèi）：赠给。远者：指湘夫人。 [40]骤：数。骤得：一次又一次地得到。 [41]聊：姑且。容与：从容舒缓，这里指舒适自在的样子。

国　殇[1]

屈　原

操吴戈兮被犀甲[2]，
车错毂兮短兵接[3]。
旌蔽日兮敌若云[4]，
矢交坠兮士争先[5]。
凌余阵兮躐余行[6]，
左骖殪兮右刃伤[7]。
霾两轮兮絷四马[8]，
援玉枹兮击鸣鼓[9]。
天时怼兮威灵怒[10]，
严杀尽兮弃原野[11]。
出不入兮往不反[12]，
平原忽兮路超远[13]。
带长剑兮挟秦弓[14]，
首身离兮心不惩[15]。
诚既勇兮又以武[16]，
终刚强兮不可凌[17]。

身既死兮神以灵[18]，
魂魄毅兮为鬼雄[19]。

【译文】

将士手握吴戈身披铠甲，奔赴战场。
敌我战车的轮子相交错，短兵相接。
旌旗遮天蔽日，
敌人像乌云屯聚般冲杀过来，
双方激战，流矢交加。
我方将士争先恐后，冲锋陷阵。
敌人猛扑过来，两骖一死一伤。
战车不能前进，两轮像埋入土中，
两匹服马像被绳子捆住一样。
主帅抡起玉鼓槌，击响进军鼓。
天怨神怒，
战地肃杀，将士尸横旷野。
壮士一去不复返，
旷野萧索路遥远。
身带长剑手挟秦弓，
身首分离心不悔！
(牺牲的将士)的确勇敢又威武啊，
意志刚强不可辱。
勇士身被杀，精神却不死，
魂魄坚毅成鬼雄。

【释义】

[1]选自《楚辞·九歌》。国殇（shāng），泛指为国家而战死的将士。 [2]操：拿着。戈：古代兵器。吴戈：因春秋时吴国制造的戈，以锋利闻名，故习称吴戈。被（pī）：通"披"。犀甲：犀牛皮制的铠甲。 [3]错：交错。毂（gǔ）：车轮中

心安放车轴承接车辐的部位。车错毂：指敌我双方激烈近战，兵车互相接触交错。短兵：指刀剑等一类近距离作战用的短兵器。　[4]旌：用羽毛装饰的旗子。若云：像云一样屯聚，形容众多。　[5]矢：箭。士：战士。　[6]凌：侵犯。躐（liè）：践踏，切断。行（háng）：战斗行列。　[7]左骖（cān）：拉战车的马，每车四匹，中间两匹叫"服"，左右两匹叫"骖"。殪（yì）：死去。右：指右骖。　[8]霾（mái）：通"埋"。縶（zhí）：系住。　[9]援：拿起。玉枹（fú）：嵌着珠玉的鼓槌。　[10]天时：指天神。怼（duì）：怨。威灵怒：神灵震怒。　[11]严杀：犹肃杀，指战争的肃杀之气。尽：犹终止，谓战事结束。弃原野：指战死者尸体丢在原野上，无人收葬。　[12]反：同"返"。"出不入"与"往不反"为互文，吊死者一去而不归。即"壮士一去不复还"的意思。　[13]忽：原野辽阔无边。一说若有若无，指旷野上风尘弥漫的萧索景象。超远：遥远。　[14]挟（xié）：携，拿。秦弓：古代以秦地制造的弓最为强劲，所以弓都称秦弓。　[15]惩（chéng）：恐惧、悔恨。　[16]诚：真正是。武：威武。　[17]终：始终。凌：欺凌。　[18]灵：威灵。神以灵：是精神不死的意思。　[19]毅：坚毅。

涉　江[1]

屈　原

余幼好此奇服兮[2]，年既老而不衰[3]。带长铗之陆离兮[4]，冠切云之崔嵬[5]。被明月兮珮宝璐[6]。世溷浊而莫余知兮[7]，吾方高驰而不顾[8]。驾青虬兮骖白螭[9]，吾与重华游兮瑶之圃[10]。登昆仑兮食玉英[11]，与天地兮比寿[12]，与日月兮齐光[13]。哀南夷之莫吾知兮[14]，旦余济乎江湘[15]。乘鄂渚而反顾兮[16]，欸秋冬之绪风[17]。步余马兮山皋[18]，邸余车兮方林[19]。

乘舲船余上沅兮[20]，齐吴榜以击汰[21]。船容与而不进兮[22]，淹回水而凝滞[23]。朝发枉陼兮[24]，夕宿辰阳[25]。苟余心之端直兮[26]，虽僻远其何伤[27]？

入溆浦余儃佪兮[28]，迷不知吾所如[29]。深林杳以冥冥兮[30]，乃猿狖之所居[31]；山峻高而蔽日兮，下幽晦以多雨；霰雪纷其无垠兮[32]，云霏霏而承宇[33]。

哀吾生之无乐兮，幽独处乎山中[34]。吾不能变心以从俗兮[35]，固将愁苦而终穷[36]。接舆髡首兮[37]，桑扈臝行[38]。忠不必用兮[39]，贤不必以[40]。伍子逢殃兮[41]，比干菹醢[42]。与前世而皆然兮[43]，吾又何怨乎今之人[44]？余将董道而不豫兮[45]，固将重昏而终身[46]。

乱曰[47]：鸾鸟凤皇[48]，日以远兮。燕雀乌鹊[49]，巢堂坛兮[50]。露申辛夷[51]，死林薄兮[52]。腥臊并御[53]，芳不得薄兮[54]。阴阳易位[55]，时不当兮[56]。怀信侘傺[57]，忽乎吾将行兮[58]。

【译文】

我从小喜欢奇伟的服饰，年老之后，兴趣毫不减退。带上长长的宝剑啊，戴上那高高的切云之冠。身披明月珠，佩着宝贵的璐玉。肮脏的世俗不了解我啊，我正高驰云天决不后顾。驾起青龙，配上白龙啊，我与舜帝同游美玉园圃。登上昆仑山吃那玉花瓣，与天地比寿，与日月同光。悲叹南夷不了解我啊，天一亮我就横渡湘水和长江。登上鄂渚回头看望啊，悲叹秋冬的余风萧瑟凄凉。在山冈上啊，放开我的马，在方林旁啊，停下我的车。

我乘着篷船溯沅水而上啊，船夫们齐心协力划着大桨。船徘徊而不前行啊，久留漩涡而荡漾。早晨从枉陼出发啊，傍晚便到辰阳。倘若我心地正直啊，即使到偏远地方又何妨。

进入溆浦我又迟疑了啊，恍恍惚惚，不知要往哪儿走。林深日落多么昏暗啊，这是猿猴居住的地方。山高耸而蔽天日啊，山下阴暗而雾雨连绵。雪珠纷飞无边际啊，云气浓重充塞天地。

哀叹我生活中没有欢乐啊，孤独地居住在深山里。我不能改变忠心而从俗啊，必将愁苦而终身。接舆剃掉自己的头发啊，桑扈裸行。忠臣不一定受到任用啊，有才能的人不一定受到尊重。伍子遭殃，比干被剁成肉酱。数前人世代皆如此啊，我又何必怨恨今天的人呢？我将坚持正道而不犹豫，必定重重幽闭而终身。

尾声：鸾鸟和凤凰，一天天飞远啊。燕雀和乌鹊，在殿堂上筑巢啊。露申和辛夷，死在草木丛杂的地方啊；腥臊并用，芳香不能接近啊！阴差阳错，我生不逢时啊。怀抱忠诚而失意，恍恍惚惚我将远行啊。

【释义】

[1]选自《楚辞·九章》。 [2]奇服：奇特服饰，指下文的长铗、切云冠、明月珠、宝璐等，都是用以象征自己的品德和才能。 [3]不衰：不减弱。 [4]铗(jiá)：剑柄，这里指剑。陆离：长的样子。 [5]冠(guàn)：戴。切云：帽名。崔嵬(wéi)：高耸的样子。 [6]被：通"披"。明月：夜光珠。珮：这里指佩。宝璐(lù)：美玉。 [7]溷 (hùn)浊：混乱不干净。莫余知：莫知余。 [8]高驰：大步地驰骋。 [9]虬(qiú)：传说中有角的龙。螭(chī)：是无角的龙。骖(cān)：古代指驾在车两旁的马。 [10]重(chóng)华：虞舜名。瑶：美玉。圃：园。瑶之圃：指下句的"昆仑"。因为昆仑是西北最高的山，以产玉著名。在古代神话中，这产玉之区，被说成上帝的园圃。 [11]玉英：玉的精华。一说玉树的花。这里指精美的非人间的食品。 [12]比：并，同。比寿：一说同寿。 [13]齐光：同光。 [14]南夷：当时对落后民族的通称，含轻侮之意。这里用以指楚国的统治集团，意思是斥责他们的愚昧无知，系一种愤激之词。莫吾知：即莫知吾。 [15]济：渡。江：长江。湘：湘江。 [16]乘：登。鄂渚(zhǔ)：地名，即今湖北省鄂城。反：通"返"。 [17]欸(āi)：叹息声。绪：残余。 [18]步：走。山皋(gāo)：山冈。 [19]邸(dǐ)：止，到。方林：林旁。一说，地名。 [20]舲(líng)船：有窗的船。一说小船。沅：沅水，在湖南省。 [21]齐：同时并举。吴榜：仿照吴地制的船桨。一说大桨。击汰(tài)：击水，指划船。汰：水的波纹。 [22]容与：犹豫不前的样子。 [23]淹：停留。回水：回旋的水。 [24]枉陼(zhǔ)：地名，在今湖南常德南。 [25]辰阳：地名，在今湖南辰溪西。 [26]端直：正直。 [27]僻远：偏远。伤：妨碍。何伤：何妨。 [28]溆(xù)浦：地名，在今湖南省溆浦县。儃佪(chán huái)：徘徊不进的样子。 [29]如：往，去。 [30]杳(yǎo)：日落样子，指幽暗，与冥冥相应。 [31]狖(yòu)：长尾猿。 [32]霰(xiàn)：雪珠。垠：边际。 [33]霏霏：云气浓重的样子。承宇：同屋檐相接。一说，"宇"是天宇。 [34]幽：僻静。 [35]俗：世俗。 [36]固：必。终穷：终身不得志。 [37]接舆：春秋时楚国隐士。髡(kūn)首：剪去头发。 [38]桑扈：古代隐士。臝(luǒ)：同"裸"。

[39]用：任用。　[40]以：任用。　[41]伍子逢殃：伍子遭到灾祸。伍子：伍子胥，春秋时吴国大臣。吴王夫差拘囚越王勾践，他劝夫差杀勾践以免后患。夫差不听，最后令子胥自杀。　[42]比干菹醢：相传比干因屡次劝谏纣王，被剖心而死。比干：商代贵族，纣王的叔父。菹（zū）醢（hǎi）：古代一种酷刑，把人剁成肉泥。菹：切碎。醢：肉、鱼等制成的酱。　[43]与：数。然：这样。　[44]乎：于。　[45]董道：正道。董：正。不豫：不犹豫。　[46]重昏：重重幽闭的意思。昏：幽暗。　[47]乱：乐章的尾声叫做乱。　[48]鸾鸟凤皇：比喻贤士。　[49]燕雀乌鹊：比喻小人。　[50]坛：庭院。　[51]露申：瑞香花。辛夷：木兰的别称。　[52]林薄：草木丛杂的地方。　[53]御：用。　[54]薄：近。　[55]阴阳易位：阴差阳错，自然界极端混乱的现象。这里用以比喻当时楚国政府的混乱情况。　[56]时不当：谓生不逢时。　[57]怀信：怀抱着忠诚。侘（chà）傺（chì）：失意的样子。　[58]忽：飘忽，恍惚。

大风歌[1]

刘　邦

大风起兮云飞扬[2]。
威加海内兮归故乡[3]。
安得猛士兮守四方[4]

【译文】

大风起来啊，云飞扬。
我威震天下啊，回到故乡。
怎能得到猛士啊，镇守四方！

【释义】

[1]刘邦平黥布还，过沛县（今江苏徐州西北），邀集故人饮酒。酒酣时刘邦击筑，同时唱了这首歌。汉朝人称这首歌辞为《三侯之章》，后人题为《大风歌》。[2]大风起兮云飞扬：以风起云飞，比喻秦亡汉兴的时代开始。兮：用在句末或句

中，表示语气，跟现代的"啊"相似。 [3]加：施加。海内：四海之内，就是"天下"的意思。 [4]安得：怎么能得到。猛士：勇猛有力的人，勇士。守：守卫。四方：东、南、西、北，泛指各地。

垓下歌[1]

项 羽

力拔山兮气盖世[2]。
时不利兮骓不逝[3]。
骓不逝兮可奈何[4]！
虞兮虞兮奈若何[5]！

【译文】

我的力气能拔起大山啊，气魄超群盖世。
时运不吉利啊，乌骓马不向前奔驰。
乌骓马不肯向前奔驰啊，可怎么办！
虞姬啊虞姬啊，把你如何安置！

【释义】

[1]项羽被刘邦的军队围在垓下，夜中他听到刘军在四面唱楚歌，惊异刘军中楚人之多，心疑自己的根据地楚国已为刘邦所得，于是悲歌慷慨。后人把这悲歌称为《垓下歌》。 [2]力拔山兮气盖世：这句诗是说自己的体力勇气过人。盖世：笼盖一世。 [3]时：时运。骓（zhuī）：青白杂毛的马。逝：行走。不逝：是说困在重围不得离去。 [4]奈何：怎么办，如何。 [5]虞（yú）：女子名。项羽侍姬。若：你。奈若何：把你怎么安置呢？

明月皎夜光[1]

古诗十九首

明月皎夜光,促织鸣东壁[2]。
玉衡指孟冬[3],众星何历历[4]。
白露霑野草,时节忽复易[5]。
秋蝉鸣树间,玄鸟逝安适[6]?
昔我同门友[7],高举振六翮[8]。
不念携手好,弃我如遗迹[9]。
南箕北有斗[10],牵牛不负轭[11]。
良无盘石固[12],虚名复何益?

【译文】

明月皎洁深夜如同白昼,蟋蟀在东面墙壁下鸣叫。
玉衡星所指的方位(西北)标明节令已到孟冬,
众星多么分明。
白露沾在野草上,季节已由秋到冬。
秋蝉在树上吃力地鸣叫,
燕子们都飞到哪儿去了?
昔日我的同学好友,都振翼高飞了。
他们不念往日亲密的友情,
抛弃我如同路人空留足迹一样。
南箕不可簸米,北斗不能舀酒,
牵牛星哪能拉车?只是徒有虚名罢了。
同学友情不能像盘石那样坚固,
虚名还有什么益处呢?

【释义】

[1]选自《古诗十九首》。 [2]促织：蟋蟀。 [3]玉衡：指北斗星七星中的第五星，又可以指北斗的斗柄三星。孟冬：冬季第一个月，即夏历十月。 [4]历历：分明的样子。 [5]时节忽复易：指由秋到冬。 [6]玄鸟：燕子。安：何。适：往，去到。 [7]同门友：同学。 [8]翮（hé）：羽茎，引申为鸟翼的代称。六翮：指鸟的翅膀。振六翮：是以鸟的高飞比喻人的腾达。 [9]如遗迹：就像行路人遗弃脚迹一样。 [10]南箕（jī）：星名，即箕宿。箕宿四星，联起来成梯形，也就是簸箕形。北有斗：斗，指南斗星。南斗六星，聚成斗形，当它和箕星同在南方的时候，箕在南，斗在北。《诗经·大东》："维南有箕，不可以簸扬；维北有斗，不可以挹酒浆。"言箕星斗星空有其名，没有簸米去糠和舀酒的实用。本诗只引《诗经》的那两句诗的上半句，将下半句的意思让读者自己去联想。这是歇后手法。 [11]牵牛：星名，河鼓三星之一。它是天鹰座主星，在银河南，民间通称扁担星。轭（è）：车前驾在牛颈上的部分。牛拉车必须负起轭来。不负轭：不拉车。《诗经·大东》："睆（huàn）彼牵牛，不以服箱。"说牵牛星名叫牵牛而不能用来拉车，本诗用这个意思而略改说法。 [12]盘石：大石。盘：通"磐"。这句是说朋友交情不能像盘石那样坚固而不可移。

迢迢牵牛星[1]

古诗十九首

迢迢牵牛星，皎皎河汉女[2]。
纤纤擢素手[3]，札札弄机杼[4]。
终日不成章[5]，泣涕零如雨[6]。
河汉清且浅[7]，相去复几许[8]？
盈盈一水间[9]，脉脉不得语[10]。

【译文】

遥远的天上牵牛，皎洁的银河织女。

她坐在织布机上摆动着细长柔美的手,
织布机札札作响,忙了一整天啊,
却织不出一匹布来。
她那伤心的泪,像雨水在滴落。
银河水是那样的清又浅,
她与牛郎之间并没有很远的距离,
仅盈盈一水之隔啊,
脉脉相视,却不能吐露心曲!

【释义】

[1]选自《古诗十九首》。迢迢:遥远的样子。牵牛星:天鹰星座之星,俗称扁担星,在银河南。迢迢是从织女的角度来看的。 [2]皎(jiǎo)皎:洁白明亮。河汉:银河。河汉女:指织女星,是天琴星座主星,在银河北,与牵牛星隔河相对。以下写织女情致。 [3]纤(xiān)纤:小巧或细长而柔美,这里形容手。擢(zhuó):摆动。素:洁白。 [4]札(zhá)札:机织声。杼(zhù):旧式织布机上的梭子。 [5]不成章:织不成布。章:指布的经纬纹理。 [6]零:落。 [7]河汉清且浅:银河水很清,而且也不深。 [8]相去复几许:相距又有多远。相去:相离,相距。复:又。几许:多少,此指并不很远。 [9]盈盈:水清浅的样子。 [10]脉(mò)脉:含情相视的样子。

江 南[1]

汉乐府

江南可采莲,莲叶何田田[2]。鱼戏莲叶间。鱼戏莲叶东[3],鱼戏莲叶西,鱼戏莲叶南,鱼戏莲叶北。

【译文】

江南可以采莲了,鲜碧的荷叶挺出水面,多么饱满劲秀!鱼儿在荷叶间向四面游动,穿来穿去,好像在游戏作乐。

【释义】

[1]选自《汉乐府》，属相和歌古辞，是汉代民歌。 [2]何：多么。田田：形容荷叶挺出水面，饱满劲秀的样子。一说，鲜碧的样子。 [3]"鱼戏莲叶东"四句，描写鱼儿穿来穿去，好像在做游戏。

陌上桑[1]

汉乐府

日出东南隅[2]，照我秦氏楼[3]。秦氏有好女，自名为罗敷[4]。罗敷善蚕桑[5]，采桑城南隅[6]；青丝为笼系[7]，桂枝为笼钩[8]。头上倭堕髻[9]，耳中明月珠[10]；缃绮为下裙[11]，紫绮为上襦[12]。行者见罗敷，下担捋髭须[13]。少年见罗敷，脱帽著帩头[14]。耕者忘其犁，锄者忘其锄；来归相怨怒，但坐观罗敷[15]。

使君从南来[16]，五马立踟蹰[17]。使君遣吏往[18]，问是"谁家姝[19]？""秦氏有好女，自名为罗敷。""罗敷年几何[20]？""二十尚不足，十五颇有余。"使君谢罗敷："宁可共载不[21]？"

罗敷前致词[22]："使君一何愚[23]！使君自有妇，罗敷自有夫。东方千余骑[24]，夫婿居上头。何用识夫婿[25]，白马从骊驹[26]，青丝系马尾，黄金络马头[27]；腰中鹿卢剑[28]，可值千万余[29]。十五府小吏[30]，二十朝大夫[31]，三十侍中郎[32]，四十专城居[33]。为人洁白晰[34]，鬑鬑颇有须[35]；盈盈公府步[36]，冉冉府中趋[37]。坐中数千人，皆言夫婿殊[38]。"

【译文】

太阳升起在东方，照到我秦家的楼上。秦家有个美丽的姑娘，她本名叫罗敷。罗敷很会采桑养蚕。为采桑，她来到城南角上。用青丝绳作桑篮上的络绳，用桂枝作桑篮上的提柄。时髦发式髻偏一旁，明月珠儿作耳珰；杏黄色绫子作裙子,紫色绫子作短袄。过路人见罗敷,放下担子,摸着胡子对她注目而视。少年见罗敷,便把帽子脱下,把发巾重新整一整。耕田的忘记了身边的犁耙,锄地的忘记了手中的锄头。这些耕田锄地的人回来之后,彼此抱怨,只是由于贪看罗敷的缘故。

使君从南来,五马拉的官车徘徊不前。使君命令属下去问这个美丽的姑娘是哪一家的?"秦家有个好姑娘,本名叫罗敷。""罗敷年龄多大了?""二十还不到,十五颇有余。"使君问罗敷:"是否愿意同我一道登车而去?"

罗敷亲自上前回答使君说:"使君你这人怎么这样愚蠢!使君本来有妻子,罗敷本来有丈夫。东方千余骑,我的丈夫排在最前面。根据什么标志来辨认我的丈夫呢?骑着白马而后面跟随着小黑马的那个大官就是我的丈夫。我丈夫的那匹马尾上系着青丝,马头上用金色的络头笼着。他腰里佩戴鹿卢剑,那剑可值成千上万钱。他十五岁在使君府里做小官,二十岁入朝做大夫,三十岁做侍中郎,四十岁做一城之主,独掌一州一府。他白面微须,外貌俊伟。我的丈夫威风凛凛有气派,踱着方步,在府中走来走去。在座的有好几千人,都说我的丈夫人才出众。"

【释义】

[1]选自《汉乐府》。陌(mò):泛指田间道路。 [2]东南:偏义复词,即东。隅:方位,角落。 [3]我:我们,指代歌者。秦氏:姓秦,即秦家。秦是古代诗歌中美女常用的姓。 [4]自名:本名。为(wéi):叫。罗敷:是古代美女的通名。 [5]善蚕桑:很会养蚕采桑。善,一本作"喜"。 [6]采桑城南隅:采桑来到城南角上。"采桑"二字后面省略"于"字。 [7]青:黑色。丝:丝绳。笼:篮子。系:络绳。 [8]桂枝:桂树枝。钩:篮上的提柄。 [9]倭(wō)堕(duò)髻:发髻名。即"堕马髻",其髻歪在一侧,呈似堕非堕之状,是当时一种时髦的发式。 [10]耳中明月珠:以明月珠作耳珰。明月:宝珠名。 [11]缃绮(xiāng qǐ):浅黄色有花纹的丝织品。 [12]襦(rú):短袄。 [13]下担捋(lǚ)髭(zī)须:(行路人见罗敷美丽)都放下担子摸着胡子对她注目而视。捋:抚摩。髭:口上边的胡子。须:面颊下的胡子。 [14]脱帽著帩头:(少年见罗敷美貌)便把帽子脱下,把发巾重新整一整。著:戴。帩(qiào)头:包头的纱巾。 [15]但坐:只因为。坐:因为,由于。 [16]使君:对太守、刺史的通称。

[17]五马：指（使君）所乘的五匹马拉的车。汉朝太守出行用五匹马拉车。立：停下。踟蹰：徘徊不前的样子。　[18]遣：派。　[19]姝（shū）：美丽的女子。　[20]年：年龄。几何：多少。　[21]谢：问。宁可：其可，愿意。载：乘。不：通"否"。　[22]致词：作答，即"答话"之意。　[23]一何：怎么这样。　[24]东方：指罗敷的丈夫当官的地方。骑（jì）：一人一马称一骑。　[25]何用识夫婿（xù）：根据什么标志来辨认我的丈夫呢？何用："何以"。识：辨认。　[26]白马从骊驹：骑着白马后面跟着小黑马的那个大官就是我的丈夫。骊（lí）：纯黑色的马。驹：马二岁为驹。　[27]黄金络马头：马头上用金色的络头笼着。　[28]鹿卢剑：剑柄用丝带缠绕起来很像辘轳之形的剑。鹿卢：即辘轳，井上汲水的用具。　[29]千万余：成千上万（钱）。　[30]小吏：太守府的小官。　[31]朝大夫：朝廷上大夫的官职。　[32]侍中郎：出入官禁的亲近官。　[33]专城居：指做州牧、太守之官。专：据。官居太守则是一城之主，故言"专城居"。　[34]白晰：指皮肤洁白。晰：又作"皙"。　[35]鬑鬑（lián）：须发疏薄的样子。　[36]盈盈：与下面"冉冉"，都形容举步轻缓，从容大方。公府步：摆官派，踱方步。　[37]趋（qū）：快走。　[38]殊：出色。出众。

长歌行[1]

汉乐府

青青园中葵[2]，朝露待日晞[3]。
阳春布德泽[4]，万物生光辉[5]。
常恐秋节至[6]，焜黄华叶衰[7]。
百川东到海，何时复西归[8]？
少壮不努力，老大徒伤悲[9]。

【译文】

在园里生长着的青青向日葵上面充满了朝露，
正待阳光来把它晒干。
温暖的阳光布施着它的恩泽，

使万物都焕发着生命的光彩。
时常担心秋季的到来，
植物的花叶就要枯黄、衰落了。
江河之水东流入海，永远不会再流回来了。
人在少壮时应及早努力，免得年老了而空伤悲。

【释义】

[1]选自《乐府诗集》。行（xíng）：古诗的一种体裁。　[2]青青：植物少壮时的颜色。葵：向日葵。　[3]朝露：清晨的露水。晞（xī）：干。　[4]阳春：温暖的春天。布：布施，给予。德泽：恩泽。　[5]光辉：本指太阳照在万物上面的反光，此处引申为万物的生命力。　[6]秋节：秋季。　[7]焜（kūn）黄：枯黄。华：同"花"。　[8]西：向西。　[9]老大：偏义复词，偏用"老"字。徒：空。

东门行[1]

汉乐府

出东门，不顾归[2]；
来入门，怅欲悲[3]。
盎中无斗米储[4]，
还视架上无悬衣[5]。
拔剑东门去，
舍中儿母牵衣啼[6]；
"他家但愿富贵[7]，
贱妾与君共餔糜[8]。
上用仓浪天故[9]，
下当用此黄口儿[10]。
今非[11]！"
"咄[12]！行[13]！

吾去为迟[14]！
白发时下难久居[15]！"

【译文】

出了东门去走险，
他打算一去不回头。
刚走不远又回家，惆怅难忍，心苦悲。
罐中没存一斗米，
回过头来看架上没衣服。
拔剑再要出东门，
妻子牵住衣襟哭：
"人家只图享富贵，
我愿随你喝稀粥！
只因上有青天会报应，
下也要为孩子多考虑。
你做这事不应该。"
"呸，不能不走这条路！
现在我去已算迟！
白发时时脱落，难以再久等了。"

【释义】

[1]选自《乐府诗集·相和歌辞·瑟调曲》。东门：指诗中主人公所居城市的东门。行：歌行，诗体一种。 [2]不顾：不念，不再考虑。 [3]来：返回来。怅：惆怅，恼恨。悲：悲号。 [4]盎（àng）：一种小口大腹的瓦瓮。 [5]还视：失意环顾，回过头来看。架：衣架。 [6]啼：哭诉。 [7]他家：别人家。 [8]贱妾：古代妇女在丈夫面前卑称自己为贱妾。铺糜（bǔ mí）：吃粥。 [9]用：本句与下句两个"用"字都是"为了"的意思。仓浪（láng）：青色。仓浪天：青天，指天老爷。 [10]黄口儿：婴儿。雏鸟嘴角发黄，用以借喻婴儿。 [11]今非：你现在这样的做法不对。 [12]咄（duō）：呵斥声，表示激愤的语气。 [13]行：走。

[14]为迟：为时已晚。　[15]时下：时时落下。难久居：难以再久等了。

孔雀东南飞（并序）[1]

汉乐府

汉末建安中[2]，庐江府小吏焦仲卿妻刘氏，为仲卿母所遣[3]，自誓不嫁。其家逼之，乃投水而死。仲卿闻之，亦自缢于庭树[4]。时人伤之，为诗云尔[5]。

孔雀东南飞，五里一徘徊[6]。

"十三能织素[7]，十四学裁衣，十五弹箜篌，十六诵诗书。十七为君妇，心中常苦悲。君既为府吏，守节情不移[8]。贱妾留空房[9]"，相见常日稀。鸡鸣入机织，夜夜不得息。三日断五匹，大人故嫌迟。非为织作迟，君家妇难为！妾不堪驱使[10]，徒留无所施，便可白公姥[11]，及时相遣归[12]。"

府吏得闻之，堂上启阿母[13]："儿已薄禄相[14]，幸复得此妇，结发同枕席，黄泉共为友[15]。共事二三年，始尔未为久[16]，女行无偏斜，何意致不厚[17]？"

阿母谓府吏："何乃太区区！此妇无礼节，举动自专由。吾意久怀忿。汝岂得自由！东家有贤女，自名秦罗敷。可怜体无比，阿母为汝求。便可速遣之，遣去慎莫留！"府吏长跪告，伏惟启阿母[18]："今若遣此妇，终老不复取！"

阿母得闻之，槌床便大怒："小子无所畏，何敢助妇语！吾已失恩义，会不相从许！"

府吏默无声，再拜还入户。举言谓新妇，哽咽不能语："我自不驱卿，逼迫有阿母。卿但暂还家，吾今且报府[19]。不久当归还，还必相迎取。以此下心意[20]，慎勿违吾语。"

新妇谓府吏："勿复重纷纭[21]！往昔初阳岁[22]，谢家来贵门，奉事循公姥，进止敢自专？昼夜勤作息，伶俜萦苦辛。谓言无罪过,供养卒大恩。仍更被驱遣,何言复来还?妾有绣腰襦,葳蕤自生光。红罗复斗帐,四角垂香囊。箱帘六七十,绿碧青丝绳。物物各自异,种种在其中。人贱物亦鄙,不足迎后人[23]。留待作遗施,于今无会因。时时为安慰,久久莫相忘。"

鸡鸣外欲曙,新妇起严妆。著我绣夹裙,事事四五通。足下蹑丝履,头上玳瑁光,腰若流纨素,耳著明月珰。指如削葱根,口如含朱丹。纤纤作细步,精妙世无双。

上堂谢阿母,母听去不止。"昔作女儿时,生小出野里,本自无教训,兼愧贵家子。受母钱帛多,不堪母驱使。今日还家去,念母劳家里。"却与小姑别,泪落连珠子:"新妇初来时,小姑始扶床;今日被驱遣,小姑如我长。勤心养公姥,好自相扶将。初七及下九[24],嬉戏莫相忘。"出门登车去,涕落百余行。

府吏马在前,新妇车在后,隐隐何甸甸,俱会大道口。下马入车中,低头共耳语:"誓不相隔卿,且暂还家去;吾今且赴府,不久当还归,誓天不相负。"新妇谓府吏:"感君区区怀。君既若见录[25],不久望君来。君当作磐石,妾当作蒲苇。蒲苇纫如丝,磐石无转移。我有亲父兄,性行暴如雷,恐不任我意,逆以煎我怀[26]。"举手长劳劳,二情同依依。

入门上家堂,进退无颜仪。阿母大拊掌:"不图子自归!十三教汝织,十四能裁衣,十五弹箜篌,十六知礼仪,十七遣汝嫁,谓言无誓违。汝今何罪过,不迎而自归?"兰芝惭阿母:"儿实无罪过。"阿母大悲摧。

还家十余日,县令遣媒来。云"有第三郎,窈窕世无双,年始十八九,便言多令才。"阿母谓阿女:"汝可去应之。"阿女衔泪答:"兰芝初还时,府吏见丁宁,结誓不别离。今日违情义,恐此事非奇。自可断来信,徐徐更谓之。"阿母白媒人:"贫贱有此女,始适还家门。不堪吏人妇,岂合令郎君?幸可广问讯,不得便相许。"

媒人去数日，寻遣丞请还，说"有兰家女，承籍有宦官"。云"有第五郎，娇逸未有婚。遣丞为媒人，主簿通语言"。直说"太守家，有此令郎君，既欲结大义[27]，故遣来贵门"。阿母谢媒人："女子先有誓，老姥岂敢言？"

阿兄得闻之，怅然心中烦，举言谓阿妹："作计何不量！先嫁得府吏，后嫁得郎君，否泰如天地[28]，足以荣汝身。不嫁义郎体，其往欲何云？"

兰芝仰头答："理实如兄言，谢家事夫婿，中道还兄门，处分适兄意，那得自任专？虽与府吏要，渠会永无缘。登即相许和，便可作婚姻。"

媒人下床去，诺诺复尔尔。还部白府君："下官奉使命，言谈大有缘。"府君得闻之，心中大欢喜。视历复开书，便利此月内，六合正相应。"良吉三十日，今已二十七，卿可去成婚。"交语速装束，络绎如浮云。青雀白鹄舫，四角龙子幡，婀娜随风转。金车玉作轮，踯躅青骢马，流苏金镂鞍。赍钱三百万，皆用青丝穿。杂彩三百匹，交广市鲑珍[29]。从人四五百，郁郁登郡门。

阿母谓阿女："适得府君书，明日来迎汝。何不作衣裳？莫令事不举！"阿女默无声，手巾掩口啼，泪落便如泻。移我琉璃榻，出置前窗下。左手持刀尺，右手执绫罗。朝成绣夹裙，晚成单罗衫。晻晻日欲暝，愁思出门啼。

府吏闻此变，因求假暂归。未至二三里，摧藏马悲哀[30]。新妇识马声，蹑履相逢迎，怅然遥相望，知是故人来。举手拍马鞍，嗟叹使心伤："自君别我后，人事不可量。果不如先愿，又非君所详。我有亲父母，逼迫兼弟兄，以我应他人，君还何所望！"

府吏谓新妇："贺卿得高迁。盘石方且厚，可以卒千年；蒲苇一时纫，便作旦夕间。卿当日胜贵，吾独向黄泉！"

新妇谓府吏："何意出此言，同是被逼迫，君尔妾亦然。黄泉下相见，勿违今日言！"执手分道去，各各还家门。生人作死别，恨恨那可论！念与世间辞，千万不复全。

府吏还家去，上堂拜阿母："今日大风寒，寒风摧树木，严霜结庭兰。儿今日冥冥，令母在后单。故作不良计，勿复怨鬼神！命如南山石，四体康且直。"

阿母得闻之，零泪应声落："汝是大家子，仕宦于台阁。慎勿为妇死，贵贱情何薄！东家有贤女，窈窕艳城郭。阿母为汝求，便复在旦夕。"

府吏再拜还，长叹空房中，作计乃尔立。转头向户里，渐见愁煎迫。

其日牛马嘶，新妇入青庐[31]。奄奄黄昏后，寂寂人定初。"我命绝今日，魂去尸长留。"揽裙脱丝履，举身赴清池。府吏闻此事，心知长别离。徘徊庭树下，自挂东南枝。

两家求合葬，合葬华山傍。东西植松柏，左右种梧桐。枝枝相覆盖，叶叶相交通。中有双飞鸟，自名为鸳鸯，仰头相向鸣，夜夜达五更。行人驻足听，寡妇起彷徨。多谢后世人，戒之慎勿忘！

【译文】

汉献帝建安年间，庐江府小官焦仲卿的妻子刘氏，被婆婆休弃赶回娘家。刘氏发誓不再嫁人。因受不了她娘家逼嫁而投水自杀。焦仲卿听到后，也在他家院子里的树上吊死。人们为了悼念他们，写下了这首长诗。

孔雀向东南飞去，五里一回旋。

"十三岁就能织白绢，十四岁学裁衣服，十五岁学会弹箜篌，十六岁能诵读诗书。十七岁做你的妻子，心中常苦悲。你既然做了府官，就要遵守府里规定，专心不移。我留在家里守着空房，见到你的日子渐渐稀少。鸡一叫我就登上织布机织布，日日夜夜不停歇。三天织成五匹布，婆婆还嫌少。不是我布织得少，而是做你家的媳妇实在难！我不能胜任你家使唤，白白地留着也没有什么用。你可以禀告婆母，及时把我送回娘家。"

焦仲卿听了这些话，就到堂屋对母亲说："我已经没有做高官、享厚禄的福相，幸运地娶了这个媳妇。年青时候结为夫妻，相亲相爱地生活，死后在地下，也要相依为伴。我们在一起过日子不过两三年，婚后生活才开头，还不算久。这女子的行为并没有什么不正派之处，哪里想到会使你不满意呢？"

焦母对儿子说："你的见识多么渺小啊，这个女子没有礼节，一举一动完全凭自己的意思办。我早就憋了一肚子气，你难道能自作主张。东边邻居有个贤惠的闺女，名字叫做秦罗敷，身材苗条，无人能比，母亲托人做媒为你去求婚。赶快把这个女子撵走，撵走时千万别再挽留。"仲卿跪下告诉母亲说："敬告母亲，如果今天赶走这个女子，我到老也不再娶妻！"

焦母听了他的话，手摇坐椅大发雷霆："小子你没有什么可害怕的了！你竟敢帮助这个女人讲话，我对她已经没有恩情了，定不能答应你的要求。"

仲卿听了母亲这番话，沉默不语，对她拜了两拜后，回到自己的房间。张口想对妻子说话，却伤心抽泣，语不成句："我即使不撵你走，母亲还是要逼迫你。你暂且到娘家去，我先到府里办公事。不久我会归来，归来便去迎接你回来。为了这个，你就受些委屈吧，千万不要违背我的话。"

兰芝对仲卿说："不必再添麻烦了！那年冬至以后，立春之前，辞别父母，嫁到你家来，做事顺着公婆意，行动哪敢自作主张？白天黑夜勤劳地做事，孤孤单单，含辛茹苦。总以为没有什么过错，终生侍奉公婆，报答大恩。谁料最后还要被驱赶，还谈什么再来迎接我呢？我有件绣花的齐腰短袄，袄上很美的刺绣发出光彩。红色纱罗做的小帐子，四角挂着香袋。盛衣物的箱子有六七十只，都用碧绿的青丝绳捆着。件件物品不一样，样样都放在箱子里。人贱物也低下，不配送给你迎接后来的人，留着作纪念吧，从此没有再见面的机会了。让我们时时互相安慰，永远不忘旧日的感情。"

雄鸡高叫天要亮了，兰芝起身打扮得整整齐齐，穿上绣夹裙，每穿戴一件衣饰，都要更换四五次，直到满意为止。脚上穿着绸子鞋，头上戴着闪闪发光的玳瑁首饰。腰束纨素的带子，光彩像泉水一样的流动，耳朵上戴着闪耀明月光的耳坠。手指白嫩纤细，像削尖的葱根，嘴唇红润，像含着朱砂。轻盈地迈着小步，婀娜多姿世上无双。

兰芝上堂拜别焦母，焦母大怒不止，听任她离去。兰芝说："从前在家作女孩时，生在乡野里，缺少教养，不配与贵家子弟结婚。受婆母聘礼多，不能听从使唤。今天回到娘家去，记挂婆母在家操劳。"退下再与小姑别，眼泪像连串的珍珠般落下来："我做新娘到你家时，小姑刚能扶着床学步，今天我被赶走，小姑跟我一样高。希望你尽心尽力奉养公婆，好好地服侍老人家。初七及下九，嬉戏时不要忘记我。"出门登车离焦家，泪流满面寸肠断。

　　仲卿骑马前面走，兰芝坐车随后行，车声啊隐隐甸甸，车马相会在大道口。仲卿下马进车中，低头对兰芝耳语道："我发誓不与你断绝夫妻关系，你暂且回娘家去，我现在将到府里去办公，不久会迎接你回来。我对天发誓不辜负你！"兰芝对仲卿说："感谢你忠诚相爱的情意！既然蒙你记着我，盼望不久见你来。你当作磐石，我当作蒲苇，蒲苇坚韧如丝，磐石不转移。只是我有亲兄长，品性暴如雷，恐怕不能让我任凭心意办事，想到将来，我心里像油煎一般。"举手告别，惆怅不止，夫妻同心情依依。

　　入娘门上家堂，进前退后都觉无脸面，亲娘惊异直拍手说："不料你现在竟被赶回家，你十三岁，教你织布，你十四岁学裁衣，你十五岁学箜篌，你十六岁懂礼仪，你十七岁送你去出嫁，总以为你不会有什么过失。你今天犯了什么罪？没有人迎接你却自己回来了。"兰芝很惭愧地对母亲说："女儿确实无罪过。"母亲听了，心中非常悲痛。

　　回到娘家十多天，县令派媒人来，说"县令家有个三少爷，英俊潇洒世无双，年龄刚到十八九，很会说话，又多才多艺。"母亲对女儿说："你可以答应这门婚事。"兰芝含泪回答说："兰芝初回来时，仲卿嘱咐我，立誓不别离。今天违背情义，恐怕这样做不合适。可以回绝来做媒的人，以后慢慢再谈吧。"母亲告诉媒人："我们微贱之家有这个女儿，刚出嫁不久就被休回娘家。不能做小官的妻子，难道能合公子的心意吗？希望你多方面打听打听找新人，我家不能随便答应你了。"媒人回复县令后离去几天，县令随即差遣县丞，因事请命于太守，县丞回到县衙，对县令说："有兰家之女，出身于做官人家，和刘氏不同，你家的少爷可向兰家求婚。太守说他家有个五公子，娇美还未成婚，委托我为他的五公子向刘家求婚，这委托的话是主簿传达给我的。"县丞到刘家直截了当地说："太守家有一位好公子，他愿和你家兰芝姑娘结为婚姻，所以派我到府上来做媒。"母亲谢绝媒人道："我女儿发誓在先，老妇怎敢对她去提亲呢？"

　　兰芝哥哥听了这件事，心中愤恨又烦闷，高声地对妹妹说："你作出这样的计策，多么缺乏考虑啊！第一次不过嫁给一个府吏，再嫁却得到一个贵公子。你的这两次婚姻的好与坏，是有着天壤之别的。你如果真嫁给太守的儿子，那足以使你增加光彩。这样仁义的郎君都不嫁，你长此以往，又将怎么办呢？"

兰芝抬头把话答："道理确实像你所说的。当初离开家去侍奉丈夫，不料想半道又回到哥哥家来。怎样处理，如今完全依照哥哥的主意办。我哪能自作主张呢？我虽然与府吏有过誓约，但和他相会恐怕是永远也没有机缘的了。你立即告诉媒人，我答应太守儿子的婚事好了，并且马上可以和他结婚。"

媒人离开座位，连声说是，就这样办。回到府里报告太守："奉了你的使命去说媒，谈话十分投机。"太守听了县丞的话，心中非常欢喜，开视历书，发现要结婚就在本月内，因为在这个月内六合正相配，非常合适。宜于结婚。太守说："三十那天是好日子，今天已经二十七了。你可以去准备婚礼了。"大家说："赶快收拾准备吧。"人来人往，像天上的浮云一样接连不断。画着青雀、白鹄的船，四角挂着龙子幡，轻轻飘动，随风转。镶金的车子玉石做轮。踯躅青骢马，马鞍周围垂着缨子，上面有镂刻的金饰。赠送的钱三百万，都用青丝绳穿了起来。各色绸缎三百匹。从交州、广州采办了山珍海味。随从人员四五百，热热闹闹地将从郡门出发。

母亲对女儿说："刚才得到太守来信，说明天就来迎娶你过门了。为何还不做衣裳呢？别让婚事办得不像样！"女儿沉默不语，用手巾捂着嘴哭，泪如泉涌。她移动琉璃榻，放在前窗下。左手拿着尺子和剪刀，右手拿着绫罗纱。早晨做成了绣夹裙，晚上做成了单罗衫。阴沉沉的，天快晚了。她满腹哀愁，哭着走出门去。

仲卿闻此变，于是请假赶回家去。还差二三里路不到兰芝家门，人伤心，马也哀鸣。兰芝熟悉仲卿马鸣声，放轻脚步迎上前。兰芝怀着惆怅的心情在远远地盼望，知道一定是仲卿来了。举手拍马鞍，长叹一声心悲伤："自从你离开我后，人间的事情难预料。事情的发展果然不能如我俩以前心愿。但这件事的内情仓猝间又非你所能尽知。我有亲生母，还有我的哥哥都在逼迫我，已经把我许给了别人，你还有什么指望呢？"

仲卿对兰芝说："应该向你祝贺，你已经爬上高枝儿上去了。我这盘石还很结实，可以一千年不变，可是你这蒲苇却只坚韧了一个很短的时间，至多不过几个旦夕罢了。你当生活一天比一天好，地位一天比一天高。我只有一个人殉情而死了。"

兰芝对仲卿说："怎也想不到你竟然说出这样不理解我的话，同是被逼迫，你是这样，我也是这样。在黄泉下相见吧，不要违背今天的誓言。"握手分道离去，各自回家门。人虽活着，但这一次分手已是死别，深深的悲痛无法言传！心里已经决定离开人世，纵有千思万虑，也不想再保全自己了！

仲卿回家去，上堂拜见他的母亲说："今天刮起了大冷风，吹折了树木，院子里的兰花上结满了浓霜。你的儿子将不久于人世，使得母亲今后很孤单。这是我故意寻此短见，并不关鬼神的事，不要再埋怨它们了。愿您的寿命像南山的石头一样久长，愿您的身体永康强。"

焦母听了这番话，泪珠应声落："你是高贵门第出身的人，在台阁里做官，千万不可因为你的妻子而寻短见。你和她贵贱悬殊，你把她休弃了，也并不算亏待她。东邻有个贤惠的姑娘，她的美丽在这城内外是出了名的，做母亲的去替你向这个女子求婚，只在一早一晚就可以办成了。"

仲卿再拜了母亲回到自己房里，独自长叹息，自杀的念头就这样打定了。仲卿转头去看屋里的母亲，心中烦乱如麻，备受忧愁煎熬、逼迫。

兰芝和太守儿子结婚这一天，当牛马乱叫的时候，新娘走进了青布帐篷。暗沉沉的黄昏以后，静悄悄的，人们开始安歇了。兰芝心里说："今天就是我的死期，魂将逝去只有躯体长留人间了。"她提起裙子，脱下丝鞋，纵身跳进清冷的水池。仲卿听了这件事，心知夫妻永别离，徘徊在庭树下，自缢东南枝。

两家要求将仲卿、兰芝合葬，一起葬在华山旁边。墓的东西植上松树柏树，墓的左右种上梧桐树。枝枝相覆盖，叶叶相交通。这树林中有双飞鸟，名字叫鸳鸯，仰头相向鸣，从夜晚一直到天亮。过路的行人往往为鸟声感动而停步倾听。寡妇听到这种声音，夜间就起来彷徨，无法入睡。告诉后世人要以此为训，千万不可把这个故事忘掉！

【释义】

[1]选自《乐府诗集》。 [2]建安中：建安年间（196—219年）。建安：汉献帝年号。 [3]遣：休。女子被夫家赶回娘家。 [4]缢（yi）：吊死。 [5]时人

伤之，为诗云尔：当时的人哀悼他们，写了这样一首诗。云尔：句末的语气助词。[6]孔雀东南飞，五里一徘徊：孔雀向东南飞，每飞五里就徘徊一阵。徘徊：犹疑不决。汉人诗常以鸿鹄徘徊比喻夫妻离别。用这两句诗引起下边的故事，古代民歌中常用这种写法。 [7]素：白色的绢。 [8]守节情不移：遵守府里的规则，专心不移。 [9]妾：封建社会里妇女谦卑的自称。 [10]不堪：不能胜任。 [11]白：告诉，禀告。公姥（mǔ）：公公婆婆，这里专指婆婆。姥：年老的妇人。 [12]相：我。 [13]启：告诉，禀告。 [14]薄禄相：没有做高官、享厚禄的福相。相：相貌。 [15]黄泉：黄土下的泉水，指人死后埋葬的地方。 [16]尔：助词。 [17]何意：岂料。致：得。 [18]伏惟：下级对上级或小辈对长辈说话表示恭敬的口气。 [19]报府：赴府。 [20]下心意：有耐心受委屈的意思。 [21]勿复重纷纭：不必再添麻烦吧。重（chóng）：再。纷纭：指麻烦。 [22]初阳岁：冬至以后，立春以前。 [23]不足迎后人：不配送给后来的人。后人：指将来再娶的妻子。 [24]初七及下九：七月七日和每月的十九日。旧时妇女在农历七月七日晚上乞巧（用针作各种游戏）。在汉代，农历每月十九日是妇女欢聚的日子。 [25]君既若见录：既然蒙你记着我。见：我。录：记。 [26]盘：通"磐"，大石。逆：逆料，想到将来。 [27]结大义：指结为婚姻。 [28]否（pǐ）：坏运气。 [29]交广市鲑珍：从交州、广州（今广东、广西一带）采办的山珍海味。鲑（xié）：这里指鱼类菜肴的总称。珍：美味。 [30]藏：通"脏"，心脏。一说，摧藏，就是"凄怆"。 [31]青庐：用青布搭成的帐篷，举行婚礼的地方。这是汉、唐风俗。

桓灵时童谣[1]

汉乐府

举秀才[2]，不知书。
举孝廉[3]，父别居[4]。
寒素清白浊如泥[5]，
高第良将怯如黾[6]。

【译文】

被推荐为秀才的人，却一字不识。

被推荐为孝廉的人,
却把父母打发到别的地方去住。
自称"贫寒清白"的人,却肮脏污秽,混浊如泥,
出身高门显贵的"良将",却胆小如青蛙。

【释义】

[1]桓灵时:东汉桓帝(刘志)和灵帝(刘宏)时代。 [2]举:选举,推荐。秀才:才学优异的人。汉代选拔人才所定的名称。 [3]举:一作"察"。孝廉:汉代选举科目的名称。被选举者都应该是孝敬父母而廉洁的人。 [4]别居:别的地方居住。 [5]寒素清白:贫寒清白的人。浊:混浊。 [6]高第:旧称考试或官吏考绩列入优等,此指高门显贵。黾(měng):青蛙。

短歌行[1]

曹　操

对酒当歌[2],人生几何?
譬如朝露[3],去日苦多[4]。
慨当以慷[5],忧思难忘[6]。
何以解忧?唯有杜康[7]。
青青子衿[8],悠悠我心[9]。
但为君故[10],沉吟至今[11]。
呦呦鹿鸣[12],食野之苹[13]。
我有嘉宾,鼓瑟吹笙[14]。
明明如月[15],何时可掇[16]。
忧从中来,不可断绝。
越陌度阡[17],枉用相存[18]。
契阔谈䜩[19],心念旧恩[20]。
月明星稀[21],乌鹊南飞[22]。

绕树三匝[23]，何枝可依[24]？
山不厌高[15]，海不厌深。
周公吐哺[26]，天下归心。

【译文】

面对老酒应当高歌，人生短暂寿命几何？
像那朝露日出即干，岁月流逝苦于太多。
歌声慷慨激昂，忧世不治的事难以忘怀。
用什么来排遣忧愁呢？只有杯中的老酒。
有才识的人啊，是我深深的牵挂。
麋鹿找到了艾蒿，就会相呼相鸣。
我要有了嘉宾，一定要鼓瑟吹笙。
贤士如同明洁的月亮，何时会停止运行？
我心中求你不得的忧虑也同样不可断绝。
我期盼你能越陌度阡，枉驾来访。
我们交谈宴饮，深情厚谊令人难忘。
在这月明星稀的夜晚，乌鹊南飞。
绕树飞转多圈，却找不到可以栖身的枝干。
山不嫌高，海不嫌深。
周公一饭三吐哺，赢得天下人心。

【释义】

[1]曹操《短歌行》，《乐府诗集》载二首，这里选的是第一首。 [2]对酒当歌：面对着酒和歌。当：也是"对"的意思。一说"当"，应当的"当"。 [3]朝露：早晨的露水，见日则干。借喻人生短促。 [4]去日苦多：在过去的岁月时日里痛苦太多了。去日：已经过去的岁月时日。苦：忧患，痛苦。 [5]慨当以慷：是"慷慨"的间隔用法。慷慨：形容诗歌激昂不平。 [6]忧思：忧世不治的心事。忧：一作"幽"。 [7]杜康：相传是我国第一个造酒的人，这里作为酒的代称。 [8]青衿（jīn）：是周代学子的服装。衿：衣领。 [9]悠悠：长远的样子，

形容思念之情。"青青子衿，悠悠我心"，这两句用《诗经·子衿》篇成句，表示对贤才的思慕。　[10]君：指所思慕的贤才。　[11]沉吟：低吟，低声吟味而思虑之。　[12]呦（yōu）呦：鹿鸣声。本句和以下三句用《诗经·鹿鸣》篇成句。《鹿鸣》篇本是宴宾客的诗，这里借来表示招纳贤才的意思。　[13]苹：艾蒿。[14]鼓：弹奏。　[15]明明如月：如同那明洁的月亮永远不能拿掉，永远在运行。[16]何时可掇：反问句，正面意思为"不可掇"，比喻忧思不可断绝。掇：同"辍"，停止。一作"辍"。　[17]阡陌：是田间小道；南北叫"阡"，东西叫"陌"。古谚有"越陌度阡，更为客主"的话，这里用成语，说客人远道来访。[18]枉用相存：劳贤士们枉驾来光顾我。枉：枉驾，屈就。用：以。存：问，省视。　[19]契阔谈䜩：两情契合，在一处谈心宴饮。契阔：是偏义复词，偏用契字义。契：投合。阔：疏远。　[20]旧恩：往日的情谊。　[21]月明星稀：月光明亮星星稀少。　[22]乌鹊：这里用乌鹊比喻贤士。　[23]匝（zā）：周，圈。　[24]何枝可依：无枝可依，比喻贤士无所依托。一说，乌鹊无依，似喻人民流亡。　[25]厌：嫌，满足。　[26]周公吐哺（bǔ）：周公（姬旦）吃饭时有客来访，他便连忙吐出口中正咀嚼的食物去接待。哺：咀嚼着的食物。这句以周公自喻，意思是说要像周公"一饭三吐哺"那样虚心地对待贤人，就会得到天下人衷心拥戴。

观沧海[1]

曹　操

东临碣石[2]，以观沧海[3]。
水何澹澹[4]，山岛竦峙[5]。
树木丛生，百草丰茂。
秋风萧瑟[6]，洪波涌起[7]；
日月之行[8]，若出其中[9]。
星汉灿烂[10]，若出其里。
幸甚至哉[11]，歌以咏志[12]。

【译文】

途经东方，我登上了碣石山，大海尽收眼底。
海波荡漾，山岛耸峙，树木丛生，百草丰茂。
秋风劲吹，海面上掀起了吞没云天的波涛。
太阳和月亮好像在大海壮阔的胸中运行；
群星灿烂，
银河也好像没有流出大海的胸间。
多么幸运啊！用诗歌来咏唱豪情壮志。

【释义】

[1]沧海：大海，此指渤海。 [2]临：登临。碣石：山名。碣石山有二，此指《汉书·地理志》所载骊成（今河北省乐亭县西南）的大碣石山。曹操征乌桓曾经过此山，后来此山沉陷海中。 [3]以：而。 [4]澹澹：水波摇荡的样子。 [5]竦峙：耸立。 [6]萧瑟：秋风吹动树木发出的声音。 [7]洪波：巨大的波涛。 [8]行：运行。 [9]若：好像。其：指代"沧海"。 [10]星汉：银河。 [11]幸甚至哉：庆幸得很，好极了。 [12]歌以咏志：用诗歌抒发（自己的）胸怀。（篇末这两句是合乐时所加，不关正文。）

龟虽寿[1]

曹 操

神龟虽寿[2]，犹有竟时[3]；
腾蛇乘雾[4]，终为土灰[5]。
老骥伏枥[6]，志在千里；
烈士暮年[7]，壮心不已[8]。
盈缩之期[9]，不但在天[10]；
养怡之福[11]，可得永年[12]。
幸甚至哉[13]，歌以咏志[14]。

【译文】

神龟虽然长寿，但还是有死亡的时候。
腾蛇即使乘雾升天，终究不免死亡，化为土灰。
千里马虽然老了，终日伏在马棚之下，
但其志向仍在驰骋千里；
烈士即使到了晚年，壮志也不会消沉。
人的寿命长短的期限，
不只是由天来决定的，
身心修养得法也可以长寿。

【释义】

[1]此诗是《步出夏门行》的末章。大意是说人寿有限，而壮志无穷；寿命长短不一定全由天定，人也有可努力处。 [2]神龟：通灵的龟。龟可以活得很长久，古人将它作为代表长寿的动物。被认为通灵的"神龟"当然也被认为更加长寿。寿：长寿，长命。 [3]竟时：完结的时候，此指死亡。 [4]腾蛇：是传说中的神物，和龙同类，能兴云驾雾。 [5]终为土灰：指腾蛇死后化为泥土、灰尘。 [6]老骥伏枥：老的千里马卧在马棚里。骥：千里马。枥：马棚；一说，马槽。 [7]烈士：指重义轻生的或积极于建功立业的人。暮年：晚年。 [8]不已：不止。 [9]盈：满。缩：亏。盈缩：本指进退、升降、成败、祸福等，此指人寿命长短。 [10]但：只。 [11]养怡：养和，是指修养冲淡平和之气，不为利欲伤神。福：同"法"。 [12]永年：长寿。 [13]幸甚至哉：幸运极了。幸：庆幸。至：极。 [14]歌以咏志：唱这首歌用以表达自己的志趣。（篇末这两句是合乐时所加，不关正文。）

白马篇[1]

曹　植

白马饰金羁[2]，连翩西北驰[3]。借问谁家子？幽并游侠儿[4]。

少小去乡邑[5]，扬声沙漠垂[6]。宿昔秉良弓[7]，楛矢何参差[8]。控弦破左的[9]，右发摧月支[10]。仰手接飞猱[11]，俯身散马蹄[12]。狡捷过猴猿[13]，勇剽若豹螭[14]。边城多警急，胡虏数迁移[15]。羽檄从北来[16]，厉马登高堤[17]。长驱蹈匈奴[18]，左顾凌鲜卑[19]。弃身锋刃端[20]，性命安可怀[21]？父母且不顾，何言子与妻？名编壮士籍[22]，不得中顾私[23]。捐躯赴国难[24]，视死忽如归[25]。

【译文】

白马套上金色的笼头，向西北边陲急驰而去。
请问：骑马的人是谁家的好男儿？
他原来是出自幽并二州的游侠儿。
少小离家乡，扬名沙漠边陲。
往日操练拿良弓，袋中的楛柄箭可真多。
拉弓放箭一下子就射中了左边的靶。
转身再射，右边的月支靶又被命中。
扬手迎射如轻捷飞奔的猿猴，
俯身再射，低处的马蹄靶又开了花。
他狡捷赛过猴猿，勇猛剽悍像豹螭。
边城警报多且急，敌人的骑兵多次入侵疆土。
告急的羽书从北方传来，
他立即扬鞭催马登上高堤准备御敌。
他长驱直捣匈奴的军营，
回头又压服了入侵的鲜卑。
他置身于枪锋刀刃之前，
哪里还会顾惜自己的性命？
父母况且不顾了，哪里还谈子与妻呢？
既然名字编在壮士的簿籍中，
那就不能考虑个人的私事。
他献身赴国难，视死犹如归。

【释义】

[1]一作《游侠篇》。 [2]饰：装饰。羁(jī)：马笼头。 [3]连翩：飞跑不停的样子。 [4]幽并(bīng)：幽州和并州，指今河北、山西北部地区。 [5]去：离开。 乡邑(yì)：家乡。 [6]扬声：扬名。垂：同"陲"，边疆。 [7]宿昔：以前，往日。秉(bǐng)：拿着。 [8]楛(hù)矢：用楛木作箭杆的一种箭。参差(cēn cī)：长短不齐。这里形容多。 [9]控弦：拉弓。左的(dì)：左方的箭靶。 [10]右发：向右边射。月(ròu)支(zhī)：又名素支，箭靶名。 [11]接：迎射。猱(náo)：猴类，善攀援，轻捷如飞。 [12]散：射碎。马蹄：箭靶名。 [13]狡捷：灵活敏捷。 [14]剽(piāo)：轻捷。螭(chī)：传说中似龙的动物。 [15]胡虏：指匈奴和鲜卑奴隶主贵族统治者。或作"虏骑"。 [16]檄(xí)：檄文，古时用于征召或声讨的文书。情况紧急时加插羽毛，故称"羽檄"。 [17]厉马：扬鞭催马。堤：御敌工事。 [18]长驱：指军队迅速地向远方挺进。蹈：踩，踏。 [19]左顾：四顾，回顾。凌：压制。 [20]弃：一作"寄"。 [21]怀惜。 [22]籍：名册，指登记壮士的簿册。 [23]中：心中。顾：念。私：私事。 [24]捐躯：献身。国难：国家危难。 [25]忽：忽略，不在意。

七步诗[1]

曹　植

煮豆燃豆萁[2]，豆在釜中泣[3]；
本是同根生，相煎何太急[4]。

【译文】

燃烧豆秸煮豆粒，豆粒在锅里哭泣：
你我本是同根生，
为何相煎如此心急呢？

【释义】

[1]选自《三国演义》。此诗初见于刘义庆《世说新语·文学》："文帝尝令东

阿王七步中作诗，不成者行大法。（植）应声便为诗曰：'煮豆持作羹……'帝深有惭色。"普遍流传的《七步诗》如《三国演义》所载。　[2]豆萁（qí）：豆的茎秸。　[3]釜：古代的炊事用具，相当于现在的锅。泣：哭。　[4]煎：把东西放在水里煮。此指煎熬，比喻受折磨。太急：很急。

归园田居[1]

陶渊明

少无适俗韵[2]，性本爱丘山[3]。误落尘网中[4]，一去三十年[5]。羁鸟恋旧林[6]，池鱼思故渊。开荒南野际，守拙归园田[7]。方宅十余亩[8]，草屋八九间。榆柳荫后檐[9]，桃李罗堂前[10]。暧暧远人村[11]，依依墟里烟[12]。狗吠深巷中，鸡鸣桑树巅。户庭无尘杂[13]，虚室有余闲[14]。久在樊笼里[15]，复得返自然[16]。

【译文】

从小就没有适应世俗的气质，
生性所爱的是自然界的山林。
误入庸俗污浊的官场，一去就是三十年！
关在笼子里的鸟儿依恋旧时的树林，
水池里的鱼儿思念往昔的深渊。
在南边的山野里开荒种地，安守本分归园田。
住宅周围有土地十余亩，
草屋有八九间，榆树柳树遮蔽了屋的后檐，
桃树李树排列在堂屋的前面。
远处的村庄隐约可见，村里的炊烟依稀可辨。
狗儿在深巷中吠叫，鸡儿在桑树顶上鸣唱。
门庭内没有世上乱糟糟的事情相扰，
住在陈设简陋的屋子里觉得舒适清闲。
长久关在樊笼里，如今又回到了大自然。

【释义】

[1]《归园田居》：共五首，这里选的是第一首。归园田居：意思是归去隐居田园。 [2]适：适应。俗：世俗。韵：气质，性格，情趣。 [3]丘山：这里泛指山林。 [4]尘网：尘世，指庸俗污浊的官场犹如罗网。 [5]一去三十年：陶渊明自太元十八年（393年）初做江州祭酒，到义熙元年（405年）辞去彭泽令归田园是13个年头。这里的"三十年"是夸大的说法。 [6]羁鸟：关在笼子里的鸟。羁：束缚。 [7]守拙：安守本分。这里指清贫自守。 [8]方宅十余亩：住宅周围有土地十余亩。方：四旁，周围。宅：住宅。 [9]荫：遮蔽。 [10]罗：排列。 [11]暧（ài）暧远人村：远处的村庄隐约可见。暧暧：模糊不清的样子。 [12]依依墟里烟：村里的炊烟依稀可辨。依依：隐约可见的样子。墟里：村落。 [13]户庭无尘杂：门庭内没有世上那些乱糟糟的事。户庭：门庭。 [14]虚室有余闲：住在陈设简陋的屋子里觉得清闲。余闲：闲暇。 [15]樊：篱笆。樊笼：比喻使人受拘束的尘世。 [16]返自然：指归耕园田。

归园田居[1]

陶渊明

种豆南山下[2]，草盛豆苗稀。
晨兴理荒秽[3]，带月荷锄归[4]。
道狭草木长[5]，夕露沾我衣[6]。
衣沾不足惜[7]，但使愿无违[8]。

【译文】

豆子种在南山脚下，杂草茂盛豆苗稀疏。
清晨早起到田里去除草，（夜晚）戴月扛锄归。
道路狭窄杂草丛生，
夜晚的露水打湿了我的衣裳。
衣裳湿了不值得可惜，

只要不违背我归耕的愿望。

【释义】

[1]《归园田居》：共五首，这是第三首。 [2]南山：指庐山。 [3]晨兴：早起。荒秽：指田中的杂草。荒：草掩地。秽：杂草。 [4]带月：一作"戴月"。荷（hè）：背负，扛。 [5]草木长（zhǎng）：草木丛生。 [6]夕露：傍晚的露珠或露水。沾：湿。 [7]不足惜：不值得可惜。 [8]但使：只要。愿：指归耕。

饮 酒[1]

陶渊明

结庐在人境[2]，而无车马喧。
问君何能尔[3]？心远地自偏[4]。
采菊东篱下，悠然见南山[5]。
山气日夕佳，飞鸟相与还[6]。
此中有真意[7]，欲辨已忘言[8]。

【译文】

住在众人聚居的地方，并没有世俗前来打扰。
请问你怎能够这样的呢？
心既远远地摆脱了世俗的束缚，
那么虽处于喧境也如同居于偏僻的地方了。
在东篱下采摘菊花，悠然地见到南山。
傍晚山色秀丽，飞鸟结伴而归。
这里边有人生真正的意义，
想辨别，却忘了该怎样用语言来表达。

【释义】

[1]全诗共二十首，这里选的是第五首。 [2]结庐：建筑房屋。人境：人聚

居的地方。　[3]问君何能尔：请问你怎么能够这样的呢？尔：如此。　[4]心远地自偏：精神超脱世俗，自然觉得住的地方僻静了。　[5]悠然：自得志其形的样子。　[6]相与还（huán）：结伴而归。　[7]此中有真意：这里边有人生真正的意义。此中：小则指此时此地的情境，大则指归园田的生活。真意：人生真正的意义。　[8]欲辨已忘言：想辨别出来，却忘记了该怎样用语言表达。辨：一作"辩"。

挽歌诗[1]

陶渊明

荒草何茫茫[2]，白杨亦萧萧[3]。
严霜九月中[4]，送我出远郊。
四面无人居，高坟正嶕峣[5]。
马为仰天鸣，风为自萧条[6]。
幽室一已闭[7]，千年不复朝[8]。
千年不复朝，贤达无奈何[9]。
向来相送人[10]，各自还其家。
亲戚或余悲[11]，他人亦已歌。
死去何所道[12]，托体同山阿[13]。

【译文】

荒草成片，没有边际。风吹白杨萧萧作响。
在寒霜满地的深秋九月，送我到远郊安葬。
四下无人居住，一座高坟耸立。
马仰天哀嘶，风低声悲泣，寂寥冷落。
已葬入一座黑暗坟墓，
千年也不能再见到天亮。
千年也不能再见到天亮，
有才德的人也没有办法逃脱这一厄运。

刚才送葬的人各自回家了，
亲戚或许会悲哀得长久一些，
其他的人却已忘掉了悲痛。
死去有什么可说的呢？
无非是寄身在山陵之中罢了。

【释义】

[1]《挽歌诗》：共三首，这是第三首。挽歌：葬歌。相传最初是拖引灵车的人所唱，故称挽歌。这首诗是陶渊明生前自挽之词。 [2]茫茫：广远的样子。此处形容一片荒草，没有边际。 [3]萧萧：风吹草木发出的声音。 [4]严霜：寒霜。 [5]嶕（jiāo）峣（yáo）：高耸的样子。 [6]萧条：寂寥冷落。 [7]幽室：指圹穴，坟墓。 [8]朝（zhāo）：天亮。 [9]贤达：有才德的人。无奈何：没有办法。 [10]向：昔时。 [11]余悲：残留的悲哀。 [12]道：说。 [13]托：寄托。阿：山陵。

晚登三山还望京邑[1]

谢　朓

灞涘望长安[2]，河阳视京县[3]。
白日丽飞甍[4]，参差皆可见[5]。
余霞散成绮[6]，澄江静如练[7]。
喧鸟覆春洲[8]，杂英满芳甸[9]。
去矣方滞淫[10]，怀哉罢欢宴[11]。
佳期怅何许[12]，泪下如流霰[13]。
有情知望乡[14]，谁能鬒不变[15]？

【译文】

在灞水之滨我西望长安，在河阳县内眺望京洛。
绚丽的日光照射在如飞的屋脊上，

高低错落随处可见。
晚霞铺洒开去像一幅彩缎,
清澈的江水似一条白绸。
喧闹的鸟儿覆盖了春洲,
各种颜色的花朵开满了芳甸。
京城的景色多么美好,
可是我要离开它了,将去远方久留。
我是多么想念啊,那已经散席的故乡的欢宴。
想到回乡的日期,我是多么惆怅啊。
眼泪像雪珠一般滚落下来。
满怀深情的人眷恋家乡,
谁能不因思乡使头发变白?

【释义】

[1]选自《谢宣城集》。三山:山名,在今南京市西南,上有三峰,南北相接。还望:回头眺望。京邑:指建康,故址在今南京市东南。 [2]灞涘(sì):灞水的岸上。灞:灞水,流经长安过灞桥。涘:岸。 [3]河阳:县名,故城在今河南孟县西。京县:指洛阳。 [4]丽:明丽,作动词用。指日光照耀京都建康,色彩绚烂明丽。飞甍(méng):高耸如飞的屋脊。 [5]参差(cēn cī):高低错落。 [6]余霞:指晚霞。绮(qǐ):彩色的绸缎。 [7]澄江:清澈的江水。练:白色的绸子。 [8]喧:原指大声说话,这里形容鸟声嘈杂。覆春洲:覆盖了春色洋溢的水中小洲,形容春鸟很多。 [9]杂英:各种颜色的花。满芳甸:开满了芬芳的郊野。 [10]去矣:离开了,指离开京城。方:将。滞淫:久留。 [11]怀哉:想念啊。欢宴:指在故乡欢乐的宴饮。 [12]佳期:指还乡的日期。怅:惆怅。 [13]霰:雪珠。 [14]有情:满怀深情的人,感情丰富的人。此为诗人自指。 [15]鬒(zhěn):发黑而美。变:指变白。

诗

入若耶溪[1]

王 籍

舣艎何泛泛[2],空水共悠悠[3]。
阴霞生远岫[4],阳景逐回流[5]。
蝉噪林逾静[6],鸟鸣山更幽[7]。
此地动归念[8],长年悲倦游[9]。

【译文】

船儿多么轻巧地畅行在水面上,
长天与流水一色,悠闲自在。
迷茫的云霞从远方的峰峦中升起,
明媚的阳光随着曲折的溪流闪闪发亮。
蝉鸣声噪越显得林间宁静,
鸟啼婉转更使得山野幽寂。
这里触动归隐念头,长年倦游令我悲楚。

【释义】

[1]若耶溪:在今浙江省绍兴市附近。 [2]舣艎(yú huáng):《左传》作余皇,舟名。泛泛:船行无阻的样子。 [3]空水:天空水色。悠悠:形容悠闲自在。[4]岫(xiù):峰峦。 [5]阳景:日影,阳光。回:曲折。 [6]逾:更加。 [7]幽:平静。 [8]归:归隐。 [9]长年:一年到头,整年。

西洲曲[1]

南北朝乐府

忆梅下西洲[2],折梅寄江北。
单衫杏子红[3],双鬓鸦雏色[4]。

西洲在何处？两桨桥头渡。
日暮伯劳飞[5]，风吹乌臼树[6]。
树下即门前，门中露翠钿[7]。
开门郎不至，出门采红莲。
采莲南塘秋，莲花过人头。
低头弄莲子，莲子青如水。
置莲怀袖中，莲心彻底红[8]。
忆郎郎不至，仰首望飞鸿[9]。
鸿飞满西洲，望郎上青楼[10]。
楼高望不见，尽日栏杆头。
栏杆十二曲，垂手明如玉。
卷帘天自高，海水摇空绿[11]。
海水梦悠悠，君愁我亦愁[12]。
南风知我意，吹梦到西洲。

【译文】

一想起梅花就要到西洲去，
折枝梅花寄往江北。
（我）身穿杏色单衣，
两鬓像小乌鸦羽毛那样黑且明亮。
西洲有多远呢？划两桨穿过桥就可以到。
傍晚伯劳飞寻窝，晚风萧萧吹撼乌桕树。
树下就是门前，门中露出美玉做成的翠钿。
开门不见情郎来，只好出门采红莲。
采莲南塘正值初秋，莲花朵朵高过人头。
低头剥弄莲子，莲子像水一样青。
把它们放入怀袖中，莲（怜）心火样红。
想郎，他不来，抬头望飞鸿，盼望捎信来。

飞鸿阵阵落满西洲，望郎心急登上青楼，
青楼虽高却依然望不见他的身影，
整天站在栏杆头。
栏杆盘旋十二道弯，扶栏手儿洁白如玉。
卷起帘儿，天空自然高爽，
如海潮般的长江水向天际奔涌着绿波。
像海潮般的相思梦接连不断，君愁我也愁。
南风知道我的心，把我的梦吹到西洲去吧！

【释义】

[1]此诗是经过文人加工的南朝（梁）民歌。 [2]下西洲：到西洲去。 [3]红：一作"黄"。 [4]双鬓鸦雏色：谓少女的两鬓黑得像小乌鸦的颜色一样。雏：孵出不久，开始能啄食的小鸟。 [5]伯劳：鸣禽，亦称博劳，一名䴗（jú）。《礼记·月令》说："仲夏䴗始鸣。"《古微书》说："博劳好单栖。" [6]乌白：一作乌桕。落叶乔木，高二丈许；叶广卵形而尖，秋变红，夏开小黄花，种子可榨油。 [7]翠钿：用翠玉作成或镶嵌成的首饰。钿：金花。 [8]莲：双关语，谐"怜（怜爱）"。 [9]望飞鸿：古人认为鸿雁能传递书信，所以"望飞鸿"有盼望书信的意思。 [10]青楼：美人居住的青色的楼。后代用来指妓院。 [11]海水：此指如海之水的大江大湖。 [12]君：少女称所爱的人。我：少女自称。

折杨柳歌辞[1]

南北朝乐府

健儿须快马，快马须健儿。
跸跋黄尘下[2]，然后别雄雌[3]。

【译文】

健儿须要快马，

快马须要健儿。

黄尘飞滚,马蹄声声,

谁胜谁负,马上高低分。

【释义】

[1]选自《乐府诗集·折杨柳歌辞》,此为《折杨柳歌辞》的第五首,属北朝民歌。 [2]跋(bì):用脚击地。跋跋:象声词,马蹄击地的声音。 [3]雄雌:胜负。

木兰诗[1]

南北朝乐府

唧唧复唧唧[2],木兰当户织[3]。不闻机杼声[4],唯闻女叹息。问女何所思[5]?问女何所忆[6]?女亦无所思,女亦无所忆。昨夜见军帖[7],可汗大点兵[8],军书十二卷[9],卷卷有爷名[10]。阿爷无大儿,木兰无长兄,愿为市鞍马[11],从此替爷征。

东市买骏马,西市买鞍鞯[12],南市买辔头[13],北市买长鞭。朝辞爷娘去[14],暮宿黄河边。不闻爷娘唤女声,但闻黄河流水鸣溅溅[15]。旦辞黄河去,暮至黑山头[16]。不闻爷娘唤女声,但闻燕山胡骑声啾啾[17]。

万里赴戎机[18],关山度若飞[19]。朔气传金柝[20],寒光照铁衣[21]。将军百战死,壮士十年归。

归来见天子[22],天子坐明堂[23]。策勋十二转[24],赏赐百千强[25]。可汗问所欲,"木兰不用尚书郎[26];愿借明驼千里足[27],送儿还故乡。"

爷娘闻女来,出郭相扶将[28]。阿姊闻妹来[29],当户理红妆。小弟闻姊来,磨刀霍霍向猪羊[30]。开我东阁门,坐我西阁床。脱我战时袍,著我旧时裳[31]。当窗理云鬓[32],对镜帖花黄[33]。出门看火伴[34],火伴皆惊惶。"同行十二年,不知木兰是女郎。"

雄兔脚扑朔[35],雌兔眼迷离[36]。双兔傍地走[37],安能辨我是雄雌?

【译文】

唧唧,唧唧,织布机声响不停,木兰当门织布忙。忽然听不到机声响,只听木兰在叹息。木兰在思什么呢?木兰在想什么呢?木兰没思什么,没想什么。只因昨夜见军帖,说可汗大征兵,征兵名册很多卷,卷卷都有我父名。我父无大儿,木兰无长兄,我愿到市上买鞍马,从此替父去应征。

到东市买了骏马,到西街买回了马鞍,从南市买了辔头,从北街买了长鞭。清晨告别父母忙出发,夜晚宿营黄河边。听不到爷娘呼唤女儿声,只听到黄河流水响溅溅。黎明离开黄河岸,傍晚抵达黑山巅。听不见爷娘呼唤女儿声,只听到燕山胡骑声啾啾。

万里行军赴战场,翻越关山赛如飞。寒风传送打更梆子声,冷月照着将士的戎装。将军百战死,壮士十年归。

凯旋而归见天子,天子端坐在朝堂。功劳簿上战绩著,木兰得赏金银多。可汗问木兰有什么要求?木兰说:"我不愿做尚书郎,只愿骑上千里马,送我回故乡。"

父母听说木兰归,互相搀扶迎到城门外;姐姐听说妹归来,当户梳妆乐开怀;弟弟听说姊归来,磨刀霍霍宰猪羊。打开我的东屋门,坐上我的西房床,脱我战时袍,穿上我的女儿装,当窗梳乌发,对镜贴花黄。出门看伙伴,伙伴都惊讶,共同战斗十二年,不知木兰是女郎。

雄兔双脚爱乱动,雌兔双眼常迷离。两兔贴着地面跑,怎能辨出雄和雌?

【释义】

[1]选自《南北朝乐府》。 [2]唧唧:叹息声。 [3]当:对着。 [4]杼:织布机上理经的工具。 [5]何所思:即"所思者何",思念的是什么? [6]忆:思念。 [7]军帖:军中文告。 [8]可汗(kè hán):古代西域和北方各国对君主的称呼。 [9]十二:表多数。下文的"十年""十二转""十二年"也如此。

[10]爷：父亲。　[11]市：买。鞍马：泛指马匹和工具。　[12]鞯（jiān）：马鞍下的垫子。　[13]辔（pèi）头：马笼头。辔：驾驭马的嚼子和缰绳。　[14]朝：一作"旦"。　[15]溅（jiān）溅：水流声，象声词。　[16]至：一作"宿"。黑山：即今河北昌平的天寿山，一作"黑水"。　[17]声：一作"鸣"。啾啾：马鸣声。　[18]赴戎机：奔赴战地参加军事机要。　[19]关山：关口山岭。度：跨过，越过。　[20]朔气：北方寒风。柝（tuò）：打更用的梆子。　[21]铁衣：指铁甲战袍。　[22]天子：即上文的"可汗"。　[23]明堂：古代帝王举行大典的朝堂。[24]策勋：记功。转：军功每加一等则官爵也随升一等，谓之一转。　[25]强：有余，还多。　[26]不用：不愿做。尚书郎：尚书省的官。尚书省是当时管理国家政事的机关。　[27]愿借：一作"愿驰"。　[28]郭：外城。将：扶。　[29]阿姊：一作"阿妹"。闻妹：一作"闻姊"。　[30]霍霍：急速的样子。　[31]著(zhuó)：穿。　[32]云鬓：像乌云一样的鬓发。　[33]帖花黄：贴上花黄。帖：通"贴"。花黄：当时流行的一种妇女装饰，剪花贴在额上，或在额上涂一点黄颜色。　[34]火伴：伙伴。　[35]扑朔：扑腾，乱动的意思。　[36]迷离：模糊不明，捉摸不定的意思。　[37]傍地走：贴着地面跑。走：跑。

敕勒歌[1]

南北朝乐府

敕勒川[2]，阴山下[3]。
天似穹庐[4]，笼盖四野[5]。
天苍苍，野茫茫。
风吹草低见牛羊[6]。

【译文】

敕勒草原啊，就在阴山脚下。
天空像巨大的帐篷，笼罩着四野。
天色深青，原野茫茫，
和风吹过，绿草低伏，
露出了牛阵羊群。

【释义】

[1]选自《南北朝乐府》。敕（chì）勒：种族名，又叫铁勒，我国北方少数民族之一。　[2]川：平川，平原。　[3]阴山：现叫大青山，在内蒙古自治区北部。[4]穹庐：即蒙古包，圆顶毡帐，是游牧民族住的帐篷。　[5]野（yǎ）：原野。[6]见（xiàn）：同"现"，呈现，露出来。

送杜少府之任蜀州[1]

王　勃

城阙辅三秦[2]，风烟望五津[3]。
与君离别意，同是宦游人[4]。
海内存知己[5]，天涯若比邻[6]。
无为在歧路[7]，儿女共沾巾[8]。

【译文】

三秦山川护卫着长安城垣、宫阙，
西望蜀中岷江五大渡口弥漫着风烟。
与君别离情意深，同是离家在外做官的人。
只要天下有知己的朋友，
纵然远在天边也如同友好近邻。
不要在分手的三岔路口像小儿女一样泪洒衣巾。

【释义】

[1]少府：对县尉的敬称。之任：赴任。之：往，到。蜀州：一作"蜀川"，治所在今四川崇州市。　[2]城阙（què）：指京都长安的城郭宫阙。辅：护持。三秦：泛指今陕西一带。　[3]风烟：风尘烟霭。五津：指蜀中岷江的五大渡口。[4]宦游人：离开家乡在外地做官的人。　[5]海内：即天下。存：有。　[6]天涯：天边。比邻：近邻。　[7]无为：不要。歧路：岔路。　[8]沾：湿。

登鹳雀楼[1]

王之涣

白日依山尽[2],黄河入海流[3]。
欲穷千里目[4],更上一层楼[5]。

【译文】

我在鹳雀楼上看到夕阳沿着远山落下去了,
眼下的黄河横贯大地奔腾着向大海流去。
要想看尽千里远的风光,
就必须再登上一层楼。

【释义】

[1]鹳(guàn)雀楼:常有似鹳的鹳雀栖息其上,故名。故址在蒲州(今山西省永济县)城上。楼高三层,它的东南是中条山,西面可俯瞰黄河,是当时的登览胜地,后被河水冲没。 [2]白日:太阳,此指落日。依山尽:沿着山沉没。依:沿着。尽:沉没。 [3]黄河入海流:奔腾不息的黄河向东海流去。 [4]欲:想。穷:尽(用作动词)。千里目:指眺望极远的地方。目:视力。 [5]更:再。

凉州词[1]

王之涣

黄河远上白云间[2],
一片孤城万仞山[3]。
羌笛何须怨杨柳[4],
春风不度玉门关[5]。

【译文】

浊浪排空的黄河好像一条丝带，
悠远地飘上白云间；
连绵不断的高山，
环抱着一座孤零零的边城。
羌笛何必吹奏哀怨的《折杨柳》曲呢？
春风永远也不会越过玉门关的。

【释义】

[1]《凉州词》：一作《出塞》。王之涣有《凉州词》二首，此选第一首。凉州词：唐乐府《凉州歌》的唱词。凉州：治所在今甘肃省武威县。 [2]黄河远上：一作"黄沙直上"。 [3]一片：一座。孤城：指玉门关。岑参《玉门关盖将军歌》："玉门关城迥（jiǒng）且孤。"此城在今甘肃省敦煌县西，是古代通往西域的要道。万仞（rèn）：形容极高。仞：古代计算长度的单位。 [4]羌（qiāng）笛：古代羌族的一种乐器，后常用作军乐器。杨柳：即《折杨柳》曲，古代乐府歌曲的名称。古人有临别折柳相赠的风俗，"柳"与"留"谐音，赠柳表留念。怨：哀怨，埋怨。 [5]度：越过。

夜归鹿门歌[1]

孟浩然

山寺鸣钟昼已昏[2]，
渔梁渡头争渡喧[3]。
人随沙岸向江村[4]，
余亦乘舟归鹿门。
鹿门月照开烟树[5]，
忽到庞公栖隐处[6]。
岩扉松径长寂寥[7]，

唯有幽人自来去[8]。

【译文】

山寺钟响报告时间已由白天进入黄昏,
渔梁渡口传出了人们争渡的喧哗声。
人们沿着沙岸向江村走去,
我也乘船回到鹿门山。
刚才鹿门山上的树木在暮烟笼罩下一片朦胧,
现在月亮升起了,
照耀得那样清晰、明朗。
我很快地在不知不觉中就到了归宿处,
这里原来就是汉末庞德公归隐的地方。
山洞的门和松林间的路长久空虚寂静,
只有我这个隐居的人独来独往。

【释义】

[1]鹿门:山名,在今湖北省襄阳县,孟浩然隐居的地方。 [2]昼:白天。昏:黄昏。昼已昏:已由白天到了黄昏的时候。 [3]渔梁:水中沙洲名。《水经注·沔水》:"沔水中有鱼梁洲。庞德公所居。"鱼梁在襄阳县东,距鹿门很近。渡头:渡口。喧:指人们争渡的喧哗声。 [4]人随沙岸:人们沿着沙岸走。向江村:向着江村走去。 [5]开烟树:鹿门山上的树木刚才在暮烟笼罩中一片朦胧,现在月亮升上来了,照耀得那样清晰、明朗。 [6]庞公:庞德公,汉末隐士,襄阳人,与司马徽、诸葛亮为友,曾隐居鹿门。栖:居住。 [7]岩扉:山岩洞穴的门。寂寥:空虚静寂。 [8]幽人:泛指隐者。此指诗人自己。

望洞庭湖赠张丞相[1]

孟浩然

八月湖水平[2],涵虚混太清[3]。
气蒸云梦泽[4],波撼岳阳城[5]。

欲济无舟楫[6]，端居耻圣明[7]。
坐观垂钓者[8]，徒有羡鱼情[9]。

【译文】

八月的湖水与岸齐平，
茫茫的水天浑然相融。
云梦泽水气弥漫，波涛翻滚，摇撼岳阳城。
想要渡湖却无船和桨，闲居愧对圣明之世。
坐观那湖边垂钓的人，
我徒然只有羡鱼之情。

【释义】

[1]《望洞庭湖赠张丞相》：一作《临洞庭上张丞相》。张丞相：指张九龄。 [2]湖水平：八月洞庭湖水上涨，与岸平齐。 [3]涵虚：指空明澄澈的湖水。太清：太空（天空）。 [4]气蒸：湖面水气蒸腾。云梦泽：在湖北省境内的大江南北。 [5]撼：摇动。岳阳城：今湖南岳阳。 [6]济：渡。楫（jí）：划船的橹。 [7]端居：安居，闲居。耻圣明：生于圣明之世而不能有所作为，深以为耻。 [8]垂钓者：比喻做官的人。 [9]羡鱼情：比喻自己从政出仕的愿望。

过故人庄[1]

孟浩然

故人具鸡黍[2]，邀我至田家。
绿树村边合[3]，青山郭外斜[4]。
开轩面场圃[5]，把酒话桑麻[6]。
待到重阳日[7]，还来就菊花[8]。

【译文】

老朋友准备了丰盛的饭菜，

邀我到他农村的家做客。
绿树在村子四周环绕,
青山在城墙外横斜。
打开窗户面对着场圃,
端起酒杯闲谈蚕桑和布麻。
等到重阳节,再来赏菊花。

【释义】

[1]过:访问,探望。故人:老朋友。 [2]具:置办。鸡黍:泛指农家待客的丰盛饭菜。 [3]合:环绕。 [4]郭:泛指城墙。 [5]轩:指窗户。场圃:晒场和菜园。 [6]话麻桑:闲谈农家生活及农事。 [7]重阳日:阴历九月初九日。 [8]就菊花:赏菊花。就:接近。

宿建德江[1]

孟浩然

移舟泊烟渚[2],
日暮客愁新[3]。
野旷天低树[4],
江清月近人[5]。

【译文】

傍晚的时候,
把船停靠在江中烟雾朦胧的小洲边,
一缕新的愁绪不知不觉地涌上心头。
因为原野空旷辽阔,
所以一眼望去,天边比树还低;
江水清澈明净,
倒映在水中的月影好像就在人的身边,与人亲近。

【释义】

[1]建德江:今新安江,源出安徽,流经浙江建德入钱塘江。　[2]泊:停船靠岸。渚(zhǔ):水中的小洲。　[3]日暮:傍晚时候。客:诗人自指。新:添。[4]野旷:原野空旷辽远。天低树:天边比树还低。　[5]月近人:水中的月影离人很近。

春　晓[1]

孟浩然

春眠不觉晓[2],处处闻啼鸟[3]。
夜来风雨声[4],花落知多少[5]?

【译文】

春宵觉好睡,不觉天已明。屋外百鸟鸣,把我从梦中唤醒,夜中的风雨声还在我耳边回响,刚刚开放的花朵啊,不知多少被风吹雨打已飘落。

【释义】

[1]春晓:春天的早晨。　[2]春眠:春夜睡眠。不觉晓:不知不觉已经天亮了。　[3]处处:到处。闻:听到。啼鸟:鸟啼,鸟鸣。　[4]夜来:一夜来,指夜里。　[5]知多少:不知有多少。

咏　柳[1]

贺知章

碧玉妆成一树高[2],
万条垂下绿丝绦[3]。
不知细叶谁裁出[4],

二月春风似剪刀[5]。

【译文】

春天的一棵高大的柳树，
像碧绿的玉石妆饰而成。
条条下垂的柳枝，
宛如悬挂着万千条绿色丝带。
片片细叶是谁裁剪出来的呢？
是那像剪刀一样的二月春风啊！

【释义】

[1]柳：柳树。　[2]碧玉：碧绿色的玉石。妆：妆饰。　[3]万条：形容下垂的树枝很多。绦（tāo）：用丝织成的带子，这里是比喻下垂的柳枝。《南史》说刘悛之为益州刺史，献蜀柳数株，"条甚长，状若丝缕"。齐武帝把这蜀柳种植在太昌云和殿前，玩赏不已，说它"风流可爱"。此处把柳条说成"绿丝绦"，就是化用了这个关于蜀柳的典故。　[4]裁：用剪刀剪裁。　[5]似：像。

回乡偶书二首[1]

贺知章

少小离家老大回[2]，乡音无改鬓毛衰[3]。
儿童相见不相识[4]，笑问客从何处来。

离别家乡岁月多，近来人事半消磨[5]。
惟有门前镜湖水[6]，春风不改旧时波。

【译文】

年少离家，年老才回来，乡音没改，鬓发稀疏变灰白。儿童见我不认识，笑问客人从哪来？

离别家乡年月多,近来亲朋半消亡。只有门前镜湖水,春风吹拂湖波依旧。

【释义】

[1]偶书:偶有所感,随意写下的文字。 [2]离家:一作"离乡"。老大回:年老回家。 [3]乡音:家乡口音。无改:没有改变。鬓毛:两耳旁边的头发。衰(cuī):古通"缞",稀疏而又呈麻(灰白)色。 [4]儿童:一作"家童"。这里指作者家中小辈。 [5]人事:人的各种事情,如人的悲欢离合、境遇、存亡等。消磨:消失。 [6]镜湖:在今浙江省绍兴会稽山北。诗人的故居即在镜湖之滨。

次北固山下[1]

王 湾

客路青山外[2],行舟绿水前[3]。
潮平两岸阔[4],风正一帆悬[5]。
海日生残夜[6],江春入旧年[7]。
乡书何处达[8],归雁洛阳边[9]。

【译文】

旅途蜿蜒青山外,行船快捷绿水前。
潮涨满平两岸阔,和风吹送一帆悬。
东海旭日破残夜,江上早春入旧年。
家书修好何处送?归雁捎带洛阳边。

【释义】

[1]次:住宿,止歇,此指船停泊。北固山:在今江苏省镇江市北。 [2]客路:旅途。青山:指北固山。 [3]绿水:指长江。前:向前航行。 [4]潮平:潮水上涨与江岸齐平。阔:一作"失"。 [5]风正:风顺。悬:高挂。 [6]海日:长江下游,东海上升起的太阳。残夜:指天将破晓之时。 [7]江春:指江上

景物萌动的春意。入旧年：指新春在旧年未尽之时就来到了。　[8]乡书：寄回故乡的书信。　[9]归雁：北归的大雁。传说鸿雁能传书信。

芙蓉楼送辛渐[1]

王昌龄

寒雨连江夜入吴[2]，
平明送客楚山孤[3]。
洛阳亲友如相问，
一片冰心在玉壶[4]。

【译文】

夜间，满江秋雨下遍了吴地；
清晨，送别您，只留下楚山的影孤。
洛阳亲友若要问起我的情况。
请转告他们：
我的心仍像晶莹的一片冰盛在玉壶。

【释义】

[1]芙蓉楼：原名西北楼，唐晋王李恭为润州刺史（州治在今江苏省镇江市）时改为芙蓉楼。遗址在今镇江市。辛渐：作者的友人，生平不详。原诗两首，这是第一首。　[2]吴：指润州一带，古属吴地。　[3]平明：天刚亮。楚山：指镇江一带山岭。因这一地区先为吴地，后吴被越所灭，越又为楚所灭，所以这里的吴、楚都指镇江一带地方。孤：孤单。　[4]冰心：像冰一样明洁的心，比喻心地光明磊落。此句化用鲍照《白头吟》中"直为朱丝绳，清如玉壶冰"句意。玉壶也是比喻品德的洁白无瑕。这里表示诗人在仕途中不同流合污。

山居秋暝[1]

王 维

空山新雨后[2],天气晚来秋[3]。
明月松间照,清泉石上流。
竹喧归浣女[4],莲动下渔舟[5]。
随意春芳歇[6],王孙自可留[7]。

【译文】

秋天傍晚寂静的山林,
雨后转晴,凉气袭人。
明月的清辉洒遍松林,
山石上漫过清清的泉流。
竹林深处,笑语喧哗,洗衣姑娘归来了。
莲叶轻轻摇曳,渔舟下水了。
芳菲的春天任凭它过去吧,
秋天的山野同样美好,
王孙自可留居山中。

【释义】

[1]山居:山中的住所,指作者隐居的辋(wǎng)川别墅。暝(míng):晚,薄暮。 [2]空山:寂静的山林。新雨后:刚下完雨之后。 [3]晚来秋:晚风吹拂,秋意更凉。 [4]竹喧:竹林中的笑语喧哗。浣(huàn)女:洗衣的女子。 [5]下渔舟:渔舟下水。 [6]随意:任凭。春芳歇:春天的百花凋谢。 [7]王孙:原指贵族子弟,此为作者自指。自可留:借刘安《楚辞·招隐士》"王孙兮归来!山中兮不可以久留。"诗句,此"王孙自可留"是反用其意。

辋川闲居赠裴秀才迪[1]

王 维

寒山转苍翠[2],秋水日潺湲[3]。
倚杖柴门外[4],临风听暮蝉[5]。
渡头余落日[6],墟里上孤烟[7]。
复值接舆醉[8],狂歌五柳前[9]。

【译文】

傍晚秋山苍翠,秋水日夜缓缓流淌。
拄杖站在柴门外,迎风静听暮蝉鸣。
渡口只剩下落日的余晖,
山村上空正升起袅袅炊烟。
此时又遇接舆醉,狂歌醉舞五柳前。

【释义】

[1]辋川:水名,在今陕西省蓝田县终南山下。宋之问在此建有蓝田别墅,王维晚年购置,隐居于此。《新唐书·王维传》:"维别墅在辋川,地奇胜,有华子冈、欹湖、竹里馆、柳浪、茱萸泮、辛夷坞,与裴迪游其中,赋诗相酬为乐。"秀才:这里是对士子的泛称。裴迪:诗人,王维的好友。 [2]寒山:秋天气候转凉,故称山为"寒山",意为秋天的山林。苍翠:青绿色。 [3]日:日日。潺湲(chán yuán):水缓缓流动的样子。一说水流声。 [4]倚杖:拄着手杖。柴门:以树枝编扎的门,旧指穷人住的房子,这里是指住室简陋的门。 [5]临风:迎着风。听暮蝉:听傍晚的蝉鸣。 [6]渡头:渡口。 [7]墟里:村落。孤烟:指傍晚的炊烟。 [8]复:又。值:碰上。接舆:人名,春秋时楚国隐士陆通,字接舆。这里借指裴迪。 [9]五柳:陶渊明自号"五柳先生"。五柳,指陶渊明,也可借指陶渊明的住宅。这里王维借以自比辋川别墅。

观 猎[1]

王 维

风劲角弓鸣[2],将军猎渭城[3]。
草枯鹰眼疾[4],雪尽马蹄轻[5]。
忽过新丰市[6],还归细柳营[7]。
回看射雕处[8],千里暮云平[9]。

【译文】

硬弓射出的利箭在劲风中刷刷作响,
将军射猎到渭城之郊。
草枯了鹰眼视力迅猛,
冰雪融化了,马蹄变得轻快。
轻捷穿过新丰市,不久返回细柳营。
回头再看千里射雕处,暮云霭霭天地相连。

【释义】

[1]《观猎》一作《猎骑》。 [2]劲(jìng):猛烈。角弓:以角为饰的硬弓。鸣:弓硬弦紧,拉弓时发出的响声。 [3]渭城:在今陕西省西安市西北。 [4]疾:急速,迅猛。 [5]轻:轻快。 [6]忽:轻易。新丰市:故址在今陕西省临潼县东。[7]还(xuán):古通"旋",马上,不久。细柳营:在今陕西省长安县,为汉代名将周亚夫屯军之地。 [8]雕:猛禽。 [9]暮云平:指暮云与地面平齐。

使至塞上[1]

王 维

单车欲问边[2],属国过居延[3]。
征蓬出汉塞[4],归雁入胡天[5]。

大漠孤烟直[6]，长河落日圆[7]。
萧关逢候骑[8]，都护在燕然[9]。

【译文】

我轻车简从巡察边疆，
慰问战胜吐蕃的以崔副大使为首的将士，
千里迢迢路过居延。
像蓬一样飞离汉塞，又像归雁一样进入胡天。
大漠上独有的烽烟直上长空，
长河上游的落日特别圆。
在萧关巧遇唐军骑马的侦察兵，
说崔都护正在燕然前线指挥战斗。

【释义】

[1]《使至塞上》：开元二十五年（737年），王维以监察御史的身份出塞，去慰问战胜吐蕃的河西节度副大使崔希逸，并在那里任节度判官。这首诗就是出塞途中所作。使：出使。塞：边塞。 [2]单车：轻车简从。问边：巡察边疆。 [3]属国：典属国（秦汉时官名）简称。唐代有时指代使臣。此当王维自称。又《王右丞集》赵殿成注认为"属国"指地方，引《汉书·武帝纪》："置五属国。"颜师古注："凡言属国者，存其国号而属汉朝，故曰属国。"居延：汉置县名，在今甘肃张掖西北。 [4]征蓬：随风远飞的蓬草。此自喻。汉塞：汉代的关塞，此指唐朝的关塞。 [5]胡天：胡人的天地，即少数民族地区。 [6]大漠：沙漠。 [7]长河：黄河。 [8]萧关：在今宁夏回族自治区固原县东南。候骑（jì）：骑马的侦察兵。 [9]都护：此指河西节度使。燕然：即杭爱山，此借指前线。

鸟鸣涧[1]

王 维

人闲桂花落[2],夜静春山空。
月出惊山鸟[3],时鸣春涧中。

【译文】

内心闲适,察觉桂花飘落,
深夜静谧,显现春山虚空。
东山月出惊起入睡山鸟,
它们不时飞鸣在春涧中。

【释义】

[1]《鸟鸣涧》:是王维《皇甫岳云溪杂题》五首中的第一首。皇甫岳:王维友人,生平不详。云溪:皇甫岳别墅所在地。鸟鸣涧:云溪风景之一。涧:山沟。 [2]闲:闲静。桂花:有春花、秋花、四季花等种类。 [3]惊:惊扰,惊动。

相 思[1]

王 维

红豆生南国[2],春来发几枝[3]?
愿君多采撷[4],此物最相思[5]。

【译文】

红豆生长在祖国的南方,
春天来了能长出几枝呢?
希望您多多采摘,它最能引起人们相思。

【释义】

[1]相思:一作"相思子",即红豆,相思子是它的别名。《古今诗话》:"相思子圆而红,昔有人殁于边,其妻思之,哭于树下而卒,因以名之。" [2]红豆:相思子,草本而木质,结实鲜红,微扁,可作饰物。南国:指我国南方。 [3]春来:一作"秋来"。发:长出。 [4]愿:希望。采撷(xié):摘取。 [5]此物:指红豆。

送元二使安西[1]

王 维

渭城朝雨浥轻尘[2],
客舍青青柳色新[3]。
劝君更尽一杯酒[4],
西出阳关无故人[5]。

【译文】

渭城早晨的小雨,
润湿了路上的浮尘。
柳色青翠,旅舍格外清新。
劝您再饮一杯美酒,
西出阳关再难遇见故人。

【释义】

[1]《送元二使安西》:一作《赠别》,又名《渭城曲》、《阳关三叠》。送:送别。元二:姓元,排行第二,名不详。唐代称呼友人用排行表示亲切和尊重。使安西:出使安西。安西:唐设立安西都护府,治所在今新疆维吾尔自治区库车县。 [2]渭城:地名。故城在陕西长安县(今西安市)西,渭水北岸。秦时为都城,叫咸阳,汉武帝时改名为渭城。朝雨:早晨下的雨。浥(yì):润湿、濡湿。

轻尘：浮尘。　[3]客舍：旅馆、驿馆。柳色新：一作"杨柳春"。　[4]更尽：再次饮尽。　[5]阳关：古关名，在今甘肃省敦煌县西南，因在玉门关南面，故称阳关，为古代通西域必经之地。故人：老朋友。

蜀道难[1]

李 白

噫吁哦[2]，危乎高哉[3]！
蜀道之难，难于上青天！
蚕丛及鱼凫[4]，
开国何茫然[5]！
尔来四万八千岁[6]，
不与秦塞通人烟[7]。
西当太白有鸟道[8]，
可以横绝峨眉巅[9]。
地崩山摧壮士死[10]，
然后天梯石栈相钩连[11]。
上有六龙回日之高标[12]，
下有冲波逆折之回川[13]。
黄鹤之飞尚不得过[14]，
猿猱欲度愁攀援[15]。
青泥何盘盘[16]，
百步九折萦岩峦[17]。
扪参历井仰胁息[18]，
以手抚膺坐长叹[19]。
问君西游何时还[20]？
畏途巉岩不可攀[21]！
但见悲鸟号古木[22]，

雄飞雌从绕林间[23]。

又闻子规啼夜月[24],

愁空山[25]。

蜀道之难,难于上青天,

使人听此凋朱颜[26]。

连峰去天不盈尺[27],

枯松倒挂倚绝壁[28]。

飞湍瀑流争喧豗[29],

砯崖转石万壑雷[30]。

其险也若此,

嗟尔远道之人胡为乎来哉[31]!

剑阁峥嵘而崔嵬[32],

一夫当关[33],万夫莫开[34]。

所守或匪亲[35],化为狼与豺[36]。

朝避猛虎[37],夕避长蛇[38]。

磨牙吮血[39],杀人如麻[40]。

锦城虽云乐[41],不如早还家。

蜀道之难,难于上青天,

侧身西望长咨嗟[42]!

【译文】

啊,蜀道又高又险啊!

蜀道难行,比登上青天还难!

蚕丛鱼凫两位君主开创古代蜀国的历史,

时间久远已茫然不清楚了。

自那时以来,蜀国已有四万八千岁,

蜀地山高路险,不和秦地人来往交通。

西面当着太白山,只有飞鸟才能通行,

沿着鸟道可以横渡到峨眉山顶。
地崩山倒壮士死,
天梯石栈才钩连。
上有阻挡太阳运行的高峰,
下有狂涛回旋的河川。
高飞的黄鹤不能飞过,狡捷猴猿愁难攀越,
正为难以攀援而发愁。
青泥山路曲折回旋,
百步路内九转弯。
走在上面像是可以摸到天上参星,
又像是从井星身旁经过,
使人紧张得不敢喘气,
只好用手抚胸,坐下久久叹息。
问君西游蜀地何时回?
可怕的路途,遍布险恶的山岩不可攀登!
只见悲伤的鸟儿在古树上大声哀鸣,
雌雄比翼在林间盘桓。
又听见杜鹃鸟在月夜中哀啼,
使人在这空寂的山中更感到悲愁。
蜀道难行,比登上青天还难,
使人听了朱颜衰老。
连绵的高峰离天不足尺,
枯松倒挂紧靠绝壁,
飞奔而下的急流和瀑布争相轰鸣,
撞岩转石犹如万山中发出雷鸣之声。
蜀道像这般艰险,
唉,远方的人啊,你来此何干?
剑阁峥嵘而巍峨,
一人把守关口,万人难攻占。
把守关隘的人有的不是亲信,

就要变成像豺狼一样的叛乱者。
要像早避猛虎、夕避长蛇那样，
时时提防叛乱发生。
豺狼当道，磨牙吮血，杀人如麻。
锦官城里虽说可游乐，
但不如早回家。
蜀道难行，比登上青天还要难，
侧身西望长嗟叹！

【释义】

[1]古乐府题，属《相和歌·瑟调曲》。 [2]噫（yī）吁（xū）嚱（xī）：惊叹声。宋庠《笔记》："蜀人见物惊异，辄曰：'噫吁嚱。'李白作《蜀道难》，因用之。" [3]危乎高哉：这是对蜀道又高又险的倍加惊叹。"乎""哉"：表惊叹语气词。 [4]蚕丛、鱼凫（fú）：传说中的古蜀国的两个国王。 [5]何：多么。茫然：遥远不清楚的样子。 [6]尔来：自那时以来，指蜀地开国以来。四万八千岁：这是夸张的说法，形容时间之长，不是实指。 [7]秦塞（sài）：秦地，今陕西省中部地区，为古代秦国的发源地。古称秦为"四塞之国"，故称秦塞。塞：边境险要的地方。通人烟：是说蜀地山高路险，不和秦人来往交通。不与：一作"乃与"。 [8]太白：山名，终南山的主峰，在今陕西省眉县东南。西当太白：西面当着太白山，此以长安为中心而言。鸟道：只有飞鸟才能通过的路。此极力夸张山路的陡峭。 [9]横绝：横渡。峨眉：山名，在今四川省峨眉县西南。巅：顶峰。 [10]摧：倒塌。壮士：指传说中的五个大力士。《华阳国志·蜀志》：秦惠王许嫁五个美女给蜀王，蜀王派五个力士去迎接，在返回途中，遇见一条大蛇，钻进山洞，五力士扯住蛇尾，用力一拉，把山拉倒了，五个壮士和五个美女都被压死，山即分成五岭。然后人们才在崩塌的地方凿石架木，建成钩连秦蜀两地交通的栈道。 [11]天梯：形容高峻的山路像登天的梯子。石栈：栈道。是在悬崖绝壁上凿孔架木，铺设路面而成，称为栈道。 [12]六龙：古代神话传说，羲和驾着六条龙拉的车子，载着太阳在天空中运行。六龙回日：是说山太高了，六条龙拉着太阳到这里也只好回去。高标：指蜀山中最高的而成为一方标志的山峰。 [13]冲波：水流冲击腾起的波浪。逆折：指水流急湍回旋。回川：弯曲的河川。

[14]黄鹤：即黄鹄（hú），又名天鹅，善于高飞。　[15]猱（náo）：猿类，善于攀援。愁攀援：为难以攀援而发愁。　[16]青泥：山岭名，在今陕西省略阳县西北，是由秦入蜀的要道。盘盘：道路曲折回旋的样子。　[17]百步九折：在极短的百步路里，也要转许多弯。九：表多数，不是实指。萦：环绕。岩峦：山峰。　[18]扪（mén）：摸。参（shēn）、井：都是我国古代天文学上的星宿名。古时按天上星宿的位置划分地面相应的区域，叫分野。蜀地属参宿的分野，秦地属井宿的分野。历：经过。胁息：屏气不敢呼吸。　[19]膺：胸。　[20]君：泛指西游蜀地的人。　[21]畏途：可怕的路途。巉（chán）岩：险恶高峻的山岩。　[22]但见：只见。悲鸟：叫声凄厉的鸟。号：大声哀叫。古木：古老的树木。　[23]从：跟随。　[24]子规：杜鹃鸟。啼夜月：啼叫于月夜之中。　[25]愁空山：使人在这空寂的山中更感到悲愁。　[26]凋：凋谢，衰老。朱颜：壮健的容颜。　[27]去：距离。盈：满。　[28]倚：靠着。绝壁：陡峭的岩壁。　[29]飞湍（tuān）：飞奔而下的急流。瀑流：瀑布。喧豗（huī）：喧闹声。　[30]砯（pīng）：流水撞击岩石的声音。此处用作动词，撞击。转：翻动。壑（hè）：山谷。　[31]嗟：叹词。尔：你。胡为乎：为什么啊。　[32]剑阁：又名剑阁关，在今四川省剑阁县北，即大剑山和小剑山之间的一条栈道。峥嵘、崔嵬：都是形容山势高大雄峻的样子。　[33]一夫：一人。当关：把守关口。　[34]莫开：不能打开。　[35]所守：指把守关口的人。匪亲：不是亲信，不是可靠的人。　[36]狼、豺：比喻残害人民的叛乱者。　[37]朝：早上。猛虎：比喻可能出现的叛乱者。　[38]长蛇：比喻可能出现的叛乱者。　[39]吮（shǔn）血：吸血。　[40]如麻：像麻一样多。　[41]锦城：锦官城，为成都的别称。故城在今四川省成都市南。　[42]咨（zī）嗟：叹息。

将进酒[1]

李　白

君不见黄河之水天上来[2]，
奔流到海不复回！
君不见高堂明镜悲白发[3]，
朝如青丝暮成雪[4]！
人生得意须尽欢[5]，

莫使金樽空对月[6]。
天生我材必有用，
千金散尽还复来[7]。
烹羊宰牛且为乐[8]，
会须一饮三百杯[9]。
岑夫子，丹丘生[10]，
将进酒，杯莫停。
与君歌一曲[11]，
请君为我倾耳听。
钟鼓馔玉不足贵[12]，
但愿长醉不复醒[13]。
古来圣贤皆寂寞[14]，
惟有饮者留其名[15]。
陈王昔时宴平乐[16]，
斗酒十千恣欢谑[17]。
主人何为言少钱[18]？
径须沽取对君酌[19]。
五花马，千金裘[20]，
呼儿将出换美酒[21]，
与尔同销万古愁[22]。

【译文】

你们没有看见黄河之水从天上飞泻而来，
奔流到海不再回！
你们没有看见高堂明镜里可悲的白发，
早晨还是青丝，晚上却变成了白雪！
人活着，在得意时就应当尽情欢乐，
不要让精美的酒杯空空地对着月亮。

天生我才定会有用，千金散尽还会回来。
杀羊宰牛，姑且作助兴佳肴。
要饮酒啊，就应当一饮三百杯。
岑先生，丹丘弟呀，
请饮酒，杯莫停。
我给你们唱支歌，
请你们侧耳仔细听。
富家音乐，精美饮食，不值得看重。
只希望长醉，不再醒。
自古以来，圣贤们都默默无闻，
只有嗜酒的人，才留下他的美名。
陈思王曹植，过去设宴平乐观，
为了尽情欢乐，
每饮一斗美酒要花十千钱。
作为主人的我，
怎么能说没有钱呢？
直须买酒来和你们对饮。
五花骏马，千金皮裘，
孩儿呀，快拿出去换美酒，
与你们喝个够，同销万古愁。

【释义】

[1]乐府旧题，属《鼓吹曲·铙歌》，内容多写饮酒赋诗之事。将：劝和请的意思。进酒：喝酒。在封建社会，李白怀才不遇，理想不能实现，借劝酒抒写了他对黑暗现实的愤慨与不平。 [2]君不见：与"君不闻"都是乐府诗中常用的套语。君：多为泛指。天上来：黄河发源于地势陡峻、水流湍急的青藏高原。说"天上来"，是用夸张的手法，极力渲染黄河汹涌奔腾的雄伟气势。 [3]高堂：高大的厅堂。左思《蜀都赋》："置酒高堂，以御嘉宾。"一说正室。 [4]青丝：形容乌黑的头发。青：黑色。 [5]得意：兴致好。 [6]金樽：喻精美的酒器。 [7]千金：指大量金钱。还复来：还会再回来。 [8]烹（pēng）羊：煮（炒）羊

肉。且为乐：姑且作乐。　　[9]会须：应该。三百杯：表示酒量之多，并非实指。　[10]岑（cén）夫子：岑即岑勋，因其年长而尊称夫子。丹丘生：丹丘即元丹丘，因平辈年少而称生。岑勋、元丹丘均为李白好友。　　[11]与君：给你们，为你们。君：指岑勋、元丹丘。　　[12]钟鼓馔（zhuàn）玉：钟鼓，指富贵人家的音乐。馔玉：即玉馔，指精美的饮食。不足贵：不值得看重。　　[13]但愿：只希望。　[14]寂寞：默默无闻。指没有建功立业，闻名于世。　　[15]惟有：只有。饮者：饮酒的人。　　[16]陈王：三国魏曹植，是曹操的三儿子，曾封为陈王。昔时：过去。宴平乐：曹植《名都篇》有"归来宴平乐，美酒斗十千"句。平乐：平乐观（guàn）。汉宫阙名。　　[17]斗十千：一斗酒值十千钱。极言酒美价高，并非实指。斗：古代一种酒器。十千：值十千钱。恣：尽情，放纵。欢谑（xuè）：欢笑，戏谑。　　[18]主人：作者自称。何为：为何。　　[19]径须：直须。沽：买。对君酌：和你们对饮。　　[20]五花马：指名贵的马。千金裘：价值千金的名贵皮衣。　　[21]将出：拿出。　　[22]尔：你们。万古愁：很幽深的愁。

行路难[1]

李　白

金樽清酒斗十千[2]，
玉盘珍羞值万钱[3]。
停杯投箸不能食[4]，
拔剑四顾心茫然[5]。
欲渡黄河冰塞川，
将登太行雪满山[6]。
闲来垂钓碧溪上[7]，
忽复乘舟梦日边[8]。
行路难！行路难！
多歧路，今安在[9]？
长风破浪会有时[10]，
直挂云帆济沧海[11]。

【译文】

金杯里的美酒一斗需钱十千，
玉盘里的佳肴要值一万钱。
杯子端起又推开，筷子拿起又撂下，
我哪有心思痛饮、品尝？
怒拔宝剑四下里看，心绪茫然不知所措。
要渡黄河，冰块却堵塞了航道；
将登太行，大雪却封闭了山路。
吕尚无事在磻溪钓鱼，
梦见自己乘船绕着太阳而过，
终于受到了商汤的聘任。
行路难啊，行路难！
这么多的岔路摆在面前，
我要走的路在哪里呢？
我坚信：总归有一天，我会像宗悫所说的那样，
乘长风破万里浪，高挂云帆，
横渡沧海，顺利到达理想的彼岸。

【释义】

[1]古乐府《杂曲歌辞》旧题，其内容多是叙写世路艰难和离别悲伤的。[2]金樽（zūn）：指精美的酒器。清酒：指美酒。斗十千：一斗酒值十千钱。这不是实指当时的酒价。斗：有柄的盛酒器。 [3]玉盘：精美的盘子。珍羞：名贵的菜肴。羞：同"馐"。 [4]投箸：丢下筷子。不能食：咽不下。 [5]四顾：向四面张望，形容不知所措的惶惑的样子。茫然：心情沉重而又无所适从的神态。[6]太行（háng）：太行山，在今山西省东南部，与河北、河南交界处。 [7]垂钓碧溪：传说吕尚未遇周文王时，曾在磻（pán）溪（今陕西省宝鸡市东南）垂钓，后遇文王，遂得到了重用。 [8]忽复：忽然又。乘舟梦日边：传说伊尹在将要受到商汤的征聘时，梦见乘船经过日边。 [9]歧路：岔路。今安在：现在要走的正路又在什么地方？[10]长风破浪：《宋书·宗悫（què）传》："宗悫少时，叔父炳

问其志。愨曰:'愿乘长风破万里浪。'"后人用"乘风破浪"比喻施展宏伟抱负。会有时:总会有机会的。会:适逢其会的"会",即时机,机会。　[11]云帆:指巨大的船帆像飘在天际的白云一样。济:渡。沧海:大海。

塞下曲[1]

李　白

五月天山雪[2],无花只有寒。
笛中闻折柳[3],春色未曾看[4]。
晓战随金鼓[5],宵眠抱玉鞍[6]。
愿将腰下剑,直为斩楼兰[7]。

【译文】

五月的天山依然覆盖着皑皑白雪,
看不到花朵,只有奇寒。
羌笛吹奏出《折杨柳》曲子,
而春色却看不见。
早晨的战斗随着战鼓声展开,
夜晚的睡眠只能抱着马鞍入梦。
发誓要拿腰下的佩剑,
径直斩杀侵犯内地的敌人。

【释义】

[1]《塞下曲》:是李白写的《塞下曲》六首中的第一首。它描写了戍边将士军旅生活的艰苦和为国立功的决心。　[2]天山:在今新疆维吾尔自治区,山上冬夏积雪。　[3]折柳:即《折杨柳》,古乐府《横吹曲》的曲调名。　[4]看:见。[5]金鼓:以金为饰的战鼓。　[6]玉鞍:以玉为饰的马鞍。　[7]楼兰:汉代西域的部落名。此泛指向内地侵扰的敌人。

子夜吴歌[1]

李 白

长安一片月[2],万户捣衣声[3]。
秋风吹不尽,总是玉关情[4]。
何日平胡虏[5],良人罢远征[6]?

【译文】

秋夜里,一片月光遍照着长安城,
到处传来万家捣衣的声音。
飒飒秋风,不仅驱散不尽内心的愁思,
反而更加勾起了对戍守玉门关的丈夫的怀念。
何日才能平定侵扰边境的敌人,
好让丈夫早日结束远征,回家团聚呢?

【释义】

[1]是子夜歌的变调,分春夏秋冬四时,又称《子夜四时歌》,因属吴声曲,故称吴歌。李白此诗原有春夏秋冬四首,这里选的是其中一首秋歌。 [2]长安:今陕西省西安市,唐代京城。 [3]捣衣:洗衣时用木杵在砧石上捶打衣服。 [4]玉关情:想念丈夫在玉门关戍边的情思。玉关:玉门关。 [5]胡虏:古时称北方外族敌人为胡虏。 [6]良人:妻子对丈夫的称呼。罢:停止,结束。

秋浦歌[1]

李 白

白发三千丈,缘愁似个长[2]。
不知明镜里,

何处得秋霜[3]。

【译文】

头上的白发啊,长达三千丈,
因愁闷才长得这般长。
不知道明镜里,何处得来秋天的霜。

【释义】

[1]李白在秋浦时写下了十七首组诗。这首是第十七首。秋浦:唐代县名,在今安徽省贵池县西。 [2]缘:因为。个:这样。 [3]秋霜:秋天的霜,比喻头发像秋霜一样白。

赠汪伦[1]

李 白

李白乘舟将欲行,
忽闻岸上踏歌声[2]。
桃花潭水深千尺,
不及汪伦送我情。

【译文】

当李白上了船,就要走的时候,
忽然听到汪伦一边走一边唱着歌来为我送行。
这桃花潭水即使有千尺深,
也不如汪伦为我送行的情谊深啊!

【释义】

[1]汪伦:李白在桃花潭(今安徽省泾县西南)结识的朋友。 [2]踏歌:用

脚步打着拍子，一边走一边唱歌。

闻王昌龄左迁龙标，遥有此寄[1]

李 白

杨花落尽子规啼[2]，
闻道龙标过五溪[3]。
我寄愁心与明月[4]，
随风直到夜郎西[5]。

【译文】

杨花落尽，子规悲啼，
听说好友王龙标在贬道上，
已渡过了五溪。
我把愁心寄给明月，
让它随风陪您飘到夜郎西。

【释义】

[1]左迁：贬官。古时以右为尊，所以把贬官叫"左迁"。龙标：今湖南省黔阳县。这里指王昌龄被贬降为龙标尉。 [2]子规：杜鹃鸟。这句用杨花飘落、子规悲啼，兼写时序和悲离心情。 [3]龙标：是龙标尉简称，这里指王昌龄，古人惯用官职称人。五溪：指辰溪、西溪、雄溪、蒲溪、沅溪，在今湖南省西部一带。[4]与：给，托付的意思。 [5]风：一作"君"。夜郎：唐代夜郎有三，两个在今贵州省桐梓县，一个在今湖南省沅陵县境，这里泛指湖南西部和贵州一带地区。一说指湖南省沅陵县境的夜郎。

忆旧游寄谯郡元参军[1]

李 白

忆昔洛阳董糟丘[2],
为余天津桥南造酒楼[3]。
黄金白璧买歌笑,
一醉累月轻王侯。
海内贤豪青云客[4],
就中与君心莫逆[5]。
回山转海不作难,
倾情倒意无所惜。
我向淮南攀桂枝[6],
君留洛北愁梦思。
不忍别,还相随。
相随迢迢访仙城[7],
三十六曲水回萦。
一溪初入千花明,
万壑度尽松风声。
银鞍金络到平地,
汉东太守来相迎。
紫阳之真人,邀我吹玉笙。
餐霞楼上动仙乐,
嘈然宛似鸾凤鸣。
袖长管催欲轻举[8],
汉东太守醉起舞。
手持锦袍覆我身,
我醉横眠枕其股。

当筵意气凌九霄,
星离雨散不终朝,
分飞楚关山水遥。
余既还山寻故巢,
君亦归家渡渭桥。
君家严君勇貔虎[9],
作尹并州遏戎虏[10]。
五月相呼渡太行,
摧轮不道羊肠苦[11]。
行来北京岁月深[12],
感君贵义轻黄金。
琼杯绮食青玉案,
使我醉饱无归心。
时时出向城西曲[13],
晋祠流水如碧玉。
浮舟弄水箫鼓鸣,
微波龙鳞莎草绿[14]。
兴来携妓恣经过[15],
其若杨花似雪何!
红妆欲醉宜斜日,
百尺清潭写翠娥[16]。
翠娥婵娟初月辉[17],
美人更唱舞罗衣[18]。
清风吹歌入空去,
歌曲自绕行云飞。
此时行乐难再遇,
西游因献《长杨赋》[19]。

北阙青云不可期[20],
东山白首还归去[21]。
渭桥南头一遇君,
酂台之北又离群[22]。
问余别恨今多少,
落花春暮争纷纷。
言亦不可尽,
情亦不可及。
呼儿长跪缄此辞,
寄君千里遥相忆。

【译文】

回忆过去洛阳董酒家,为我在天津桥南造了酒楼。
用黄金白璧买歌买笑,
醉酒累月不醒,不把王侯放在眼里。
海内贤士豪杰和达官显贵都来做客,
其中只有你与我心意相合,无所违逆。
移山倒海在我们面前不算难,
彼此情投意合,
甘愿为对方牺牲一切在所不惜。
不久我往淮南归隐、访道,
你留洛北被离愁别绪梦绕魂牵。
不忍别,还相随。
我与你经过漫长的途程访问仙城。
三十六条河水围绕着仙城。
一条山溪流过城内,两岸千花明媚,
万壑回响着松涛声。
我们骑着骏马来到平地,
汉东太守热情地来迎接。

诗

紫阳真人邀我吹玉笙。
餐霞楼上演奏着仙乐,
美妙的乐声酷似鸾凤在鸣唱。
长袖舞动在管乐声催动下变轻而飞升,
汉东太守带着醉意翩翩起舞。
我也醉了,枕着他的大腿在睡觉,
他手持锦袍盖在我的身上。
在筵宴上大家意气风发冲云霄。
可惜啊!星离雨散不能终朝,
大家只得分飞楚关山水遥。
我既回山寻找自己旧巢穴,
你也通过渭桥回家乡。
你的父亲是勇猛的武将,
镇守并州,阻击外来敌人的侵犯。
五月间你邀请我离开安陆前往并州,
经过太行山,不叫山道崎岖行路苦。
我们到太原府时间很长了,
你重友谊而轻金钱的高贵品质
令我深深感动。
美酒佳肴使我醉饱无归心。
我们经常外出向西游览晋祠。
晋祠流水像碧玉,
我们乘舟弄水,击鼓吹箫,
荡起的波浪好像绿色的龙鳞。
兴致来了,
我们还带领着歌妓纵情地经过这儿,
多么像杨花纷飞,似大雪飘落啊!
夕阳的红光与歌女们的红妆醉颜相杂,
特别迷人。
美女们的倩影倒映在百尺深的清清的潭水中,

风光绮丽。
新月初上,
美女们的容颜像月色般皎洁。
她们轮番歌唱、起舞。
歌声悠扬、随风远去,追逐行云。
此时的欢乐很难再遇到了,
我因献《长杨赋》而西游。
在朝中青云直上已无望,
年老了东山再起也不可能。
渭南桥头刚刚见到你,
在鄮台之北我们又要分手。
要问我今天的别恨有多少,
暮春落花乱纷纷。
言不尽意,情也不可达,
叫儿恭敬地封上此辞,
寄给你作千里遥相忆吧!

【释义】

[1]谯(qiáo)郡:今安徽省亳县。元:元演,李白的好友。　[2]糟丘:酒糟堆成的小丘,此指酒家。　[3]天津桥:天津,桥名,天津桥在洛阳西南洛水上。　[4]青云:比喻高官显爵。　[5]就中:其中。　[6]攀桂枝:语出淮南小山《招隐士》,指隐居、访道之事。　[7]迢迢:遥远;长久,漫长。　[8]轻举:道家指使身体变轻而飞升。　[9]貔(pí)虎:比喻勇士或勇猛的军队。　[10]尹:官的通称。并州:今山西省太原市。　[11]摧轮不道羊肠苦:曹操《苦寒行》说"北上太行山,艰哉何巍巍!羊肠坂诘屈,车轮为之摧"。然而李白到太行,兴致高,时令好,所以"摧轮不道羊肠苦"。　[12]北京:今山西省太原市。　[13]曲(qū):河曲。此指曲折、幽静而又隐秘的地方。　[14]莎(suō)草:多年生草本植物。地下块根入药。又名"香附子"。　[15]恣(zì):放纵。　[16]写:倒映。翠娥:指美女的眉,也借指美女。　[17]婵娟:形态美好。　[18]更:轮番。[19]《长杨赋》:汉代扬雄作。此赋通过子墨客卿和翰林主人对答的方式铺陈前代

帝王"展人之所诎（qū，理亏），振人之所乏"，抑止淫乐，以行劝谏。 [20]北阙（què）：古代北面的门楼，是大臣等候朝见或上书奏事的地方。也作为朝廷的别称。 [21]东山：即东山再起（失势后重又恢复地位）。 [22]鄼（zàn）台：在谯郡。

梦游天姥吟留别[1]

李 白

海客谈瀛洲[2]，
烟涛微茫信难求[3]。
越人语天姥[4]，
云霞明灭或可睹[5]。
天姥连天向天横[6]，
势拔五岳掩赤城[7]。
天台四万八千丈[8]，
对此欲倒东南倾[9]。
我欲因之梦吴越[10]，
一夜飞渡镜湖月[11]。
湖月照我影，
送我至剡溪[12]。
谢公宿处今尚在[13]，
渌水荡漾清猿啼[14]。
脚著谢公屐[15]，
身登青云梯[16]。
半壁见海日[17]，
空中闻天鸡[18]。
千岩万转路不定[19]，
迷花倚石忽已暝[20]。

熊咆龙吟殷岩泉[21],
慄深林兮惊层巅[22]。
云青青兮欲雨[23],
水澹澹兮生烟[24]。
列缺霹雳[25],
丘峦崩摧[26]。
洞天石扉[27],
訇然中开[28]。
青冥浩荡不见底[29],
日月照耀金银台[30]。
霓为衣兮风为马[31],
云之君兮纷纷而来下[32]。
虎鼓瑟兮鸾回车[33],
仙之人兮列如麻[34]。
忽魂悸以魄动[35],
怳惊起而长嗟[36]。
惟觉时之枕席[37],
失向来之烟霞[38]。
世间行乐亦如此[39],
古来万事东流水[40]。
别君去兮何时还[41],
且放白鹿青崖间[42],
须行即骑访名山[43]。
安能摧眉折腰事权贵[44],
使我不得开心颜[45]!

【译文】

航海的人谈起海上的瀛洲仙岛,

水雾波涛,模糊不清,实在难找。
越人讲到天姥山,
说它在云霓中时隐时现,有时看得见。
天姥山与天相连,遮断了天空。
山势高耸,超出了五岳和赤城。
天台山高有四万八千丈,
像要倒塌似的向东南方倾斜。
我要凭借这个传说梦游吴越,
于是在梦中乘着月色,
一夜飞渡了镜湖。
湖上明月照着我的身影,
伴送我到剡溪。
谢灵运住宿的地方今天还可以看到,
清水荡漾,凄清的猿猴的啼叫。
穿上谢公的木屐,
登上高入云霄的陡峭山路,
像是踏上攀登青天的梯子。
在半山腰看见太阳从海面上升起,
从空中传来天鸡报晓的长鸣。
千岩万壑,山路曲折多变,
为奇异的山花而迷醉,
靠着山崖不经意已进入了黑夜。
那熊咆龙吟的声音,
像炸雷一样在岩泉之间隆隆作响,
使很幽深茂密的森林为之战栗,
重叠的山峦也为之惊恐。
乌云沉沉将要下雨,
水波摇动,升起浓雾。
顿时电闪雷鸣,山峰都要倒塌了。
神仙居住地方的石门从中打开,

发出訇然巨响。
青色的天空茫无边际，
日月照耀着金银楼台。
把彩虹裁为衣裳，把长风当作马来骑，
那众多的云神纷纷从天上降下。
老虎鼓瑟啊，鸾鸟拉车，
仙人成群结队数不清。
猛然间魂魄震动，惊起长叹。
梦醒后，只有床上的枕席还在那儿，
刚才梦中所见到的烟霞景象都消失了。
世上寻欢作乐也和梦游天姥山一样虚幻，
古来万事都像东逝的流水一样。
现在别您离去什么时候才能回来呢？
暂且把白鹿放在青山间，
要出游的时候，
我就骑上它去访名山大川。
我怎么能够低头弯腰侍奉权贵，
使我不能心情愉快，脸露笑容呢！

【释义】

[1]天姥（mǔ）：山名，在今浙江省新昌县东。吟：诗体名，是歌行体之一种。留别：留诗向朋友告别。 [2]海客：航海的人。瀛洲：仙山名。古代传说东海中有蓬莱、方丈、瀛洲三座仙山。 [3]烟涛：烟雾波涛。微茫：迷茫，模糊不清的样子。信难求：确实难以寻求。 [4]越：春秋时国名，在今浙江省一带地方。语（yù）：谈论，告诉。 [5]明灭：忽明忽暗，时隐时现。或可睹：有时可以看得见。 [6]连天：形容天姥山高与天连。向天横：横向天边，形容山势广袤。 [7]势拔：山势超出。五岳：我国五座著名大山（北岳恒山，南岳衡山，东岳泰山，西岳华山，中岳嵩山）的总称。掩：遮盖。赤城：山名，在今浙江省天台县北。 [8]天台：山名，在今浙江省天台县北，天姥山的东南。四万八千丈：这是夸张的说法，极力形容山的高大。 [9]此：指天姥山。欲倒：将要倒塌。

[10]之：这，代词，指代越人关于天姥山的传说。因之：凭借这个传说。梦：梦游。吴越：偏义复词，这里是指越。春秋时吴越两国相邻，故连类而及。 [11]镜湖：又名鉴湖，或庆湖，在今浙江省绍兴市南。 [12]剡（shàn）溪：在今浙江省嵊（shèng）县南，为曹娥江的上游。 [13]谢公：指南北朝时的宋朝诗人谢灵运。宿处：住过的地方。 [14]渌水：清水。荡漾：水波流动的样子。清：凄清。 [15]著：同"着"，穿上。谢公屐（jī）：谢灵运特制的专供游山时用的一种木鞋，底下装有活动的木齿，上山时抽去前齿，下山时抽去后齿。 [16]青云梯：指高入云霄的陡峭山路，像是登攀青天的梯子。 [17]半壁：半山腰。因山岩陡峭如壁，故称"半壁"。海日：从海里升起的太阳。 [18]闻天鸡：指天亮了。天鸡：《述异记》说"东南有桃都山，上有大树名曰桃都，枝相去三千里，上有天鸡，日初出照此木，天鸡则鸣，天下之鸡皆随之鸣"。 [19]路不定：指山路曲折多变。 [20]迷花：为欣赏奇异的山花而迷醉。倚：靠着。暝（míng）：天黑了。 [21]咆：咆哮。吟：鸣叫。殷（yǐn）：象声词，雷声，在这里用作动词，是震动的意思。殷岩泉：像雷声一样在岩泉之间隆隆震响。 [22]慄（lì）：战栗，发抖。深林：幽深茂密的森林。兮（xī）：语气词，相当于现代的"啊"。层巅：重重叠叠的山峰。惊层巅：使重叠的山峰惊恐。 [23]青青：黑沉沉的样子。欲雨：将要下雨。 [24]澹（dàn）澹：水波摇动的样子。烟：指水面上的雾气。 [25]列缺：闪电。霹雳：巨雷声。 [26]丘峦：山峰。崩摧：崩塌。 [27]洞天：道家语，意思是说洞中别有天地，所以叫"洞天"。石扉：石门。 [28]訇（hōng）然：巨大的响声。中开：从中裂开。 [29]青冥：青色的天空。浩荡：茫无边际的样子。 [30]金银台：传说为神仙居住的地方。 [31]霓：虹。 [32]云之君：云神。 [33]鼓：弹奏。瑟：古代一种乐器。鸾：古代传说是凤凰一类的鸟。回车：驾车。 [34]仙之人：仙人。列如麻：排列得像麻一样。形容仙人众多。 [35]悸（jì）：惊怕。以：而。 [36]恍（huǎng）：同"恍"，惊醒不安的样子。长嗟：长叹。 [37]觉：醒。 [38]向来：刚才。烟霞：指梦中的奇幻景象。 [39]亦如此：也不过如梦中游天姥山一样。 [40]东流水：比喻人世间的万事万物如东去的流水一样，一去不复返。 [41]君：指在山东漫游时结识的朋友。 [42]白鹿：传说中神仙所骑的一种神兽。青崖：青山。 [43]须行：需要出游的时候。即骑：就骑。 [44]安能：哪能。摧眉折腰：低眉弯腰。事：侍奉。权贵：指有权势的贵族官僚。 [45]不得：不能。开心颜：心情愉快，脸上露出笑容。

渡荆门送别[1]

李　白

渡远荆门外，
来从楚国游[2]。
山随平野尽[3]，
江入大荒流[4]。
月下飞天镜[5]，
云生结海楼[6]。
仍怜故乡水[7]，
万里送行舟。

【译文】

我乘舟经巴渝，出三峡，
直向荆门山之外驶去，到楚国游览。
蜀地的高山峻岭，
随着平原旷野的伸展而消失了，
奔腾的江水出峡后在原野上静静地流着。
月亮倒映江心像天上飞落下来的一面镜子，
云彩聚结在天空像奇妙的海市蜃楼。
最值得怜爱的仍是故乡流来的水，
不远万里伴随着我的行舟。

【释义】

[1]《渡荆门送别》：渡荆门告别故乡，江水为我（李白）送别。（清）沈德潜在《唐诗别裁集》中说："诗中无送别意，题中二字可删。"此说有一定的道理，但"送别"二字不可删。荆门：山名，在今湖北省宜都县西北，长江南岸，与北

岸虎牙山隔江对峙,上合下开,形势险要,为春秋战国时楚国西面的门户。
[2]从:至,向。楚国:今湖北省及其周围,春秋战国时为楚国。 [3]尽:消失,完了。 [4]大荒:广阔无际的原野。 [5]月下:月落。此指江中月亮倒影。飞天镜:像天上飞落下来的一面镜子。 [6]海楼:海市蜃(shèn)楼。 [7]仍:还。怜:爱,恋。故乡水:指长江水。李白从小生活在蜀地,江水自蜀而来,故他亲切地称之为"故乡水"。

送友人[1]

李 白

青山横北郭[2],白水绕东城[3]。
此地一为别[4],孤蓬万里征[5]。
浮云游子意[6],落日故人情[7]。
挥手自兹去[8],萧萧班马鸣[9]。

【译文】

青山逶迤横亘北郭,清清流水绕过东城。
在这儿一分别,
你将像孤蓬一样飞向万里征程。
浮云飘忽不定似你的心意,
落日依依,像我惜别的深情。
挥手从这里分别,
你我的马啊,也为离别而悲鸣。

【释义】

[1]友人:姓名已佚。 [2]郭:外城。 [3]白水:清水。 [4]一:语助词,加强语气。为:作。 [5]孤蓬:比喻孤身远行的友人。蓬:蓬草,枯后断根,随风飞扬,所以又名飞蓬。征:远行。 [6]浮云:飘忽不定之云。游子:友人。意:心情。 [7]落日:将要落山的太阳,徐徐西下,性状依依。故人:老朋友,

此为诗人自指。情：情意。　[8]挥手：作别的手势。兹：此，这里。去：离别。
[9]萧萧：马鸣声。班马：离群的马。班：分别。

宣州谢朓楼饯别校书叔云[1]

李　白

弃我去者，
昨日之日不可留；
乱我心者，
今日之日多烦忧。
长风万里送秋雁，
对此可以酣高楼[2]。
蓬莱文章建安骨[3]，
中间小谢又清发[4]。
俱怀逸兴壮思飞[5]，
欲上青天览明月[6]。
抽刀断水水更流，
举杯消愁愁更愁。
人生在世不称意[7]，
明朝散发弄扁舟[8]。

【译文】

昨天离我而去，不能把它挽留；
今天，扰乱我的心，
给我增添了这么多的烦恼与忧愁。
长空万里，无限美好的金秋，
南归的大雁被西风送走，
面对难逢的佳景，

让我们举杯酣饮在谢朓的高楼上。
你的文章有蓬莱的神韵,建安的风骨,
我的诗篇也像谢朓一样清新秀发。
我们有超迈的意兴和腾飞的壮志,
要上青天摘取明月。
抽刀断水水更流,
举杯消愁愁更愁。
人生活在这个世界上,竟然如此不称心如意!
明天我将披头散发,
乘一叶小舟,泛游于江湖之上。

【释义】

　　[1]这是天宝末年李白在宣城期间饯别秘书省校书郎李云而写下的一首七言古诗。宣州:今安徽省宣城县。谢朓(tiǎo):南齐著名诗人。谢朓楼:系谢朓任宣城太守时所建,又称谢朓北楼,谢公楼。唐末,改名叠嶂楼。饯别:用酒食招待送别。校书:官名,为校书郎的简称。叔云:李白的族叔李云。李云曾任秘书省校书郎。诗题一作《陪侍御叔华登楼歌》。("侍御叔华",即唐代著名散文家李华。天宝末年李华曾任监察御史。李白与李华相遇宣城,同登谢朓楼,即景生情有感而作。)　[2]此:指"长风万里送秋雁",既点明饯别的时节,也用"秋雁"比喻送别的人。酣高楼:即畅饮于高楼之上。　[3]蓬莱:海上仙山名,传说仙府的幽经秘录均藏于此。东汉时期朝廷藏书处为"东观",当时学者称"东观"为道家的蓬莱山。李云供职的校书郎有校订图书任务,所以这里的蓬莱借指为秘书省,指李云。建安:东汉末年汉献帝刘协的年号。当时曹操父子和建安七子的诗文风格刚健清新,后世称为"建安风骨"。建安骨:即建安风骨的简称。这句是赞美李云的文章有建安风骨。　[4]中间:建安到唐代之间。小谢:谢朓。他以山水风景诗见长,后人把他和谢灵运并称:谢灵运为大谢,他为小谢。清发:清新秀发。这是指谢朓诗的风格。这句是说自己的诗也像谢朓一样清新秀发。　[5]俱怀:两人(指自己和李云)都怀有。逸兴:超迈的意兴。壮思:壮志。　[6]览:同"揽",摘取的意思。　[7]不称(chèn)意:不如意。这是指在功业上不能有所成就。　[8]散发:古人平时都是用簪子束发,并戴上帽子,而散发,则为不束

发,不戴帽,表示闲适自在,不受拘束。扁舟:小舟。弄扁舟:即泛游一叶扁舟于江湖之上的意思。

送温处士归黄山白鹅峰旧居[1]

李 白

黄山四千仞[2],三十二莲峰[3]。
丹崖夹石柱[4],菡萏金芙蓉[5]。
伊昔升绝顶[6],下窥天目松[7]。
仙人炼玉处[8],羽化留余踪[9]。
亦闻温伯雪[10],独往今相逢。
采秀辞五岳[11],攀岩历万重。
归休白鹅岭,渴饮丹砂井。
凤吹我时来,云车尔当整[12]。
去去陵阳东[13],行行芳桂丛[14]。
回溪十六度[15],碧嶂尽晴空[16]。
他日还相访,乘桥蹑彩虹。

【译文】

黄山四千仞,三十二座莲花峰,
犹如一朵朵芙蓉花,盛开在千岩万壑中,
往日我登上它的绝顶,
即可下窥天目山上的松树。
仙人炼丹的地方,飞升成仙时还留着遗踪,
也闻温伯雪,独往今相逢,
采药离开五岳,登峰峦经过几万重,
归来时在白鹅岭休息,
渴了就喝丹砂井里的水。

他日当凤凰奏乐时我即来,
您当整理云车迎接。
行进在陵阳山之东,
不停顿穿过香草和桂花丛。
行程遥远,道中峰回溪转,
碧峦叠嶂全都高耸入晴空。
他日还相访,定将乘桥蹑彩虹。

【释义】

[1]处(chǔ)士:原指有才德而隐居不做官的人。后来也称没有做过官的读书人。黄山:在安徽省黟县西北。白鹅峰:黄山诸峰之一。 [2]仞(rèn):古代长度单位。一仞合八尺、七尺或四尺等,说法不一。 [3]三十二莲峰:黄山有峰三十六,李白言三十二,可能另四峰,唐以前未名。 [4]丹崖夹石柱:红色的山崖夹着石柱。 [5]菡萏(hàn dàn):荷花。芙蓉:指黄山莲花峰。 [6]伊昔:往日。 [7]天目:浙江天目山。 [8]仙人:黄帝的左右丞相容成子和浮丘公。炼玉:炼丹。 [9]羽化:飞升成仙。 [10]温伯雪:《庄子》中人名,此借以喻温处士。 [11]采秀:采药。 [12]云车尔当整:你当整理好云车。 [13]去去:行走的样子。陵阳:山名,在安徽省宣城县城内,陵阳子明成仙于此,故名。 [14]行行:走着不停。 [15]回:曲折。度:指道或条。 [16]碧嶂:绿色山峰。

望庐山瀑布[1]

李 白

日照香炉生紫烟[2],
遥看瀑布挂前川[3]。
飞流直下三千尺[4],
疑是银河落九天[5]。

【译文】

太阳照耀着香炉峰,
紫色的云烟袅袅上升,
远远地看那瀑布,
就像挂在眼前的一条长河。
它如飞奔流,直泻而下三千尺,
仿佛觉得它像是银河从九天落下一般。

【释义】

[1]庐山:山名,在今江西省九江市南。 [2]香炉:峰名,香炉峰在庐山北部。《庐山记》:"东南有香炉峰,游气笼其上,氤氲(yīn yūn)若香烟。又南北有瀑布十余处。香炉峰与双剑峰在瀑布之旁,水源在山顶。"生紫烟:太阳光照着苍翠山峰,就变成紫色云烟。 [3]挂前川:瀑布挂在前面像一条长长的河流。川:河流。 [4]飞流直下:瀑布如飞奔流,直泻而下。 [5]疑:疑心,仿佛觉得。银河:又名天河、星河、银汉、云汉等,是天空白色的云带,由无数小星形成,似一条长河横亘天空。九天:指极高的天空。

秋登宣城谢朓北楼[1]

李 白

江城如画里[2],
山晚望晴空,
两水夹明镜[3],
双桥落彩虹[4]。
人烟寒橘柚[5],
秋色老梧桐。
谁念北楼上,
临风怀谢公[6]。

【译文】

宣城矗立江边，像图画般秀丽。
傍晚，我登楼眺望远山和晴空。
宛溪和句溪在宣城交汇，
桥洞和其倒影像一面明镜夹在它们中间。
凤凰和济川二桥犹如白天而降的彩虹。
袅袅炊烟下橘林柚树透露了几分寒意，
深秋里的老梧桐倔强地挺立着。
谁能料到此时我正登上北楼，
在萧瑟的西风下深沉地缅怀谢公？

【释义】

[1]谢朓北楼：在宣城城外陵阳山上，为南齐诗人谢朓所建，又名谢朓楼、谢公楼。 [2]江城：宣城。 [3]两水：宛溪、句溪，二水绕宣城合流。明镜：桥洞和它的倒影合成的圆形。 [4]双桥：横跨溪水的上下两桥。上桥叫凤凰桥，在城的东南泰和门外；下桥叫济川桥。在城东阳德门外。 [5]人烟：人家的炊烟。 [6]临风：迎着风。谢公：谢朓。

望天门山[1]

李 白

天门中断楚江开[2]，
碧水东流至此回[3]。
两岸青山相对出[4]，
孤帆一片日边来[5]。

【译文】

天门山被凶猛大江从中间劈开，

东流的碧水到这儿被遏回旋向北,
两岸青山相对耸出,
一只孤零零的帆船,
从天边飘过来。

【释义】

[1]天门山:在今安徽省当涂县西南,因东梁山和西梁山的夹江对峙,如天门中开,故名。楚江:安徽古属楚地,长江流经安徽的部分故称楚江。 [3]回:回旋。 [4]两岸青山:东西梁山。出:耸出。 [5]日边:天边。

客中作[1]

李 白

兰陵美酒郁金香[2],
玉碗盛来琥珀光[3]。
但使主人能醉客[4],
不知何处是他乡。

【译文】

兰陵美酒带有郁金香的芬芳,
斟在玉碗里,
闪现出琥珀般的色泽。
只要主人盛情让客醉,
我才不管这里是我的故乡还是异乡呢!

【释义】

[1]《客中作》:一作《客中行》。 [2]兰陵:位于今山东省临沂市。郁金香:一种香草。古人用以浸酒,浸后酒带金黄色。 [3]琥珀:一种树脂化石,呈黄色或赤褐色,色泽晶莹。此喻指美酒色泽。 [4]但使:只要。

越中览古[1]

李 白

越王勾践破吴归[2],
义士还家尽锦衣[3]。
宫女如花满春殿[4],
只今惟有鹧鸪飞[5]。

【译文】

越王勾践消灭了吴国凯旋,
将士还乡全都穿上了锦衣,
如花宫女占满了越王宫殿。
然而当年的胜利、威武、富贵、荣华,
都一去不复返了,
如今只有几只鹧鸪飞落在越王城故址上。

【释义】

[1]越中:会稽,战国时越国都城,位于今浙江省绍兴市。 [2]破吴归:公元前473年勾践灭掉吴国,"诛太宰嚭(pi),以为不忠,而归"。 [3]义士:跟随越王勾践讨伐吴国的将士。或作"战士"。锦衣:锦绣的衣裳,此指官服。 [4]宫女如花:像花一样美丽的宫女。满春殿:占满了宫殿。"春"字应"如花",并描摹美好的时空和景象,不一定是指春天。 [5]只今:如今,现在。惟:只。鹧鸪:鸟名。

别董大[1]

高 适

千里黄云白日曛[2],
北风吹雁雪纷纷。
莫愁前路无知己[3],
天下谁人不识君[4]。

【译文】

千里风沙形成的黄云使日光昏黄,
北风刮来的纷纷大雪,
吹打着南飞的雁群。
不要担忧前面路上没有知心人,
天下有谁不知您的大名。

【释义】

[1]《别董大》共二首,此选第一首。董大:董庭兰,当时著名的琴师,因善弹胡笳,盛名一时。 [2]黄云:塞外风沙蔽日,云呈黄色。曛(xūn):日色昏黄。 [3]前路:前面路上。 [4]君:对董大的尊称。

黄鹤楼[1]

崔 颢

昔人已乘黄鹤去[2],
此地空余黄鹤楼[3]。
黄鹤一去不复返[4],
白云千载空悠悠[5]。

晴川历历汉阳树[6],
芳草萋萋鹦鹉洲[7]。
日暮乡关何处是[8],
烟波江上使人愁[9]。

【译文】

传说中的仙人已经骑着黄鹤飞离这里,
这儿只留下黄鹤楼矗立在黄鹤矶上。
黄鹤飞走了再也不会回来,
千百年来,白云在这里徒然飘荡。
晴空下汉阳的原野上的树木清晰可见,
鹦鹉洲上的芳草长得葱茏茂密。
暮色苍茫,我的故乡在哪儿呢?
面对江上起伏翻腾的烟波,真使人忧愁。

【释义】

[1]黄鹤楼:旧址在今湖北省武汉市蛇山的黄鹤矶头,俯瞰长江,为登览胜地,后毁于火。黄鹤楼本因黄鹤山(蛇山)而得名,但《寰宇记》却说:"昔费文祎登仙,每乘黄鹤于此憩驾,故号为黄鹤楼。"《齐谐志》亦说仙人子安乘黄鹤过此。 [2]昔人:指传说中来过黄鹤楼的仙人。去:离开。 [3]空余:空空留下。 [4]黄鹤:仙人所乘过的黄鹤。一作白云。 [5]空:徒然。悠悠:长远,飘荡的样子。 [6]晴川:晴空下的原野。川:水流为川,平原也叫川。历历:清楚、分明的样子。汉阳:今武汉市汉阳区,与黄鹤楼隔江相望。 [7]萋萋:草木茂盛的样子。鹦鹉洲:《清一统志》载:"湖北武昌府,鹦鹉洲在江夏县西南二里,祢衡墓在鹦鹉洲,今沦于江。"东汉末年,黄祖杀祢衡而埋于洲上。祢衡曾作过《鹦鹉赋》,后人遂称其洲为鹦鹉洲。 [8]乡关:故乡。 [9]烟波江上:江上的烟雾、波涛。

题破山寺后禅院[1]

常 建

清晨入古寺,初日照高林[2]。
曲径通幽处[3],禅房花木深[4]。
山光悦鸟性[5],潭影空人心[6]。
万籁此俱寂[7],但余钟磬音[8]。

【译文】

清晨我来到古老的破山寺,
旭日正照耀着山上的树林,
弯曲的小路通向幽静的处所,
禅房深藏在花木丛中。
绚丽的山光使鸟儿怡然自乐,
清澈的潭影使人万念俱消。
这里的一切多么寂静,
只听见钟磬那悠扬的声音。

【释义】

[1]破山寺:在今江苏省常熟市虞山北麓。后禅院:僧人居住之地。 [2]初日:初升的太阳。照高林:照耀着山上树林。佛家称僧徒聚集之处所为"丛林",故"高林"兼有称颂禅院之意。 [3]曲径:弯曲的小路。幽处:幽静的处所。 [4]禅房:僧徒修行居住的房屋,也泛指寺院。 [5]山光:朝阳映照下的山上美景。 [6]潭影:山光天色和游者倒映在碧潭里的影子。 [7]万籁:自然界里一切声响。 [8]钟、磬(qìng):寺院中诵经和斋供时使用的打击乐器,用以敲击发出信号。钟声始,磬声止。

诗

白雪歌送武判官归京[1]

岑 参

北风卷地白草折[2],
胡天八月即飞雪[3]。
忽如一夜春风来,
千树万树梨花开[4]。
散入珠帘湿罗幕[5],
狐裘不暖锦衾薄[6]。
将军角弓不得控[7],
都护铁衣冷难著[8]。
瀚海阑干百丈冰[9],
愁云惨淡万里凝[10]。
中军置酒饮归客[11],
胡琴琵琶与羌笛[12]。
纷纷暮雪下辕门[13],
风掣红旗冻不翻[14]。
轮台东门送君去[15],
去时雪满天山路[16]。
山回路转不见君[17],
雪上空留马行处[18]。

【译文】

北风呼啸刮得沙土飞扬,白草折断,
塞外八月间就飞雪,
忽如一夜春风吹来,
好像是千树万树梨花盛开。

雪花散入珠帘，打湿绫罗帷幕，
皮袍不暖锦被嫌薄难御寒，
将军冻得角弓拉不开，
统帅的铁衣冷得难以穿着。
茫茫沙漠，坚冰纵横，
无垠苍穹，愁云凝结。
营帐里设下酒宴为你送行，
演奏胡琴琵琶羌笛给你佐酒。
暮雪渐大，纷纷落在辕门前，
红旗冻僵不能随风飘扬。
在轮台东门我送你归京去，
离别时大雪覆盖了天山路，
曲折的山路隐没了你的身影，
雪地上只留下你的马蹄印。

【释义】

[1]这是天宝十三年（754年）岑参在轮台写的一首送别诗。武判官：生平不详。判官：官名，唐代设置，是节度使和观察使的僚属。　[2]白草：西北边地的一种牧草，秋天变白。　[3]胡：我国古代对西北部少数民族的统称。胡天：此指西北地区。　[4]梨花：此为形容雪花。春天梨花盛开，颜色雪白。　[5]散入：这是形容雪花飘入帘内的样子。珠帘：缀有珠子的帘幕。罗幕：绫罗制成的帷幕。[6]狐裘（qiú）：用狐皮做成的皮袍子。锦衾（qīn）：锦缎缝制的被子。薄：觉得变薄了。　[7]角弓：用兽角装饰的硬弓。不得控：拉不开弓弦，因天太冷，手冻僵了的缘故。　[8]都护：都护府的长官。镇守边关的统帅。这里的"都护"和上句的"将军"都是泛指。铁衣：金属或皮革制成的用做作战时护身的衣甲。著：同"着"，穿。　[9]瀚海：大沙漠。阑干：纵横的样子。　[10]愁云：阴云。惨淡：昏暗无光。凝：停滞不动。指因天气奇寒而冻结了。　[11]中军：本义指主帅亲率的军队，这里是指主帅所住营帐。饮：置酒宴请。归客：指武判官。[12]胡琴琵琶与羌笛：指席间演奏用以佐酒的各种乐器。　[13]辕门：古代军营出入处用车辕相向架起作门，故称营门为辕门。　[14]掣：牵动。冻不翻：是说

红旗因雪凝而冰冻,虽有风吹,也不能飘动了。 [15]轮台:古西域地名,位于今新疆维吾尔自治区轮台县。君:指武判官。 [16]天山:在今新疆维吾尔自治区中部的大山脉。 [17]山回路转:指山路曲折。 [18]马行处:指马经过后雪地上留下的蹄印。

逢入京使[1]

岑 参

故园东望路漫漫[2],
双袖龙钟泪不干[3]。
在马上与你相遇没有纸笔,
凭君传语说我平安[4]。

【译文】

东望故乡,
道路漫长而遥远,
思乡的泪水,
湿透双袖还在流。
在马上与你相遇没有纸笔,
请您给亲人捎句口信说我平安。

【释义】

[1]入京使:从西北边境前往京都长安的使节。京:指长安。使:使者。 [2]故园:诗人在长安附近杜陵山中的家园。漫漫:漫长而遥远的样子。 [3]龙钟:泪流的样子;沾湿。 [4]凭:请;请求,托附。君:入京使者。

望 岳[1]

杜 甫

岱宗夫如何[2]？
齐鲁青未了[3]。
造化钟神秀[4]，
阴阳割昏晓[5]。
荡胸生层云[6]，
决眦入归鸟[7]。
会当凌绝顶[8]，
一览众山小[9]。

【译文】

泰山啊，它究竟有多么宏伟壮丽？
齐鲁大地包容不下它那青青秀色。
上苍把天地间的神韵、秀气全都聚集到它的身上，
它那高耸巨峰把天色的昏晓分割于山北山南。
望山中层出不穷的云气，令人心潮荡漾；
看归山的飞鸟，使人感到眼眶似乎决裂。
我一定要登上泰山之顶，看那众山都变得很小。

【释义】

[1]岳：高大的山。此指泰山。 [2]岱宗：泰山的别称，也称岱、岱岳。夫如何：怎么样。 [3]齐鲁：春秋时两个国名。齐国位于泰山之北，鲁国位于泰山之南。未了：不尽。 [4]造化：大自然。钟：聚集。神秀：神奇秀美的景色。 [5]阴阳：泰山的南北。割：分割。昏晓：昏黑与天明。 [6]荡胸：心胸开阔。层云：云气层叠。 [7]决眦（zì）：张大眼睛。眦：眼眶。 [8]会当：定要。

凌：登上。绝顶：山的顶峰。　[9]一览：一眼看去。

奉赠韦左丞丈二十二韵[1]

杜　甫

纨绔不饿死[2]，儒冠多误身[3]。
丈人试静听[4]，贱子请具陈[5]。
甫昔少年日，早充观国宾[6]。
读书破万卷[7]，下笔如有神。
赋料扬雄敌[8]，诗看子建亲[9]。
李邕求识面[10]，王翰愿卜邻[11]。
自谓颇挺出[12]，立登要路津[13]。
致君尧舜上[14]，再使风俗淳[15]。
此意竟萧条[16]，行歌非隐沦[17]。
骑驴十三载[18]，旅食京华春[19]。
朝扣富儿门[20]，暮随肥马尘[21]。
残杯与冷炙[22]，到处潜悲辛[23]。
主上顷见征[24]，欻然欲求伸[25]。
青冥却垂翅[26]，蹭蹬无纵鳞[27]。
甚愧丈人厚[28]，甚知丈人真[29]。
每于百僚上[30]，猥诵佳句新[31]。
窃效贡公喜[32]，难甘原宪贫[33]。
焉能心怏怏[34]，只是走踆踆[35]。
今欲东入海[36]，即将西去秦[37]。
尚怜终南山[38]，回首清渭滨[39]。
常拟报一饭[40]，况怀辞大臣[41]。
白鸥没浩荡[42]，万里谁能驯[43]？

【译文】

富家的子弟都不会饿死,
读书人多数耽误自身。
韦老呀,请您静听我把经历对您诉说。
我在年少时,曾到洛阳应进士试,
做"观国之光"的王宾。
那时我读书破万卷,下笔如有神。
作赋自认为可与扬雄匹敌,
写诗眼看就与曹植相近。
李邕慕名要与我见面。
王翰愿意与我为邻。
我认为自己在同辈中才华突出,
很快就要得到重要职位,
促使国君的政绩在尧舜之上,
再使社会风气淳厚。
不料我这个理想竟落空,
但我行歌作诗,并非隐逸之士。
我骑驴十三年,寄食长安消磨青春。
清晨拜富豪,傍晚还披尘随权贵。
吃过别人的残羹剩饭,
每到一处内心都感到悲伤和苦辛。
不久前眼看就要被皇上征召,
顿时想要施展自己的才能与抱负。
我像那飞行的鸟儿却折了翅膀,
也像那失水的鲤鱼不能跃过龙门。
面对韦老您的深情厚意我非常惭愧!
我深知您对我的真心诚意。
承蒙您在众多的同僚面前,
称颂我的诗句清新。

我私下常为有您这样的知己而欣喜,
就像贡禹对王吉那样弹冠相庆。
但我却难以忍受原宪那样贫穷,
我怎能心怀郁愤,进退两难呢?
今天我要西离长安,东入大海,乘舟远行,
只是我眷恋着终南山,不忍别渭水之滨啊!
我常打算报答您的一饭之恩,
更何况我心想要辞别的是您朝廷重臣!
我像那白鸥,展翅千万里,
又有谁能够把它羁绊呢?

【释义】

[1]奉:敬辞。一作"呈"。韦左丞:韦济,时任尚书左丞。丈:对老年男子的尊称。二十二韵:指本诗押二十二个韵。 [2]纨绔(wán kù):借指富家子弟。纨:丝织的细绢。绔:同"裤"。 [3]儒冠:古时儒生戴的帽子,引申为读书人。这里是杜甫自谓。 [4]丈人:对长辈的尊称,这里指韦济。 [5]贱子:杜甫自称。具陈:细细陈述。"试""请":为互文。皆有"聊且(姑且,暂且)"之义。 [6]充:当。观国宾:杜甫二十四岁在洛阳应进士考试,故自称为"观国之光"的王宾。 [7]破:指读书勤恳。万卷:形容书多。 [8]赋:作赋。料:估量。扬雄:西汉著名的辞赋家。敌:匹敌。 [9]诗:写的诗。子建:曹植的字。三国建安时期著名诗人。亲:相近,接近。 [10]李邕(yōng):唐杰出的诗人,书法家。 [11]王翰:唐代诗人。卜邻:作邻居。 [12]自谓:自以为。挺出:突出,杰出。 [13]立:立即。要路津:喻指重要的官职。 [14]致:促使。君:皇帝。上:使……在……之上。 [15]淳:淳厚,淳朴。 [16]此意:指上述诗人的政治抱负。萧条:此处为落空之意。 [17]行歌:边走边唱歌、赋诗,抒发感情。隐沦:隐逸之士。 [18]骑驴:与乘马的达官贵人对比,指没能做官。 [19]旅食:寄食。京华:当时国都长安。春:青春年华。 [20]朝:早晨。扣:敲。 [21]肥马:喻指有权势的人。尘:飞扬的尘土、灰尘。喻指后面。 [22]残杯冷炙:指达官贵人吃剩的饭菜。 [23]潜:藏。 [24]主上:唐玄宗。顷:不久。见征:被征召。 [25]欻(xū)然:忽然。欲求伸:意欲施展自己的才华与抱负。

[26]青冥：青天。垂翅：鸟垂下翅膀不得高飞。 [27]蹭蹬（cèng dèng）：失势的样子。遭受挫折，困顿、失意。纵鳞：鱼得意地畅游。无纵鳞：以鱼为喻，谓没有跃进龙门。 [28]愧：愧对。厚：厚意。 [29]真：真心。 [30]百僚：众多同僚。 [31]猥（wěi）：谦词，承蒙。表示辱没他人。 [32]窃：私下。效：效法。贡公：西汉人贡禹。他与王吉友善，听说王吉做了官，十分高兴，便"弹冠相庆"，以为自己即将出头了。这里诗人自比贡禹，以韦济比王吉。 [33]难甘：难以忍受。原宪：孔子的学生，家境贫寒，后人常用他作为贫穷读书人的代称。 [34]怏怏：气愤不平的样子。 [35]只是：如此这样。踆（cūn）踆：进退两难的样子。 [36]东入海：借指避世隐居。 [37]去秦：离开长安。 [38]怜：眷恋。终南山：山名，在长安南。 [39]清渭：渭水，在长安北。这里借终南山、渭水指长安，即朝廷。 [40]拟：准备，打算。报一饭：报答一饭之恩。 [41]况：何况。大臣：韦济。 [42]白鸥：一种水鸟，诗人自比。没浩荡：出没于浩荡烟波之间。 [43]谁能驯：没有人能拘束。

饮中八仙歌[1]

杜 甫

知章骑马似乘船[2]，
眼花落井水底眠[3]。
汝阳三斗始朝天[4]，
道逢曲车口流涎[5]，
恨不移封向酒泉[6]。
左相日兴费万钱[7]，
饮如长鲸吸百川[8]，
衔杯乐圣称避贤[9]。
宗之潇洒美少年[10]，
举觞白眼望青天[11]，
皎如玉树临风前[12]。
苏晋长斋绣佛前[13]，

醉中往往爱逃禅[14]。
李白一斗诗百篇，
长安市上酒家眠，
天子呼来不上船[15]，
自称臣是酒中仙。
张旭三杯草圣传[16]，
脱帽露顶王公前，
挥毫落纸如云烟[17]。
焦遂五斗方卓然[18]，
高谈雄辩惊四筵[19]。

【译文】

贺知章醉酒后骑马如乘船，
醉眼昏花掉落井底竟在水中睡眠。
汝阳王李琎饮酒三杯后才去朝见天子，
途中遇到酒车顿时口流馋涎，
恨不得改换封地到酒泉做郡王。
左丞相李适之每天都要花万钱，
纵情豪饮像长鲸吮吸百川，
举杯豪饮是为了脱略政事，以便让贤。
崔宗之年轻貌美又潇洒，
举杯白眼傲视青天，
他肌肤洁白，有如玉树临风。
苏晋在佛像画前长年斋戒，
醉后不守佛家清规戒律。
李白饮酒一杯写诗百篇，
常常醉卧长安酒家，
玄宗皇帝在白莲池泛舟，
唤李白作诗，李白醉酒不愿上船，

自称"臣是酒中仙"！
张旭三杯酒醉，草书笔走龙蛇，
从此"草圣"美名传，
在王公面前敢于脱帽露顶，
挥毫落笔书法飞动，如天上云烟。
焦遂五杯酒下肚才神采飞扬，不再口吃，
高谈雄辩使席间四座的人大为惊奇。

【释义】

[1]饮中八仙：贺知章、李琎（jìn）、李适之、崔宗之、苏晋、李白、张旭、焦遂八人俱善饮酒，故称"酒中八仙人"。 [2]知章：贺知章。骑马似乘船：形容醉中骑马，摇来晃去，像乘船一般。 [3]眼花：醉眼昏花。落井：跌进井中。水底眠：醉眠井底。 [4]汝阳：汝阳王李琎，唐玄宗之侄。斗：一种大的酒器。朝天：朝见天子。 [5]曲车：酒车。涎（xián）：唾沫，口水。 [6]移封：改换封地。酒泉：郡名，在今甘肃省酒泉县。 [7]左相：指左丞相李适之。兴（xìng）：兴致，此指酒兴。 [8]鲸：鲸鱼。 [9]乐圣：乐于喝酒，喻爱酒。古称酒清者为圣人，浊者为贤人，"圣"在这里是"酒"的代名词。"乐圣""避贤"出自李适之的诗句："避贤初罢相，乐圣自衔杯，为问门前客。今朝几个来？" [10]宗之：崔宗之，吏部尚书崔日用之子，袭父爵封齐国公。潇洒：洒脱不拘束。 [11]举觞（shāng）：举杯。白眼：露出眼白，表示鄙薄或厌恶。这里指崔宗之傲视世俗。 [12]皎：洁白。玉树：旧时比喻才貌之美。此喻崔宗之的容貌洁白秀美。玉树临风：崔宗之醉时摇曳之态。 [13]苏晋：开元间举进士，曾为户部侍郎，后为太子左庶子，是个佛教徒。长斋：长期斋戒。绣佛：画的佛像。 [14]逃禅：不守佛教清规戒律。 [15]不：不能。 [16]张旭：吴人，唐代著名的书法家，善草书，时人称为草圣。 [17]如云烟：形容书法飞动，如天上云烟。 [18]焦遂：当时布衣之士，事迹不详，据说他口吃，但醉后却很健谈。卓然：高超特异的样子。 [19]惊四筵：使四座的人大为惊奇。

月 夜

杜 甫

今夜鄜州月[1],
闺中只独看[2]。
遥怜小儿女[3],
未解忆长安[4]。
香雾云鬟湿[5],
清辉玉臂寒[6]。
何时倚虚幌[7],
双照泪痕干[8]。

【译文】

今夜鄜州的明月啊,
只有妻子你一人独看了。
遥想可爱的孩子们,
不能理解你看月是在思念长安的我啊!
香雾沾湿了你那如云般的发髻,
清冷的月光照得你玉臂生寒。
什么时候我们才能共倚窗前同赏明月,
让月光照干我们脸上的泪痕呢?

【释义】

[1]鄜(fū)州:今陕西省富县。 [2]闺中:指妻。 [3]怜:爱,爱惜。[4]解:理解,懂得。长安:借代诗人自己。 [5]香雾:指妇女身上散发出来的香气,使雾变香。云鬟(huán):形容发髻浓密蓬松如云。 [6]清辉:月光。玉臂:形容胳膊洁白如玉。 [7]倚:靠。虚幌(huǎng):指闺中透明的帷幕。这里

指窗帘。　[8]双照：月照夫妻二人，指代夫妻团聚。

春　望[1]

杜　甫

国破山河在[2]，
城春草木深[3]。
感时花溅泪[4]，
恨别鸟惊心[5]。
烽火连三月[6]，
家书抵万金[7]。
白头搔更短[8]，
浑欲不胜簪[9]。

【译文】

国家已经残破，只有山河依旧，
长安陷落了，城里人烟稀少，
暮春时节草木丛生，呈现出一片荒凉景象。
因感伤国事，见悦目鲜花反而泪洒花枝，
因深恨离别，听到悦耳鸟鸣反而感到心惊。
安史之乱的战火已延续了整整一个春季。
一封家信，价值万金。
白头发本来稀少，现在越抓越少了，
简直连簪子都别不住了。

【释义】

[1]唐肃宗至德元年（756年）七月，杜甫报国心切，毅然辞别家人，投奔灵武。不料途中为安史叛军俘获，带到长安。诗人在长安目睹了安史之乱给国家带

来的深重灾难，心中产生了无限的忧虑和哀伤。到第二年春天，诗人眼前所见，昔日繁华的国都于今竟然杂草丛生，满目荒凉。杜甫思绪万千，写下了这首忧国思家诗篇。　[2]国破：国家残破了，这里指国都长安沦陷。山河在：只有山河存在。　[3]草木深：草木丛生，人烟稀少，一片荒凉。　[4]感时花溅泪：因感伤国事，见悦目鲜花反而泪洒花枝。感时：感伤国事。　[5]恨别鸟惊心：因深恨离别，听到悦耳鸟鸣反而感到心惊。恨别：深恨与家人离别。　[6]烽火连三月：安史叛乱之战已延续了整整一个春季。烽火：指战争。　[7]书：信。抵：值。　[8]白头：白发。短：少。　[9]浑：简直。簪（zān）：用来别住发髻的由金属、玉石、骨头制成的长针形饰物。不胜簪：头发更加稀少，不能别发簪了。

赠卫八处士[1]

杜　甫

人生不相见，动如参与商[2]。
今夕复何夕，共此灯烛光。
少壮能几时[3]？鬓发各已苍[4]。
访旧半为鬼[5]，惊呼热中肠[6]。
焉知二十载，重上君子堂。
昔别君未婚，儿女忽成行。
怡然敬父执[7]，问我来何方？
问答乃未已，驱儿罗酒浆[8]。
夜雨剪春韭[9]，新炊间黄粱[10]。
主称会面难，一举累十觞[11]。
十觞亦不醉，感子故意长[12]。
明日隔山岳[13]，世事两茫茫。

【译文】

人生相见难，好比此起彼落的参星与商星。
今天夜晚又是什么样的夜晚呢？

我俩老友共同面对这盏烛光。

年轻力壮能有几时呢？看我们各自鬓发已经斑白。

探访老朋友，半数已死去，

令人惊讶、呼号、悲伤、肠断！

怎么能知道阔别二十年后的今天晚上，

我又再次来到你家拜访？

从前分别时，你还没有结婚，

今天你的儿女忽然排列成行。

他们高兴地接待父亲的老友，问我从哪里来？

问答还未停止，你就叫你的儿子准备酒浆。

连夜冒雨割下春韭菜做佳肴，

新烧好掺和黄米的饭，香味扑鼻。

你作为主人口称我们见面难，频频举杯，

我们接连干了十杯。

我干了十杯也不醉，感谢老友您念旧情意长！

明天我们又将天各一方，为高山峻岭所阻隔，

相会又不知在何时。

世间事物发展变化，双方都难以预料。

【释义】

[1]卫八处士：作者旧友，生平不详。处士：隐士。 [2]动如：动不动就像，往往像。参（shēn）与商：参星与商星一出一没，永不相见。 [3]少壮：年轻力壮。 [4]苍：头发斑白。 [5]旧：老友。半为鬼：大多数已死去。 [6]热中肠：内心感伤不安。 [7]怡然：喜悦的样子。父执：父亲的朋友。 [8]罗：收集，准备，摆出。 [9]剪：割。韭：韭菜。 [10]间（jiàn）：夹杂，掺杂。间黄粱：掺和着黄米。 [11]累：接连，连续。觞（shāng）：酒杯。 [12]子：您。对对方的尊称，指卫八。故意：老朋友念旧的情意。 [13]山岳：指西岳华山。

石壕吏[1]

杜 甫

暮投石壕村[2],有吏夜捉人。
老翁逾墙走[3],老妇出门看。
吏呼一何怒[4],妇啼一何苦!
听妇前致词[5],三男邺城戍[6]。
一男附书至[7],二男新战死[8]。
存者且偷生[9],死者长已矣[10]。
室中更无人[11],惟有乳下孙[12]。
有孙母未去,出入无完裙[13]。
老妪力虽衰[14],请从吏夜归[15]。
急应河阳役[16],犹得备晨炊[17]。
夜久语声绝,如闻泣幽咽[18]。
天明登前途[19],独与老翁别[20]。

【译文】

傍晚我投宿石壕村,差吏趁着黑夜来抓人。
老翁跳墙跑了,老妇出门看。
差吏狂呼大叫,多么凶恶。
老妇啼哭流涕,多么伤心!
听她上前诉说:"三个儿子都去防守邺城了。
一个儿子捎来一封家信,两个儿子刚刚战死。
死去的人永远不会复生,活着的人只能苟且活下去。
家中没有成年的男子了,只有正在吃奶的小孙子。
因为有了他,孙子的母亲才未改嫁,
可是她没有完整的衣服穿出来见人。

我这老太婆虽然体衰力竭,
请让我跟随你们连夜赶赴河阳前线去服役,
还能够给前线官兵准备早饭。"
夜深了,说话声音也消失了,
只能听到低沉微弱的抽泣声。
天明时我要动身赶路,只有向那个老翁告别了。

【释义】

[1]石壕:镇名,在今河南省陕县东。吏:小官,此指差役。 [2]投:投宿。 [3]逾(yú):越过。走:逃跑。 [4]一何:多么。 [5]前致词:走上前去(对差役)说话。 [6]三男:三个儿子。邺城戍:驻守邺城。 [7]附书:托人带信。 [8]二男:两个儿子。新:最近。 [9]且:姑且。偷生:苟且地活下去。 [10]长已矣:永远完了。 [11]更无人:再没有别的(男)人。 [12]惟有乳下孙:仅剩下吃奶的孙子。 [13]出入无完裙:没有完整的衣服,不好出来见人。出入:出来。"入"是衬字。裙:古代妇女正式服装。这里指衣服。 [14]老妪(yù):年老妇女,此为自称。 [15]请从:请让我跟从。 [16]河阳:即孟津,在今河南省孟州市。 [17]犹得:还能。备晨炊:准备做早饭。 [18]泣幽咽(yè):吞声抽泣。泣:有泪无声地哭。幽咽:低沉、微弱的哭泣声。 [19]登前途:踏上旅途。 [20]独与老翁别:只能向那位老翁告别。

兵车行[1]

杜 甫

车辚辚,马萧萧[2],
行人弓箭各在腰[3]。
爷娘妻子走相送[4],
尘埃不见咸阳桥[5]。
牵衣顿足拦道哭,
哭声直上干云霄[6]。

道旁过者问行人[7],
行人但云点行频[8]。
或从十五北防河[9],
便至四十西营田[10]。
去时里正与裹头[11],
归来头白还戍边[12]。
边庭流血成海水[13],
武皇开边意未已[14]。
君不闻汉家山东二百州[15],
千村万落生荆杞[16]。
纵有健妇把锄犁[17],
禾生陇亩无东西[18]。
况复秦兵耐苦战[19],
被驱不异犬与鸡[20]。
长者虽有问[21],
役夫敢伸恨[22]?
且如今年冬[23],
未休关西卒[24]。
县官急索租[25],
租税从何出[26]?
信知生男恶[27],
反是生女好!
生女犹得嫁比邻[28],
生男埋没随百草[29]!
君不见,青海头[30],
古来白骨无人收。
新鬼烦冤旧鬼哭[31],

天阴雨湿声啾啾[32]。

【译文】

军车运行隆隆作响,
军马奔驰萧萧嘶鸣,
出征的士兵身挎弓箭,
爹娘妻子儿女跑来相送,
尘土弥漫,遮蔽了咸阳桥。
他们牵衣顿足拦道号哭,
哭声直冲云霄。
大道旁过路的人问出征的士兵,
他们只说官府接连不断点兵出征,
有的才十五岁就要被调往北方防守河西。
直到四十岁还要调往西边去屯田。
离家年纪小,里长替他裹头巾,
归来头发已经白了还要去守边御敌。
在开边战争中战士们流下的血啊,
汇成了血海,
汉武帝开边拓土的野心有增无减。
您没听说汉家华山以东二百多州,
千万个村庄都长满了野草和荆棘,
即使有健妇能犁田锄地,
种出的庄稼也是杂乱无行不分东西。
况且关中的士兵又能苦战,
因而就像鸡狗似的被皇家随意驱使。
您老虽然有疑问,
我们赶赴前线的人哪敢诉说怨恨呢?
姑且就拿今冬的事来说吧,
关西的士兵接连打仗,没有得到休息,
官府却向百姓紧急催租逼税,

没人种地长庄稼，
租税从哪儿出呢？
现在大家才明白生男孩是件坏事，
反不如生个女孩好，
生女还可以嫁近邻，
生男战死埋荒野。
您没看见青海边古来白骨无人收，
您没听到新鬼旧魂在那里喊冤叫屈，
每逢阴雨天气，
到处都传出哭声啾啾！

【释义】

[1]杜甫自创的即事新题乐府诗。行：古诗的一种体裁。 [2]辚（lin）辚：车辆运行时发出的声响。萧萧：马嘶声。 [3]行人：被征调出征的人。 [4]妻子：妻子和子女。走相送：跑来相送。 [5]咸阳桥：在咸阳西南渭水上，今陕西省西安市西北。 [6]干：犯，冲。干云霄：冲云霄。 [7]道旁过者：大道旁过路的人，指诗人自己。 [8]但云：只说。（从此以下，都是行人回答的话。）点行频：不断点兵出征。点行：按名册强制征调。频：频繁，接连不断。 [9]或：有的（人）。十五：十五岁。北防河：调往北边戍守河防。防河：当时吐蕃常犯边境，唐王朝征调陇右、关中、朔方诸军驻扎河西（黄河以西之地，今甘肃、宁夏一带），称为防河。 [10]四十：四十岁。西营田：调往西边去屯田。营田：古代的屯田制。平时种田，战时作战。当时屯田在西北一带，也是防备吐蕃侵扰的。 [11]去时：离开（家）时。里正：里长。唐制，百户为一里，设里正一人。与裹头：给出征的人扎头巾。古时用黑色罗纱头巾裹头，因应征的人年龄还小，所以要里正替他裹头。 [12]还戍边：还要去戍守边塞。 [13]边庭：边疆。流血成海水：形容戍边士兵因战争而流血牺牲很多。 [14]武皇：汉武帝。此借指唐玄宗。唐人诗中多称明皇为武皇。开边：以武力开拓边疆。意未已：指以武力开边的想法并没有停止。 [15]汉家：汉朝，此借指唐朝。山东：指华山以东，这里意同"关东"。二百州："关以东七道，凡二百一十七州。"（《十道四蕃志》）这里二百州是举其成数。 [16]荆：荆棘。杞：杞柳，落叶灌木。生荆杞：形容广大

农村草木丛生，一片荒凉。 [17]纵有：即使有。健妇：身体强健的妇女。 [18]陇（lǒng）：通"垄"。陇亩：田地。无东西：指田里禾苗生长杂乱，不辨东西。 [19]秦兵：指关中兵。耐苦战：经得起苦战，古有"秦人勇于攻战"的说法。 [20]不异犬与鸡：和鸡犬没有区别。 [21]长者：对年老的人尊称，这里是行人对诗人的尊称。 [22]役夫：服役的人，行人自称。敢申恨：哪敢申诉心头的怨恨？（此为反诘句。） [23]且如：就像。 [24]休：休战罢兵。关西卒：即前面所说的"秦兵"。因连年征战，应轮换回来的关西卒也没有回来。 [25]县官：指官府，朝廷。急索租：紧急地索取租税。 [26]从何出：又从哪里出来呢？ [27]信知：确实知道。恶（è）：不好。此为愤激的反话。 [28]比邻：近邻。比：挨着。 [29]埋没随百草：战死了，尸骨被抛弃在荒烟蔓草之间。 [30]青海头：青海湖边。 [31]烦冤：烦愁冤屈的意思。 [32]啾（jiū）啾：呜咽抽泣的声音。

蜀　相[1]

杜　甫

丞相祠堂何处寻[2]，
锦官城外柏森森[3]。
映阶碧草自春色[4]，
隔叶黄鹂空好音[5]。
三顾频烦天下计[6]，
两朝开济老臣心[7]。
出师未捷身先死[8]，
长使英雄泪满襟[9]。

【译文】

诸葛丞相的祠堂到哪儿去找呢？
到锦官城外柏树高大茂密的地方就可以找到。
映阶碧草，自为春色，我无心观赏。
隔叶黄鹂，空作好音，我无意倾听。

想当年，先主三顾茅庐，
不怕屡次烦劳，与丞相商谈统一天下的大计。
辅佐先主开创蜀汉基业，扶助后主匡济艰危，
丞相作为两朝老臣，忠心耿耿。
出征未获胜利，丞相就与世长辞，
长使怀念丞相的英雄们泪湿衣襟。

【释义】

[1]约在唐肃宗上元元年（760年）的春天，杜甫曾往访在成都城西北的诸葛亮祠堂，因此写了这首诗。蜀相：诸葛亮。　[2]丞相祠堂：武侯祠，在今成都市。　[3]锦官城：又称锦城、锦里，成都的别称。柏森森：柏树高大茂密的样子。诸葛亮祠前有大柏树，相传是诸葛亮亲手种植。　[4]自春色：徒自呈现春色。　[5]黄鹂：黄莺。空好音：空自发出好听的鸣啼声。　[6]三顾：顾，访问。诸葛亮隐居隆中（位于今湖北省襄阳市）时，刘备曾三次访问他。频烦：屡次烦劳。天下计：统一天下的大计。　[7]两朝：先主刘备、后主刘禅两个朝代。开：辅佐刘备开创蜀汉基业。济：帮助后主刘禅匡济艰危。　[8]出师句：蜀汉建兴十二年（234年），诸葛亮率兵伐魏，出斜谷至五丈原（位于今陕西省岐山县），病死军中，终年五十四岁。　[9]英雄：后代追怀诸葛亮的人们。襟：衣襟。

客　至[1]

杜　甫

舍南舍北皆春水[2]，
但见群鸥日日来[3]。
花径不曾缘客扫[4]，
蓬门今始为君开[5]。
盘飧市远无兼味[6]，
樽酒家贫只旧醅[7]。
肯与邻翁相对饮[8]，

隔篱呼取尽余杯[9]。

【译文】

草堂南北春水漫漫，
只见鸥鸟天天成群结队飞来。
花间小路不曾因你来而清扫，
今天蓬门为迎接你才打开。
盘里菜肴由于离市远而单调，
因贫只能喝杯中的旧酒。
你若愿意和邻舍老翁对饮，
隔篱喊他来喝尽杯中酒。

【释义】

[1]客至：题下原注："喜崔明府相过。"崔：姓。明府：是唐朝对县令的尊称。相过：探望，来访。客至：当指崔县令来访。 [2]舍：自称其家为舍，此指作者在成都新建的草堂。春水：流经草堂的浣花溪。 [3]但：只。 [4]花径：鲜花夹道的小路。缘：因为，为了。 [5]蓬门：茅屋之门。君：对崔明府的尊称。 [6]盘飧（sūn）：盘中的菜肴。飧：本指熟食，在此泛指菜肴。兼味：菜肴一种叫味，两种以上叫兼味。 [7]旧醅（pēi）：旧酿的浊酒。醅：未过滤的酒。古人好饮新酒，故作者对以旧醅待客而有歉意。 [8]肯：表示同意，愿意。[9]隔篱呼取：隔着篱笆呼唤（邻翁）。取：语助词，用于动词之后，无意义。尽余杯：喝干杯中的剩酒。

春夜喜雨[1]

杜 甫

好雨知时节[2]，当春乃发生[3]。
随风潜入夜[4]，润物细无声[5]。
野径云俱黑[6]，江船火独明[7]。
晓看红湿处[8]，花重锦官城[9]。

【译文】

好雨知道时令，
正当春天需要雨的时候就下起来了。
春雨随着春风，在夜晚悄悄降临，
无声地滋润着万物。
原野小路和天空一片黑暗，
只有江船上灯光在闪闪发光。
明朝起来看吧，
锦官城里到处是红花朵朵春意浓。

【释义】

[1]这首诗大约作于唐肃宗上元二年（761年）春天。 [2]知：知道，此指适应。时节：时令。 [3]当春：正当春天需要雨的时候。乃：即，就。发生：萌发，生长。此指下雨。 [4]潜：悄悄地。 [5]润物：滋润万物。 [6]野径：原野间的小路。俱：都。 [7]火：灯光。 [8]晓：早晨。红：花。红湿处：树头上的花红润一片。 [9]花重：花因饱含雨水而沉重。锦官城：也叫锦城，即今四川省成都市。

水槛遣心[1]

杜 甫

去郭轩楹敞[2]，
无村眺望赊[3]。
澄江平少岸[4]，
幽树晚多花[5]。
细雨鱼儿出，
微风燕子斜。
城中十万户，

此地两三家。

【译文】

这儿离城市很远，庭院宽敞，
附近没有村落，可以极目远眺。
澄澈的江水，浩浩荡荡，流向远方，
几乎和江岸齐平了。
郁郁葱葱的树木在黄昏中盛开着花朵。
细雨中鱼儿欢快地游出水面，
在微风中燕子舞动轻柔的身躯，
倾斜地掠过江面上空。
城里住着十万户，此地只有两三家。

【释义】

[1]此诗共二首，此选第一首。水槛（jiàn）：临水栏杆。遣心：散心，即消除烦闷的心情。 [2]去：离。郭：城市。轩、楹：指代庭院。轩：长廊。楹（yíng）：柱子。[3]赊（shē）：远。 [4]澄（chéng）江：指锦江。少：无。 [5]幽：葱郁。

茅屋为秋风所破歌[1]

杜 甫

八月秋高风怒号[2]，卷我屋上三重茅[3]。茅飞渡江洒江郊[4]，高者挂罥长林梢[5]，下者飘转沉塘坳[6]。

南村群童欺我老无力，忍能对面为盗贼[7]，公然抱茅入竹去[8]，唇焦口燥呼不得[9]，归来倚杖自叹息。

俄顷风定云墨色[10]，秋天漠漠向昏黑[11]。布衾多年冷似铁[12]，娇儿恶卧踏里裂[13]。床头屋漏无干处，雨脚如麻未断绝[14]。自经丧乱少睡眠，长夜沾湿何由彻[15]。

安得广厦千万间[16]，大庇天下寒士俱欢颜[17]，风雨不动安如山？呜呼！何时眼前突兀见此屋[18]，吾庐独破受冻死亦足。

【译文】

八月秋深，风怒号，刮跑了我屋上多层茅草。茅草飞过江面纷纷散落在江岸郊野，有的飘挂在高高的树梢上，有的落在地势低洼的积水处。

南村的孩子们欺我年老无力，居然狠心当着我的面做盗贼，公然抱着茅草跑入竹林去。我喊得唇焦口干也没有效果，只好回家倚着拐杖直叹息。

一会儿，大风停歇，乌云像墨一样黑，秋天天空灰蒙蒙一片，逐渐进入黑夜。多年的布被冰冷如铁，娇儿夜间无睡相，脚儿蹬破了旧被里。屋漏床湿无干处，雨脚如麻不停歇。自从经历安史之乱少睡眠，长夜雨湿，怎样才能挨到天明？

怎么能得到宽大的房屋千万间，广泛地庇护天下穷人，使他们乐得其所，风吹雨打不动摇，稳如泰山呢？唉！这样的房屋何时在我眼前突然出现呢？若能出现，就是我的茅屋被风吹破，我受冻而死心也满足。

【释义】

[1]茅屋：成都草堂。为：被。 [2]秋高：秋深。 [3]三重（chóng）茅：多层茅草。三：表多数。 [4]洒：散落。 [5]罥（juàn）：挂着，挂住。长（cháng）：高。 [6]沉：落。塘坳（ào）：地势低洼积水处。 [7]忍能对面为盗贼：竟忍心这样当面做"贼"。 [8]竹：竹林。 [9]唇焦口燥呼不得：喊得唇焦口干也没有效果。 [10]俄顷：一会儿。 [11]漠漠：灰蒙蒙的。向昏黑：渐渐黑下来。向：渐近。 [12]衾（qīn）：被子。 [13]娇儿恶卧踏里裂：孩子睡相不好，把被里蹬破了。 [14]雨脚：像线条似的密集的雨点。 [15]何由彻：如何挨到天亮。彻：通宵达旦。 [16]安得：如何能得到。广厦：大房子。[17]庇（bì）：覆盖。寒士：穷苦的知识分子。 [18]突兀：高耸的样子。见（xiàn）：显现，出现。

江畔独步寻花[1]

杜 甫

黄四娘家花满蹊[2],
千朵万朵压枝低。
留连戏蝶时时舞[3],
自在娇莺恰恰啼[4]。

【译文】

黄四娘家的花开得多么旺盛啊,
一簇簇鲜花遮掩了小路,
千万朵花儿压弯了花枝。
花间游戏的蝴蝶流连忘返,时时起舞,
树上悠闲自在的黄莺也声音和谐地唱着。

【释义】

[1]江畔:指四川成都锦江之滨。独步:独自散步。寻花:赏花。 [2]黄四娘:杜甫居成都草堂时的邻居。蹊(xī):小路。 [3]留连:即流连,依恋而舍不得离去。时时:时常。 [4]自在:自由的样子。恰恰:和谐。

闻官军收河南河北[1]

杜 甫

剑外忽传收蓟北[2],
初闻涕泪满衣裳[3]。
却看妻子愁何在[4],
漫卷诗书喜欲狂[5]。

白日放歌须纵酒[6],
青春作伴好还乡[7]。
即从巴峡穿巫峡[8],
便下襄阳向洛阳[9]。

【译文】

剑阁以南忽然传来官军收复蓟北的消息,
刚一听到这个消息,
我惊喜得泪水沾满衣裳。
再看妻子儿女都在身边,
往日的愁还在哪儿呢?
胡乱地卷起诗书,高兴得几乎发狂。
白日里放声高歌,应当纵情饮酒。
春天给我们作伴,正好举家返乡。
即刻坐船从巴峡穿过巫峡,
便到襄阳,再换陆路往洛阳去。

【释义】

[1]官军:唐政府军队。收:收复。河南:黄河以南的洛阳、相州、郑州一带。河北:黄河以北,今河北省的北部。 [2]剑外:剑阁以南,今四川一带。蓟北:今河北省北部地区,是安史叛军老巢。 [3]初闻:刚一听到。和上句"忽传"照应。 [4]却看:再看,还看。妻子:指妻子儿女。愁何在:愁在哪里呢?意思是愁已消失。 [5]漫卷:胡乱卷起。诗书:指书籍。喜欲狂:高兴得将要发狂。 [6]白日:白天。一作"白首"。放歌:放声高歌。须:应当。纵酒:纵情饮酒。 [7]青春:春天。 [8]即:即刻。巴峡:重庆东部一带江面。穿:穿过。巫峡:在今重庆市巫山县,长江三峡之一。 [9]便下:就下。襄阳:今湖北省襄阳市。

旅夜书怀[1]

杜 甫

细草微风岸,
危樯独夜舟[2]。
星垂平野阔[3],
月涌大江流[4]。
名岂文章著[5],
官应老病休[6]。
飘飘何所似[7]?
天地一沙鸥[8]。

【译文】

微风吹拂着江岸上的小草,
竖着桅杆的小船月夜独自泊在江边。
稀星照着平坦原野,广阔无垠,
明月倒映在江中随波奔涌。
出名难道是因为我的文章卓著吗?
做官年老多病也应该休官了。
我漂泊不定像什么呢?
不过像天地间一只沙鸥罢了!

【释义】

[1]旅夜:旅途之夜。书:写。怀:心意,胸襟。 [2]危樯(qiáng):高高的桅杆。独夜舟:孤零零的一只船夜泊江边。 [3]星垂:星光照着大地。平野:平坦的原野。 [4]月涌:明月倒映江中随波奔涌。 [5]名岂文章著:出名,难道就是因为我的文章卓著吗? [6]官应老病休:做官应是年老多病而休官。

[7]何所似：像个什么？ [8]一沙鸥：沙滩上一只孤零零的沙鸥。

咏怀古迹五首（其三）[1]

杜 甫

群山万壑赴荆门[2]，
生长明妃尚有村[3]。
一去紫台连朔漠[4]，
独留青冢向黄昏[5]。
画图省识春风面[6]，
环珮空归月夜魂[7]。
千载琵琶作胡语[8]，
分明怨恨曲中论[9]。

【译文】

群山万壑奔赴荆门并将它环抱，
这儿还有绝代佳人王昭君生长的村庄。
昭君离开皇宫远嫁北方沙漠之邦匈奴，
如今只留下埋葬昭君的青冢向着黄昏。
昭君远嫁匈奴，
汉元帝只能在画中赏识她的青春美貌。
昭君抱恨死在匈奴，不得归汉，
只有她的魂灵在月夜归来。
千载琵琶演奏的都是胡人的乐曲，
然而这乐曲分明表达着她的怨情。

【释义】

[1]这是杜甫寓居夔州时写的组诗。古迹：指江陵、归州、夔州的宋玉宅、庾

信故居、明妃村、永安宫、先主庙、武侯祠。因古迹而追怀古人,每首分咏。这里选的是第三首,因昭君村的古迹而怀王昭君。　[2]群山万壑:指由夔州到荆门山岭相接。荆门:即荆门山,在今湖北省宜都市西北。　[3]明妃:王昭君,名嫱,汉元帝时宫人。西晋时避司马昭讳,改称明君,也称明妃。村:昭君村,在今湖北省兴山县。　[4]去:离开。紫台:紫宫,皇帝宫廷。朔漠:北方沙漠之地,此指匈奴。　[5]青冢:王昭君墓,在今内蒙古自治区呼和浩特市南二十里。《太平寰宇记》:"其上草色常青,故曰青冢。"　[6]画图:《西京杂记》载汉元帝后宫嫔妃宫人很多,不得常见,于是让画工图形,按图召幸。"宫人皆赂画工,昭君自恃容貌,独不肯与。工人乃丑图之,遂不得见。后匈奴入朝,求美人,上按图以昭君行。及去,召见,貌为后宫第一,帝悔之,而重信于外国,故不复更人。乃穷案其事,画工毛延寿弃市。"省识:犹略识,即未仔细辨认。春风面:指王昭君美丽的容貌。　[7]环珮:妇女的饰物,这里指昭君。空归月夜魂:空使其魂魄月夜归来。　[8]胡语:胡音,指北方少数民族的乐曲。　[9]怨恨曲中论:怨思之情从弹奏琵琶的乐曲中表达出来。怨恨:就是怨自己远嫁,怨汉朝无恩。

阁　夜[1]

杜　甫

岁暮阴阳催短景[2],
天涯霜雪霁寒宵[3]。
五更鼓角声悲壮[4],
三峡星河影动摇[5]。
野哭千家闻战伐[6],
夷歌数处起渔樵[7]。
卧龙跃马终黄土[8],
人事音书漫寂寥[9]。

【译文】

日月运转,很快就到了夜长昼短的年终了,

我远离故乡,在这霜雪已停的寒夜思绪万千。
严冬五更,我听到了此起彼伏悲壮的鼓角声,
看到了星星和银河倒影在江水中摇曳不定。
从郊野传来的千家悲哀痛哭声中,
可以体察到战乱给人民带来的苦难。
远处传来的渔人和樵夫所唱的民歌声,
称雄称帝的诸葛亮和公孙述都终入黄土,
如今漂泊在这异乡的我空有抱负,
连亲友的音信也日渐稀少了。

【释义】

[1]阁:夔州西阁。 [2]岁暮:农历年终。阴阳:指日月。短景:冬季夜长日短,所以叫"短景"。景:日光。 [3]天涯:诗人寓居夔州,此为对其故乡而言。霁(jì):雨雪初晴。霄:古通"宵",夜。 [4]五更:古代一夜分为五个更次,五更是天快亮时。鼓角:战鼓和号角。 [5]三峡:瞿塘峡、巫峡和西陵峡。星河:星星和银河。 [6]野哭:郊野的哭声。战伐:指唐代宗永泰元年(765年)蜀中崔旰(gàn)杀成都尹郭英乂(yì)之乱。 [7]夷歌:少数民族的山歌。几:或作"数"。渔樵(qiáo):渔人和樵夫。 [8]卧龙:诸葛亮。诸葛亮躬耕南阳时,徐庶对刘备说:"诸葛孔明,卧龙也。"跃马:指公孙述。西汉末年公孙述据蜀而称帝。左思《蜀都赋》:"公孙跃马而称帝。"终黄土:终于死去而埋入黄土之中。 [9]人事:亲戚、朋友。漫:任随。寂寥:沉寂稀少。

登 高[1]

杜 甫

风急天高猿啸哀[2],
渚清沙白鸟飞回[3]。
无边落木萧萧下[4],
不尽长江滚滚来[5]。

万里悲秋长作客[6],
百年多病独登台[7]。
艰难苦恨繁霜鬓[8],
潦倒新停浊酒杯[9]。

【译文】

秋风劲吹,云淡天高,猿声哀鸣,
小洲边水清、沙白、鸟儿飞旋。
无边的落叶萧萧落下,
不断的长江水奔腾而来。
离家万里,长久地旅居异乡,
望秋生悲,年老多病独自登上高台。
艰难愁怨增添了两鬓白发,
贫病潦倒,近来只得把浊酒戒掉。

【释义】

[1]这首诗作于大历二年(767年)秋天。杜甫当时流落夔州(今重庆奉节),身患肺病,生活贫困,此时又值吐蕃不断南侵,唐王朝政局纷乱。个人的不幸,国家的战乱,给诗人精神造成极大的创伤。这年重九,他强撑病体,登临高处,以沉郁悲凉的笔调描绘秋声秋色,抒发痛苦的心情,总结贫困潦倒的一生。 [2]猿啸哀:巫峡多猿,啸声凄厉哀切。 [3]渚(zhǔ):水中沙洲。回:回旋。 [4]落木:落叶。萧萧:落叶声。 [5]不尽:无穷无尽。 [6]万里悲秋长作客:自己离家万里,又值清秋,触景生悲,长久旅居异乡,内心更加忧伤。客:旅居在外的人,这里是诗人自指。 [7]百年多病独登台:人生不过百年,多病体衰,在重阳节独自登高远眺。百年:一生。古人认为一生不超过百年。 [8]艰难:长期漂泊在外所经历的艰难。苦恨:深恨。繁霜鬓:白发增多。 [9]潦倒:失意,衰颓。新停浊酒杯:诗人因肺病而戒酒。

登岳阳楼[1]

杜 甫

昔闻洞庭水[2],
今上岳阳楼。
吴楚东南坼[3],
乾坤日夜浮[4]。
亲朋无一字[5],
老病有孤舟[6]。
戎马关山北[7],
凭轩涕泗流[8]。

【译文】

往日就听说洞庭湖水波浩渺,
今天终于登上了岳阳楼。
它地处东南,分开了古代吴国和楚国的疆土。
天地日月的运行,
就好像日夜浮荡在它广阔的湖面上。
亲戚和朋友连一封信也不寄来,
年老多病的我寄身于一叶孤舟。
中原依然兵荒马乱,
我手扶栏杆北望,
禁不住伤心涕泪流。

【释义】

[1]岳阳楼:在今湖南省岳阳市城西门上,唐开元初张说做岳州刺史时所建,宋时重修。下临洞庭湖,为登览胜地。 [2]洞庭水:洞庭湖。在今湖南省北部,

长江南岸。　[3]吴楚：春秋时东南两个诸侯国名，其领地约在今江苏、浙江、安徽、江西、湖南、湖北省一带。坼（chè）：裂开。　[4]乾坤：天地或日月。日夜浮：形容洞庭湖日夜不停地把天地日月浮动在浩渺无际的水面上。　[5]亲朋：亲戚、朋友。无一字：没有一点音信。字：指书信。　[6]有：在。　[7]戎马：战马，此借指战争。关山：关隘和山岳，泛指高峻险要的山川。　[8]凭：倚靠。轩：栏杆。关山北：指中原。涕泗：眼泪和鼻涕。

江南逢李龟年[1]

杜　甫

岐王宅里寻常见[2]，
崔九堂前几度闻[3]。
正是江南好风景[4]，
落花时节又逢君[5]。

【译文】

当年经常在岐王府里见到你，
在崔九堂前多次听到你的美妙歌声。
而今江南风景依旧好，
落花时节又遇见了你。

【释义】

[1]江南：这里指江湘一带地方。李龟年：是开元、天宝时"特承顾遇"的皇家乐工。安史之乱后，唐帝国衰落，他流落江南，"每遇良辰胜景，为人歌数阕，座中闻之，莫不掩泣罢酒"。（《明皇杂录》）　[2]岐王：唐玄宗之弟，李范，封岐王。寻常：经常，平常。　[3]崔九：是殿中监崔涤，中书令崔湜（shí）之弟。九是崔涤的排行。崔涤是唐玄宗的宠臣，常出入禁中。几度闻：多次听到。　[4]正是江南好风景：这句意思是说江南风景依旧好，而国家却动乱不安。　[5]落花时节：暮春三月。君：李龟年。

江上值水如海势聊短述[1]

杜 甫

为人性僻耽佳句[2],
语不惊人死不休。
老去诗篇浑漫与[3],
春来花鸟莫深愁。
新添水槛供垂钓[4],
故著浮槎替入舟[5]。
焉得思如陶谢手[6],
令渠述作与同游[7]。

【译文】

我为人性情怪僻，喜爱锤炼好的诗句，
诗句达不到惊人的程度誓不罢休。
老来可以任意而圆熟地作诗，
春天来了，面对花鸟没有深愁。
新添的木栏可供钓鱼，
因此，驾起浮筏就能替代乘船。
何处能得到诗思像陶渊明、谢灵运一样的大手笔，
叫他述作并与他同游。

【释义】

[1]江：锦江。值：遇到，碰上。 [2]为人：做人。僻：古怪，偏颇。耽：入迷，沉溺，嗜好。 [3]老去：老来。浑：副词，简直。漫与：不经心地对待，随便处理，即不受拘束，随意写。与：一作"兴"。 [4]水槛（jiàn）：水边木栏。垂钓：钓鱼。 [5]故：因此。著：驾起。槎（chá）：木筏。 [6]焉得：怎么能

够。思：思路，思绪。陶谢：东晋诗人陶渊明和南朝宋诗人谢灵运。 [7]渠：他，他们。

枫桥夜泊[1]

张 继

月落乌啼霜满天[2]，
江枫渔火对愁眠[3]。
姑苏城外寒山寺[4]，
夜半钟声到客船[5]。

【译文】

深夜霜色满天，皎洁的明月正缓缓下落，
栖息未定的乌鸦不时发出几声啼叫。
对着江边的枫树和渔船上的灯火，我满怀忧愁地躺着。
半夜里正当我依然愁苦难眠的时候，
寂静中姑苏城外寒山寺悠扬的钟声传到了船上。

【释义】

[1]枫桥：在今江苏省苏州城西。夜泊：夜晚把船停靠岸边。 [2]乌啼：乌鸦啼叫。 [3]江枫：江边的枫树。渔火：渔船上的灯火。对愁眠：因愁而不能眠，对着江边枫树、渔船灯火更不能入睡。 [4]姑苏：苏州的别称，因其西南有姑苏山而得名。寒山寺：相传唐初诗僧寒山曾住此寺，故名寒山寺。 [5]夜半钟声：当时寺院有半夜打钟的习俗。

塞下曲[1]

卢 纶

月黑雁飞高[2],
单于夜遁逃[3]。
欲将轻骑逐[4],
大雪满弓刀。

【译文】

夜静月黑大雁飞得很高,
单于带领败兵乘夜遁逃。
将军正要率领骑兵追逐,
大雪积满了将士们的弓和刀。

【释义】

[1]《塞下曲》:唐代乐府诗题。 [2]月黑:无月之夜。 [3]单于(chán yú):古代匈奴的首领。这里指入侵的匈奴最高统帅。遁(dùn):逃跑。 [4]将(jiāng):率领。轻骑(jì):轻装、机动、迅疾的骑兵。逐:追赶。

游子吟[1]

孟 郊

慈母手中线[2],游子身上衣。
临行密密缝,意恐迟迟归[3]。
谁言寸草心[4],报得三春晖[5]。

【译文】

慈母用手中针线,缝制游子身上的衣衫,

直到临行前还在密密地缝,
怕的是儿子回来得晚衣服破损。
谁能说嫩草似的儿女心意,
能报答得了像春天阳光一样温暖的母爱呢?

【释义】

[1]这是孟郊自创的一首乐府诗。原诗题下自注:"迎母溧上作。"游子:出门在外的人。吟:诗体的一种。 [2]慈母:和善可亲的母亲。 [3]意:意思。恐:恐怕。 [4]寸草心:小草柔嫩的芽心。此喻子女对母亲的心意。 [5]三春晖:春天的阳光。此喻母爱。三春:孟春、仲春、季春。晖:阳光。

登科后[1]

孟 郊

昔日龌龊不足夸[2],今朝放荡思无涯[3]。
春风得意马蹄疾[4],一日看尽长安花[5]。

【译文】

往日科举落第的时光不值得一提,
今日及弟潇洒旷达思绪开阔无涯。
乘着和煦的春风,
志得意满地策马疾驰,
好像一天就可以看尽长安似锦的繁花。

【释义】

[1]登科:登第,科举应试得中。此指考取进士。 [2]龌龊(wò chuò):局促,困顿。不足夸:不值得一提。 [3]放荡:不受约束,放纵任性。此指尽情游玩。涯:泛指边际。 [4]得意:心满意足。疾:急速,迅猛。此指轻快。 [5]长安:西安(今陕西省西安市),唐代京城。(后两句指唐代新中进士,策马游街,以示荣耀。)

城东早春[1]

杨巨源

诗家清景在新春[2],
绿柳才黄半未匀。
若待上林花似锦[3],
出门俱是看花人。

【译文】

诗人最喜爱未引人注意的早春清新景色,
这时柳枝上刚刚吐出半黄半绿的嫩柳芽。
假若等到春满京城,上林苑里繁花似锦,
那时出门游玩的全是看花人。

【释义】

[1]城东:长安城东。 [2]诗家:是诗人的统称,并不仅指作者自己。清景:刚刚显露,还没有引起人们注意的清新景色。新春:早春。 [3]上林:上林苑(yuàn),是古代皇帝的花园,故址在西安市西。这里是指代当时的京城长安。花似锦:繁花似锦。

雨过山村[1]

王 建

雨里鸡鸣一两家,
竹溪村路板桥斜。
妇姑相唤浴蚕去[2],
闲着中庭栀子花[3]。

【译文】

春雨中传来一两家鸡叫,
小溪两边长满绿竹,
弯曲的村路上斜架着板桥。
姑嫂们互相呼唤去浴选蚕种,
院中栀子花因农忙而无人欣赏。

【释义】

[1]雨过:在雨中经过。 [2]妇姑:姑嫂二人。浴蚕:用盐水选蚕种。
[3]中庭:院子中间。栀(zhī)子花:花名,常绿灌木,春夏开白花,香味浓。

左迁至蓝关示侄孙湘[1]

韩 愈

一封朝奏九重天[2],
夕贬潮州路八千[3]。
欲为圣明除弊事,
肯将衰朽惜残年!
云横秦岭家何在[4]?
雪拥蓝关马不前。
知汝远来应有意[5],
好收吾骨瘴江边[6]。

【译文】

早晨向皇上上了一封奏章,
晚上就被贬到离京八千里路的潮州。
上奏章本是为皇上消除政治弊端,

哪能因自己衰老就吝惜风烛残年。
云彩横出南山,我的家在哪里?
大雪阻拦,立马蓝关。
知你远道而来定有打算,
正好在瘴江边收验我的尸骨。

【释义】

[1]左迁:贬官。蓝关:在今陕西蓝田县东南。湘:韩湘,韩愈的侄孙。[2]朝(zhāo):早晨。奏:奏章,指《论佛骨表》。九重天:最高的天,借指皇帝居住的宫殿,是朝廷的代称。 [3]潮州:在现在广东省潮安县。 [4]横:充塞,充满。秦岭:陕西省南部山岭的总称。 [5]汝:指韩湘。 [6]骨:尸骨。瘴江边:潮州。古时传说南方多瘴疠,潮州地处岭南。

早春呈水部张十八员外二首[1]

韩 愈

天街小雨润如酥[2],
草色遥看近却无[3]。
最是一年春好处,
绝胜烟柳满皇都[4]。

莫道官忙身老大,
即无年少逐春心[5]。
凭君先到江头看[6],
柳色如今深未深。

【译文】

初春的细雨滋润着京城的街道,
道旁刚刚破土的草芽,

远望一片嫩绿,近看却显得稀疏。
现在是京城一年中春色最好的时光,
超过了柳色如烟笼罩全城的盛景。

别说官事繁忙,年纪老大,
便无年少时追逐春景的情趣了。
请你到江边去看一看,柳色是否已经很深?

【释义】

[1]张十八:韩愈的朋友张籍,他在同族兄弟中排行十八,曾任水部员外郎。[2]天街:皇城街道,旧时因皇城为天子所居,故言"天街"。酥:酥油。俗语:"春雨如油。" [3]近却无:春天草芽短小而稀疏,在跟前看不清。 [4]绝胜:大大超过。烟柳:春天柳绿花的红艳丽景色。皇都:京城长安。 [5]即:就,便。逐春心:追逐春景的情趣。 [6]凭:请,请求。江头:长安城南的曲江池。

题都城南庄[1]

崔　护

去年今日此门中,
人面桃花相映红。
人面不知何处去,
桃花依旧笑春风[2]。

【译文】

去年的今天,在此院中,
美丽的少女依在桃树旁,
她的面容和桃花相映红。
今年如花少女不知到哪儿去了,
桃花依旧迎着春风在盛开。

【释义】

[1]都城：唐代京都长安（今陕西省西安市）。　[2]笑春风：迎着春风盛开。

秋　词[1]

刘禹锡

自古逢秋悲寂寥[2]，
我言秋日胜春朝。
晴空一鹤排云上[3]，
便引诗情到碧霄。

【译文】

自古以来，人们一到秋天就悲叹凄凉，
我却说秋天胜过春朝（zhāo）。
在秋天的万里晴空，
一只白鹤冲天而起，
把我的诗情带上了蓝天。

【释义】

[1]这首诗共二首，这里选第一首。　[2]寂寥：寂寞，凄凉。　[3]排云：冲云。　[4]碧霄：蓝天。

石头城[1]

刘禹锡

山围故国周遭在[2]，
潮打空城寂寞回[3]。

淮水东边旧时月[4],
夜深还过女墙来[5]。

【译文】

群山环绕故都依然存在,
江潮拍打着残破荒城,寂寞地退回。
秦淮河东边那六朝时的明月,
夜深时还把光亮投过城垛来。

【释义】

[1]石头城:故址在今江苏省南京市清凉山一带。战国时为楚之金陵城,建安十七年(212年),东吴孙权重建并改名为石头城,是六朝故都。 [2]山围:群山环绕。故国:故都,指石头城。周遭:周围。 [3]潮:长江的潮水。空城:残破荒凉的石头城。 [4]淮水:秦淮河。旧时:六朝时。 [5]女墙:城垛,城墙上面凹凸形的矮墙。

乌衣巷[1]

刘禹锡

朱雀桥边野草花[2],
乌衣巷口夕阳斜。
旧时王谢堂前燕[3],
飞入寻常百姓家[4]。

【译文】

朱雀桥边长着野草花,
乌衣巷口只见夕阳斜。
从前王导、谢安屋檐下的燕子,

如今飞入普通百姓家。

【释义】

[1]乌衣巷：东晋时，豪门世族居住的处所，故址在今江苏省南京市秦淮河南岸。三国时，吴国曾在此设军营，士兵多穿黑衣，因而得名。　[2]朱雀桥：秦淮河上的浮桥，离乌衣巷很近。　[3]王谢：东晋宰相王导和谢安。王、谢两姓为六朝时的望族。　[4]寻常：平常，普通。

酬乐天扬州初逢席上见赠[1]

刘禹锡

巴山楚水凄凉地[2]，
二十三年弃置身[3]。
怀旧空吟闻笛赋[4]，
到乡翻似烂柯人[5]。
沉舟侧畔千帆过[6]，
病树前头万木春[7]。
今日听君歌一曲[8]，
暂凭杯酒长精神[9]。

【译文】

在巴山楚水这荒僻凄凉之地，
我被贬谪在此已二十三年之久。
怀念受害的故友只能空吟《闻笛赋》，
回到故乡就像那传说中烂掉斧头的人一样。
沉舟旁边千帆飞驶而过，
病树前面万木生机勃发。
今日听到你吟诵的赠诗，

暂借这杯酒来振作精神。

【释义】

[1]酬：酬答，回答。乐天：白居易，字乐天。见赠：赠我。 [2]巴山楚水：刘禹锡曾被贬朗州（古属楚地），调任夔州（古属巴郡），此泛指贬谪之地。 [3]二十三年：作者从被贬出京直到写此诗止，近二十三年。弃置身：自己被弃闲成了不受重用的人。 [4]闻笛赋：西晋人向秀写的悼念亡友的作品《思旧赋》。作者用此典，旨在表达对王叔文、柳宗元等旧友的怀念。 [5]到乡：相对巴山楚水而言，指回到家乡。翻：通"反"，却。烂柯人：柯，斧头柄。据《述异记》载：晋人王质入山打柴，见两童子下棋。他看完时，斧头柄已烂，回到村里，才知道世上已过百年，同辈人都死了。这座山便被称为烂柯山。诗人在此自比王质。 [6]沉舟侧畔：沉船旁边。 [7]病树：枯树。万木：万树。 [8]歌一曲：白居易的赠诗《醉赠刘二十八使君》。 [9]凭：借。长（zhǎng）：振奋。

钱塘湖春行[1]

白居易

孤山寺北贾亭西[2]，
水面初平云脚低[3]。
几处早莺争暖树[4]，
谁家新燕啄春泥。
乱花渐欲迷人眼[5]，
浅草才能没马蹄。
最爱湖东行不足，
绿杨阴里白沙堤[6]。

【译文】

在孤山寺北，贾公亭西，
新涨的湖水正与接近湖面的云气连成一片。

几处早起的黄莺争占朝阳的树枝，
谁家的新燕正为筑巢忙着衔春泥。
含苞初放的点点春花渐欲使人眼迷，
刚刚长出的嫩草能将马蹄遮没。
最爱到湖东去春游，
旖旎风光看不够，
绿杨荫下白沙堤叫人流连忘返。

【释义】

[1]钱塘湖：西湖，在今浙江省杭州市西。 [2]孤山：西湖上一处名胜，在后湖和外湖之间。贾亭：唐代贞元中，贾全任杭州刺史时在西湖所造的亭。 [3]云脚：接近地面的云气。 [4]暖树：向阳的树。 [5]乱花：新春来临，春花星星点点，色彩不一，大小各异，看上去似乎有零乱之感。这是花盛开的前兆。迷人眼：使人眼迷。 [6]白沙堤：白堤，又名断桥堤。

观刈麦[1]

白居易

田家少闲月，五月人倍忙。
夜来南风起，小麦覆陇黄[2]。
妇姑荷箪食[3]，童稚携壶浆[4]。
相随饷田去[5]，丁壮在南冈。
足蒸暑土气，背灼炎天光[6]。
力尽不知热，但惜夏日长[7]。
复有贫妇人，抱子在其旁[8]。
右手秉遗穗[9]，左臂悬弊筐[10]。
听其相顾言[11]，闻者为悲伤。
家田输税尽[12]，拾此充饥肠。
今我何功德[13]？曾不事农桑[14]。

吏禄三百石[15]，岁晏有余粮[16]。

念此私自愧，尽日不能忘。

【译文】

种田人很少有空闲的月份，五月时格外忙。

夜里刮起了南风，小麦遮盖田埂，已成熟发黄。

妇女们挑着饭篮和菜筐，

孩子们提着茶水饭汤。

前后相继给割麦人送饭，

青壮年都在南山坡上劳动。

脚下暑气蒸熏，背上烈日烘烤，

力气用尽了也不觉得闷热，

只珍惜夏日昼长能多干点活儿！

一位穷苦人家的妇女，

抱着孩子站在割麦人的身旁。

右手拿着丢落地上的麦穗，

左臂挎着一只破旧的竹筐。

她瞪大眼睛向别人诉说，听的人为她痛苦又悲伤。

"为了交税，家里的田产已经卖光，

拾点麦穗充塞饥肠。"

今天我有什么功德，不曾种田养桑，

却享受俸禄每年三百石，

直到年终家里还有余粮。

想到这里心中很惭愧，整天不能忘。

【释义】

[1]这首诗的题下原注："时为盩厔（zhōu zhì）县尉。"刈（yì）：割。[2]陇：同"垄"，田埂。 [3]妇姑：泛指妇女。荷（hè）：担着。箪（dān）食：圆形竹器盛着的食物。 [4]童稚（zhì）：儿童。携壶浆：提着壶盛的汤水。

[5]饷(xiǎng)田:给田间劳动的人送饭。 [6]灼:烤,晒。 [7]但:只。惜:珍惜。 [8]其:指田间劳动者。 [9]秉遗穗:拾起掉在地上的麦穗。 [10]悬弊筐:挎着破筐子。 [11]相顾言:互相诉说。 [12]家田输税尽:自家的田地因为要纳税都已卖完。 [13]功德:功,指做事有成绩;德,指做的事使人们得到好处。 [14]事:从事。农桑:农业劳动。 [15]吏禄:做官的俸禄。石(dàn):容量单位,十斗为一石。 [16]岁晏:岁暮,年终。

赋得古原草送别[1]

白居易

离离原上草[2],
一岁一枯荣[4]。
野火烧不尽,
春风吹又生。
远芳侵古道[5],
晴翠接荒城[5]。
又送王孙去[6],
萋萋满别情[7]。

【译文】

郊外平原上的野草啊,
每年一度枯萎一度繁茂。
野火也不能把它烧尽,
春风一吹它又发芽生长。
远处的芳草蔓延到古道,
碧绿色的野草连接着荒城。
又要送走我高贵的朋友,
茂盛的芳草也充满了别情。

【释义】

[1]此诗题一作《草》。通过写草抒发送友人时的离情别意。赋得：凡指定、限定的诗题，照例在题目上加"赋得"二字。　[2]离离：繁盛的样子。原：郊野平原。　[3]枯荣：草的枯萎与繁盛。　[4]远芳：远方的芳草。侵：蔓延。　[5]晴翠：原野受春阳照射而显出的碧绿颜色。荒城：边远的城镇。　[6]王孙：原指贵族后裔，此指作者的出门远游的朋友。　[7]萋萋：草茂盛的样子。

卖炭翁[1]

白居易

　　卖炭翁，伐薪烧炭南山中[2]。满面尘灰烟火色，两鬓苍苍十指黑[3]。卖炭得钱何所营[4]？身上衣裳口中食。可怜身上衣正单，心忧炭贱愿天寒。夜来城外一尺雪，晓驾炭车辗冰辙[5]。牛困人饥日已高，市南门外泥中歇[6]。

　　翩翩两骑来是谁[7]？黄衣使者白衫儿[8]。手把文书口称敕[9]，回车叱牛牵向北[10]。一车炭，千余斤，宫使驱将惜不得[11]。半匹红纱一丈绫[12]，系向牛头充炭直[13]。

【译文】

　　卖炭的老人，在南山中砍柴烧炭，满面灰尘烟火色，两鬓灰白十指黑。卖炭得钱做什么用呢？为了身上有衣穿，口中有饭吃。他身上只穿着单薄的衣服，却愿天寒冷好使炭卖个好价钱。昨夜长安城外下了一尺厚的大雪，为了进城卖炭，一大早他就驾着炭车赶去，雪地上轧出了长长的冰辙。太阳升高了，冰雪融化了，这时牛已累了，人也饿了，只得在城南门外泥水中停歇。

　　翩翩而来的两个骑马的人是谁呢？是太监及其爪牙，他们手捧公文，说是皇帝的命令，赶牛拉车直向北。一车炭，千把斤重，他们强行拉走，老人舍不得，也没有办法。他们只把陈旧无用的半匹红纱和一丈绫系在牛头上充当一车炭的价钱。

【释义】

[1]本诗题下作者自注说:"苦宫市也。"宫市:皇宫派人在市上采购货物,实际是变相的掠夺。 [2]南山:终南山,在今陕西省西安市南。 [3]鬓:两耳旁边的头发。苍苍:灰白。 [4]何所营:买什么。何:什么。营:谋求。 [5]辗(niǎn):轧。辙(zhé):车轮轧过的痕迹。 [6]市南门外:集市的南门外。门外:泛指路旁。 [7]翩翩:风流潇洒、轻快的样子。两骑(jì):两个骑马的人。来是谁:"来"后省略"者"字。 [8]黄衣使者:穿黄衣(品级较高)的宦官。白衫儿:指宦官手下的爪牙。 [9]敕(chì):皇帝的命令。 [10]回车:拉转车头。叱牛:吆喝着赶牛。叱:大声呵斥。向北:往北赶车。因宫廷在城北。 [11]宫使:指太监。驱将:赶(走)。将:助词,用在动词后,无实在意义。惜不得:舍不得它,却没有办法。 [12]匹:四丈为一匹。纱、绫:都是丝织品。唐代商品交易,钱帛并用。但钱贵帛贱,半匹红纱、一丈绫与一车炭价相比,相差很多。 [13]直:通"值"。

大林寺桃花[1]

白居易

人间四月芳菲尽[2],
山寺桃花始盛开[3]。
长恨春归无觅处[4],
不知转入此中来[5]。

【译文】

四月世间平地上香花已经落尽,
山上寺院里的桃花才刚盛开。
我常恨春光匆匆归去不留踪迹,
却不料它现在躲到大林寺中来了。

【释义】

[1]大林寺：我国佛教圣地之一，在今庐山牯岭附近。 [2]人间：人间社会，世间。芳菲：泛指花。 [3]山寺：大林寺。始：刚刚。 [4]长恨：常常感到遗憾。觅：寻找。 [5]转入：转移到。此：指大林寺。

买 花[1]

白居易

帝城春欲暮[2]，喧喧车马度[3]。
共道牡丹时[4]，相随买花去。
贵贱无常价[5]，酬值看花数[6]。
灼灼百朵红[7]，戋戋五束素[8]。
上张幄幕庇[9]，旁织笆篱护[10]。
水洒复泥封[11]，移来色如故。
家家习为俗[12]，人人迷不悟。
有一田舍翁[13]，偶来买花处。
低头独长叹，此叹无人谕[14]：
一丛深色花[15]，十户中人赋[16]！

【译文】

暮春时节，京城里车马行人忙不停，
互报牡丹花开了，成群结队买花去。
花儿贵贱无常价，要看花的品种定。
新鲜灼灼百朵红，足可换得五束绢。
花上张篷来遮盖，旁边编织笆篱护。
用水喷洒又培土，鲜花移植色如故。
家家买花成风气，人人爱好迷不悟。

一位种田老农民,偶然来到买花处,
低头不语长叹息,此叹无人能理解:
一丛深色红牡丹相当于十户中等人家的赋税了。

【释义】

[1]此诗为《秦中吟十首》其十。《才调集》题作《牡丹》。 [2]帝城:京城。 [3]喧喧:车马嘈杂声。度:经过。 [4]道:谈论,称赞。 [5]常价:固定的价格和标准。 [6]酬值:给的价钱。看花数:看花易得与否而定。数:有计算之意。 [7]灼灼:形容牡丹颜色浓艳。 [8]戋(jiān)戋:众多委积的样子。五束:五匹。素:精细洁白的绢。 [9]庇(bì):遮盖,庇护。 [10]织:编。 [11]泥封:培土。 [12]习为俗:长期这样做,逐渐变成了社会风气。 [13]田舍翁:老农民。 [14]谕:同"喻",理解,知道,明白。 [15]深色花:红牡丹。 [16]中人赋:中等人家要缴纳的赋税。

琵琶行 并序[1]

白居易

元和十年[2],予左迁九江郡司马[3]。明年秋,送客湓浦口[4]。闻舟中夜弹琵琶者,听其音,铮铮然有京都声[5]。问其人,本长安倡女[6],尝学琵琶于穆、曹二善才[7]。年长色衰,委身为贾人妇[8]。遂命酒[9],使快弹数曲[10]。曲罢悯然[11]。自叙少小时欢乐事,今漂沦憔悴[12],转徙于江湖间[13]。予出官二年[14],恬然自安[15],感斯人言[16],是夕始有迁谪意[17]。因为长句歌以赠之[18],凡六百一十六言[19],命曰《琵琶行》[20]。

浔阳江头夜送客[21],枫叶荻花秋瑟瑟[22]。
主人下马客在船[23],举酒欲饮无管弦[24]。
醉不成欢惨将别[25],别时茫茫江浸月[26]。
忽闻水上琵琶声,主人忘归客不发[27]。

寻声暗问弹者谁[28]？琵琶声停欲语迟[29]。
移船相近邀相见[30]，添酒回灯重开宴[31]。
千呼万唤始出来[32]，犹抱琵琶半遮面[33]。
转轴拨弦三两声[34]，未成曲调先有情[35]。
弦弦掩抑声声思[36]，似诉平生不得志[37]。
低眉信手续续弹[38]，说尽心中无限事[39]。
轻拢慢捻抹复挑[40]，初为《霓裳》后《六幺》[41]。
大弦嘈嘈如急雨[42]，小弦切切如私语[43]。
嘈嘈切切错杂弹，大珠小珠落玉盘。
间关莺语花底滑[44]，幽咽泉流冰下难[45]。
冰泉冷涩弦凝绝[46]，凝绝不通声暂歇。
别有幽愁暗恨生[47]，此时无声胜有声。
银瓶乍破水浆迸[48]，铁骑突出刀枪鸣[49]。
曲终收拨当心画[50]，四弦一声如裂帛[51]。
东船西舫悄无言[52]，惟见江心秋月白[53]。
沉吟放拨插弦中[54]，整顿衣裳起敛容[55]。
自言本是京城女[56]，家在虾蟆陵下住[57]。
十三学得琵琶成，名属教坊第一部[58]。
曲罢曾教善才服[59]，妆成每被秋娘妒[60]。
五陵年少争缠头[61]，一曲红绡不知数[62]。
钿头银篦击节碎[63]，血色罗裙翻酒污[64]。
今年欢笑复明年，秋月春风等闲度[65]。
弟走从军阿姨死[66]，暮去朝来颜色故[67]。
门前冷落车马稀[68]，老大嫁作商人妇[69]。
商人重利轻别离[70]，前月浮梁买茶去[71]。
去来江口守空船，绕船明月江水寒[72]。
夜深忽梦少年事，梦啼妆泪红阑干[73]。

我闻琵琶已叹息，又闻此语重唧唧[74]。

同是天涯沦落人[75]，相逢何必曾相识！

我从去年辞帝京[76]，谪居卧病浔阳城[77]。

浔阳地僻无音乐[78]，终岁不闻丝竹声[79]。

住近湓江地低湿[80]，黄芦苦竹绕宅生[81]。

其间旦暮闻何物[82]？杜鹃啼血猿哀鸣[83]。

春江花朝秋月夜[84]，往往取酒还独倾[85]。

岂无山歌与村笛？呕哑嘲哳难为听[86]。

今夜闻君琵琶语[87]，如听仙乐耳暂明[88]。

莫辞更坐弹一曲[89]，为君翻作琵琶行[90]。

感我此言良久立[91]，却坐促弦弦转急[92]。

凄凄不似向前声[93]，满座重闻皆掩泣[94]。

座中泣下谁最多[95]？江州司马青衫湿[96]。

【译文】

元和十年（815年），我被降职做九江郡司马。第二年秋天到湓浦口送客，夜里听到船中有弹奏琵琶的声音。听声音，铮铮响亮像是京城长安的流行曲调。问那个弹琵琶的人，说她本为长安倡女，曾在穆、曹二位琵琶名师处学弹琵琶。年龄大了姿色衰减，托身做商人的妻子。于是吩咐摆酒款待，请她畅快地弹奏几支曲子。弹完后，她忧郁地说起自己少年时欢乐的事情，如今漂沦憔悴，流浪于江湖间。我被贬为地方官两年，平时自觉安适，被这个人的话触动，这天晚上，才感觉被贬外地做官的不愉快。于是作这首歌赠她，总共六百一十六字，取名叫《琵琶行》。

夜晚在浔阳江边送客，

秋风吹着枫叶和荻花发出瑟瑟的声音。

主人下马，送客人上船。

举杯要喝酒，无奈没有音乐伴奏助兴。

酒醉也感觉不到愉快，只得悲伤地分手。

分别时，水天迷茫，月亮倒映江心，
像是被江水浸着一样。
忽然听到江上传来琵琶声，
主人忘归，客人也不开船出发。
顺着琵琶声轻轻地问："弹琵琶的是谁呢？"
琵琶声停了，要答话，却又迟疑。
于是移船靠近，邀请弹琵琶的人相见，
添酒点灯重新开宴。
千呼万唤她才出来，
还抱着琵琶半遮着含羞的面颊。
她拧紧弦柱，再拨琴弦，试弹几声，
还没有弹成曲调，就传出她的无限深情。
每一根琴弦的琵琶声，
都含有哀怨的情意。
好像在诉说一生不得志。
低头不断地弹，诉说胸中无限伤心事。
轻轻地拢，慢慢地捻，
一会儿抹，一会儿挑，
先弹《霓裳羽衣曲》，
后奏流行曲调名《六幺》，
粗弦沉重雄壮如暴雨，
细弦细密急切似私语。
粗重、轻细错杂弹，
像大珠小珠掉进玉盘里发出的响声，
像黄莺在花下啼叫一样婉转流利，
又发出低泣声，像冰下泉流阻塞。
接着又好像泉水冷涩不流畅，
琵琶弦凝结不动，声暂停。
另有隐藏在心中的哀愁慢慢滋生。
此时，无声比有声更为感人。

突然，琵琶发出高亢激昂的乐声，
像是银瓶乍破，水浆迸射，
又像是铁骑突出，刀枪齐鸣。
乐曲终了，她用拨子对着琵琶中心划了一下，
四根弦同时发出像撕裂丝帛的清脆声。
东船西船都悄无声，
只见一轮洁白的秋月映在江心。
她深深地叹息，
将拨片收起插在弦间，
整理好衣裳，显出严肃而恭敬的神色。
说："我本是京城里的女子，
家住虾蟆陵下。
十三岁学会弹琵琶，
名列教坊第一部。
每弹完琵琶都得到琵琶师的称赞，
化妆后常被别的歌妓妒忌。
每弹完一曲，
那些富家子弟争着给我送'缠头'，
收到的红绡多得不知其数。
钿头银篦被用于打拍子，常常被敲碎了，
鲜红的裙子也被泼翻的酒浆弄脏。
今年欢笑又明年，
秋月春风等闲度。
弟弟从军去了，阿姨也死了，
黄昏过去，早晨又来到。
容颜一天天衰老，
门前冷落，车马逐渐稀少。
年纪大了便嫁给商人作妻子；
商人重利轻别离，
前月到浮梁购买茶叶去了。

我在江口孤独地守着空船，
绕船明月照着寒冷的江水。
深夜忽然梦见少年欢乐的事情，
梦中啼哭，
脸上流满了一道道胭脂染红的泪痕。"
我闻琵琶声已叹息，
再听她这番话更加叹息不已！
"我们同是天涯沦落人，
相逢何必曾相识！
我从去年离别京城，
贬官卧病浔阳城。
浔阳地处偏僻没有音乐，
一年到头听不到丝竹声音。
住处临近湓江，低洼潮湿，
黄芦苦竹绕着住宅在蔓生。
早晚听到什么呢？
只听到杜鹃悲啼猿哀鸣。
春江花开的早晨和秋江明月之夜，
我常常独自一个人单调无味地倒酒喝。
难道这里没有山歌和村笛吗？
但是这些呕哑嘲哳声音，
叫人难以听下去。
今夜听到你弹琵琶的声音，
如同听到仙乐。
耳朵忽然一下子清明起来。
请不要推辞，坐下再弹一曲，
我将按照曲调为你作一首《琵琶行》。"
她被我的话所感动，
久久地站在那儿，
后来回到原来的座位上坐下，

把弦拧紧,弦音更加急切。
琵琶声是这样凄凉悲伤,
不像刚才弹奏的那样高亢、洪亮。
所有在座的人重新听到这凄凉的乐曲,
都蒙着脸在哭泣。
座中流泪最多的是谁呢?
江州司马青衫都湿透了。

【释义】

[1]选自《白氏长庆集》。行:古诗一种体裁。 [2]元和:唐宪宗李纯的年号。元和十年:公元815年。 [3]予:我。左迁:贬官,降职。九江郡:原为隋朝的郡名。唐天宝元年(742年)改称浔阳郡。治所在今江西省九江市。司马:官名,州刺史的副职。当时州的司马常由被贬的京官担任,没有实职,是闲官。 [4]湓(pén)浦口:湓水源出今江西省瑞昌县,它流入长江口处称湓浦口,又称湓口,在九江城的西面。 [5]铮(zhēng)铮:象声词,金属撞击声。这里指琵琶弹奏的音响。京都声:指当时京城长安流行的乐曲声调。 [6]倡女:这里指歌女。 [7]尝:曾经。善才:唐代穆、曹善才善弹琵琶。琵琶师的美称。 [8]委身:将自身托付给别人。为贾(gǔ)人妇:做商人的妻子。 [9]遂:于是。命酒:叫手下人摆酒。 [10]快:畅快。 [11]曲罢:曲子弹完。悯然:忧伤愁苦的样子。 [12]漂沦:漂泊沦落。 [13]转徙:流浪。 [14]出官:被贬出京城做地方官。 [15]恬(tián)然:内心平静的样子。自安:自己感到安适。 [16]感斯人言:被这个人说的话所触动。斯人:这个人,指琵琶女。 [17]是夕:这天晚上。始觉:才感觉。有迁谪意:有被贬出京城到外地做官的不愉快。 [18]因为:因此写了。长歌:指这首《琵琶行》长诗。以赠之:拿来赠给她。 [19]凡:总共。言:字。 [20]命曰:取名,叫作。 [21]浔阳江:长江流经九江的一段江面名为浔阳江。 [22]荻(dí)花:指芦苇一类植物的花。瑟瑟:象声词,指枫叶、荻花被风吹发出的响声。 [23]主人:诗人自称。 [24]举酒:端起酒杯。无管弦:没有音乐助兴。 [25]惨:凄凉。 [26]茫茫:(水天相接)辽阔无边。江浸月:月亮倒映江心,像是浸在江水中一样。 [27]客不发:客人乘坐着船不想起锚出发。 [28]寻声:顺着乐声找去。暗问:小声地问。

[29]欲语迟：想答话又有些迟疑。　[30]移船：诗人坐的船移近琵琶女的船。邀相见：请琵琶女出来相见。　[31]添酒：再增加酒。回灯：把熄灭的灯烛重新点亮。　[32]始：才。　[33]犹：还。半遮面：羞答答地用琵琶遮着半边脸。　[34]转轴：将琵琶上的弦柱扭紧。　[35]未成曲调：试弹的"三两声"。　[36]掩抑：使低沉。声声思：声声都含有哀怨的情思。　[37]平生：一生，终生。　[38]低眉：低头。信手：随手。续续：连续不断。　[39]无限事：指无限伤心的事。　[40]拢、捻、抹、挑：弹琵琶时各种不同的指法。捻：手指抚弦。撚：手指揉弦。抹：顺手下拨。挑：反手回拨。　[41]霓裳：霓裳羽衣曲。六幺（yāo）：当时流行的曲调名。　[42]大弦：粗弦。嘈嘈：指琵琶声音粗重、雄壮。　[43]小弦：细弦。切切：轻细、急切。　[44]间关：指鸟声婉转。滑：流利。　[45]幽咽：低泣声，这里指阻塞不畅的泉流声。冰下难：琵琶弹得低沉、冷涩时，好像冰下泉流阻塞难通。　[46]弦凝绝：弦似乎凝结不动。　[47]别有：另有。幽愁暗恨：隐藏在心中的哀愁和怨恨。　[48]乍破：突然破裂。　[49]铁骑（jì）：带甲的骑兵。　[50]拨：拨子（拨片）。当心划：琵琶女用拨片在琵琶四根弦子的中心处用力一划，称为收拨，表示曲子弹奏完毕的意思。　[51]如裂帛：像撕裂丝织品发出的那样尖锐、清脆的声音。　[52]舫（fǎng）：船。悄（qiǎo）无言：形容没有声音。　[53]江心秋月白：一轮洁白的秋月映在静静的江心，这句与前面"别时茫茫江浸月"句相照应。　[54]沉吟：迟疑不决，低声叹息。　[55]起：站起来。敛容：收起笑容，现出严肃的神色。　[56]自言：自己说（自己的经历）。　[57]虾蟆陵：在唐长安（今西安市）南曲江附近。是当时歌伎、舞女聚居和游乐之地。　[58]教坊：唐代官办教习歌舞技艺的机构。　[59]服：佩服。　[60]秋娘：唐代歌伎常用的名字。这里指善歌貌美的歌伎。　[61]五陵年少：泛指当时富贵人家子弟。五陵：长安附近的汉代五个皇帝的陵墓，也是豪门贵族聚居的地方。争缠头：抢着赠送缠头。争：抢着赠送。缠头：古代女子舞蹈时常以绫帛缠头，因此人们也多以绫帛赏赐舞女，称作缠头。　[62]红绡（xiāo）：红色细薄的丝织品，即"缠头"。　[63]钿（diàn）头银篦击节碎：将钿头银篦拿来打拍子敲碎了。钿头银篦，一种两头饰有花钿的妇女用的发篦。银：一作"云"。击节：打拍子。　[64]血色：鲜红色。污：玷污。　[65]秋月春风：青春美好的岁月。等闲度：随便地度过了。　[66]走：往，去。　[67]颜色故：容颜衰老了。故：衰老。　[68]车马稀：来的客人少了。　[69]老大：年纪大了。妇：妻。　[70]轻别离：商人只看重钱财，把夫妻的离别看得轻。　[71]浮梁：唐代县名，

182

今江西景德镇市。当时这里是茶叶集散地。　[72]去来：离别以后。来：助词，无义。绕船明月：与孤舟做伴的只有绕船的明月。　[73]梦啼：梦中啼哭。妆泪红阑干：搽了脂粉的脸上流满了一道道红色的泪痕。妆：指脸上搽的脂粉。阑于：纵横交错。　[74]重：更加。唧唧：叹息声。　[75]同是：同样是。天涯，天边，此对帝京长安而言。沦落：沉沦流落。　[76]辞帝京：辞别京城长安。　[77]谪居：贬谪后住在某地。　[78]地僻：地方偏僻。　[79]终岁：一年到头。丝竹声：指代音乐。　[80]湓江：湓水。　[81]黄芦：芦苇。苦竹：竹子。　[82]旦暮：早晚。　[83]杜鹃：鸟名。　[84]花朝：开花的早晨。秋月夜：秋江月夜。　[85]独倾：一个人倒酒喝。　[86]呕哑嘲哳：象声词。嘈杂混乱的声音。难为听：叫人难以听下去。　[87]君：琵琶女。　[88]暂：忽然，一下子。　[89]莫辞：不要推辞。更坐：重新坐下。　[90]翻作：写作。翻：按曲编写歌辞。　[91]良久立：站立了很久。良：很，甚。　[92]却坐：退回原来位置坐下。却：退回。促弦：把弦扭紧。　[93]凄凄：凄凉，悲伤。向前声：刚才声音。　[94]满座：所有在座的人。重闻：重新听到。皆掩泣：都蒙着脸哭泣。　[95]座中：在座的人中。泣：眼泪。　[96]江州：浔阳。唐乾元元年（758年）改为州。诗中的九江郡、浔阳城、江州都是指九江。青衫：唐时最低的九品官阶的服色。

江　雪

柳宗元

千山鸟飞绝[1]，
万径人踪灭[2]。
孤舟蓑笠翁[3]，
独钓寒江雪[4]。

【译文】

连绵起伏的群山里一只飞鸟都没有，
所有的大道小路上也不见行人的踪迹。

只有江边小船里披蓑衣戴斗笠的老渔翁,
独自一人在寒江上坐船垂钓。

【释义】

[1]千山:群山。绝:尽。 [2]径:路。踪:脚印。灭:消失,湮灭。[3]孤舟:单独一只小船。蓑(suō):蓑衣。笠(lì):斗笠。翁:渔翁,此为作者自指。 [4]独钓寒江雪:独自在大雪纷飞的寒江上垂钓。

渔 翁[1]

柳宗元

渔翁夜傍西岩宿[2],
晓汲清湘燃楚竹[3]。
烟销日出不见人,
欸乃一声山水绿[4]。
回望天际下中流[5],
岩上无心云相逐[6]。

【译文】

劳累一天的渔翁夜晚泊舟西岩。
清晨他汲取清澈的湘水,燃起湘竹做早餐。
日出炊烟散,却不见渔翁身影。
猛然间只听欸乃一声渔歌响,
他却在青山绿水中出现。
他摇着小舟,回望天边,划向中流,
山岩上空的白云此时正在自由自在地飞动,
好像要把小舟追赶。

【释义】

[1]渔翁：此诗系柳宗元谪居永州时所作的一首七言古诗。 [2]傍：靠。西岩：永州（今湖南零陵）西山。 [3]晓汲：早上打水。清湘：清澈的湘水。 [4]欸（ǎi）乃：象声词，摇橹声。这里指渔歌。唐代湘中有棹歌《欸乃曲》。 [5]天际：天边，远处天地相接的地方。 [6]无心：没有意识，形容云自由自在飞动、追逐的样子。陶渊明《归去来兮辞》："云无心而出岫。"

闻乐天授江州司马[1]

元　稹

残灯无焰影憧憧[2]，
此夕闻君谪九江[3]。
垂死病中惊坐起[4]，
暗风吹雨入寒窗。

【译文】

将要熄灭的灯光暗淡、晃动，
这天夜晚听说你降职做江州司马，
病危中的我吃惊地坐起，
夜风吹雨飘入寒窗。

【释义】

[1]乐天：白居易字。授：任命官职。 [2]憧（chōng）憧：晃动不定。一作"幢幢"。 [3]谪（zhé）：古时指官吏降职或调往边远地区。九江：隋代郡名，唐代的江州（今江西省九江市）。 [4]垂：将。

送无可上人[1]

贾 岛

圭峰霁色新[2],送此草堂人[3]。
麈尾同离寺,蛩鸣暂别亲[4]。
独行潭底影[5],数息树边身[6]。
终有烟霞约[7],天台作近邻[8]。

【译文】

雨后初晴,圭峰上蔚蓝天空格外新鲜,
我们为草堂寺无可上人送行。
在蛩鸣的秋天,
他带着麈尾,离开了寺院,暂别了亲人。
潭水中倒映着他独行的身影,
他多次身倚树边休息。
最终他应烟霞之约,把天台山作为近邻。

【释义】

[1]无可:僧人,本姓贾,范阳(今河北涿县)人,贾岛从弟(堂弟)。诗名与贾岛齐。上人:佛教称德行高尚的人,也用来尊称僧人。 [2]圭峰:山峰名。位于陕西南鄠县东南紫阁峰东,与重云寺相对,其形如圭,故名。下有草堂寺,寺东又有小圭峰(见清《一统志》)。霁(jì)色:雨后天空晴朗的蓝色。 [3]草堂:寺名。 [4]蛩(qióng):蟋蟀。 [5]潭底影:潭水中的倒影。 [6]数息:多次休息。树边身:倚在树上的身体。 [7]烟霞:云雾之气。也指山水胜景。 [8]天台:山名。在浙江省天台县北,为仙霞岭脉之东支。相传汉时有刘晨、阮肇入天台采药遇仙故事。陶弘景《真诰》谓:"山有八重,四面如一,当斗牛之分,上应台宿,故曰天台。"

题诗后[1]

贾 岛

二句三年得[2],
一吟双泪流。
知音如不赏[3],
归卧故山秋[4]。

【译文】

"独行潭底影,数息树边身",
这两句诗是花三年的心血才锤炼出来的呀,
现在一朗诵它们,我都要动情流泪。
如果有一天懂诗的人不赏识它们,
那就是我归卧故山的时候。

【释义】

[1]诗:指《送无可上人》一诗。 [2]二句:指"独行潭底影,数息树边身"两句诗。 [3]知音:了解自己特长的人。此指懂诗的人。 [4]秋:时。

寻隐者不遇[1]

贾 岛

松下问童子[2],
言师采药去[3]。
只在此山中,
云深不知处[4]。

【译文】

在门前松树下，我向小弟子打听隐居山林的友人，
（"你的师父到哪儿去了？"）
小弟子说："师父采药去了。"
（"他在哪里采药呢？"）
"只在这座山中。"
（"在这座山上什么位置呢？"）
"白云深绕，难辨东西，不知现在他在什么地方。"

【释义】

[1]寻：寻访。隐者：隐士，这里指隐居在山林中的友人。此诗一作孙革《访羊尊师》诗。 [2]童子：隐士的小弟子。 [3]言：告诉，说。师：隐士，童子的老师。 [4]不知处：不知他在什么地方。

南　园[1]

李　贺

寻章摘句老雕虫[2]，
晓月当帘挂玉弓[3]。
不见年年辽海上[4]，
文章何处哭秋风[5]？

【译文】

通宵达旦地搞吟诗作赋的雕虫小技，
映入窗帘的破晓残月，
像一张玉弓远远地挂在天边。
你难道没有看到辽东一带连年战争，

你那种伤感的诗文又哪里用得上呢?

【释义】

[1]李贺的《南园》组诗共十三首,此选第六首。南园为李贺家乡河南昌谷的一个花园,是他读书的地方。 [2]寻章摘句:从典籍中寻觅典故、摘取词句。老:此指终身从事。雕虫:喻指写诗作文。 [3]晓月:拂晓的月亮。当帘:正对着窗帘。玉弓:月亮。 [4]辽海:借指战场。 [5]文章何处哭秋风:借指悲秋的诗文。

雁门太守行[1]

李 贺

黑云压城城欲摧[2],
甲光向日金鳞开[3]。
角声满天秋色里[4],
塞上燕脂凝夜紫[5]。
半卷红旗临易水[6],
霜重鼓寒声不起。
报君黄金台上意[7],
提携玉龙为君死[8]。

【译文】

敌人像滚滚黑云压城头,
凶猛地要把城摧垮。
穿云阳光照耀守边将士的铠甲,
甲片如同鱼鳞金光发。
号角的声音在这秋色里响彻天空,
将士鲜血塞上洒,月下凝成紫泥花。

半卷红旗夜出袭,易水河畔待厮杀。
冲锋命令刚下达,霜重鼓寒声低哑。
黄金台上招贤士,为报君王热血洒。
手提利剑寒光闪,誓死为国把敌杀。

【释义】

[1]乐府古题,属《相和歌·瑟调曲》。 [2]黑云压城:敌军压境,形势危急。 [3]甲:铠甲。金鳞:古代战甲以金属片编成,状如鱼鳞,经日光照射,闪着金光。 [4]角:古代军中号角。 [5]燕脂:这里喻血。 [6]半卷红旗:军队卷起红旗急速行军。临:到。易水:河名,在今河北省易县。战国燕太子丹曾在此送别壮士荆轲前去刺秦王。诗中用此地名,显示将士们视死如归、勇赴国难的壮烈情怀。 [7]黄金台上意:君王对人才的信任和重视。黄金台:故址在今河北易县东南。相传燕昭王置千金于台上,招纳天下贤士。 [8]提携:拿起。玉龙:宝剑。

李凭箜篌引[1]

李 贺

吴丝蜀桐张高秋[2],
空山凝云颓不流[3]。
江娥啼竹素女愁[4],
李凭中国弹箜篌[5]。
昆山玉碎凤凰叫[6],
芙蓉泣露香兰笑[7]。
十二门前融冷光[8],
二十三丝动紫皇[9]。
女娲炼石补天处[10],
石破天惊逗秋雨[11]。
梦入神山教神妪[12],

老鱼跳波瘦蛟舞[13]。
吴质不眠倚桂树[14],
露脚斜飞湿寒兔[15]。

【译文】

李凭在深秋用吴丝蜀桐制造的箜篌弹奏,
乐声美妙飘上高山,云彩为之心悦,凝结不动了。
李凭在京都弹箜篌,
悲怨的曲调感动了湘娥和素女,
引起她们啼哭和忧愁。
清脆的乐声像昆仑山美玉碎裂声响,
又像凤凰在鸣叫。
乐声幽咽时,像带露的荷花在哭;
明快时,又像芳香的兰花在笑。
乐声使京都冷气消失,使天帝感动。
李凭弹奏到高潮时,乐声惊动天空,
好似女娲用石补天的地方又破裂了,
秋雨就从那里降落下来。
乐声仿佛是说李凭在梦中登上了神山,
在那里教神仙弹奏箜篌,
乐声使得鱼跳蛟舞。
乐声飘进月宫,
夜深了,吴刚不眠还倚在桂树上倾听,
露水打湿了也正在聆听的玉兔。

【释义】

[1]李凭:人名,当时供奉宫廷的梨园女弟子。箜篌(kōng hóu):古代一种弹拨乐器。箜篌引:乐府旧题,属《相和歌·瑟调曲》。 [2]吴丝蜀桐:代指箜篌,并写箜篌制作的精美。张:弹奏。高秋:深秋,指九月。 [3]凝:集聚。颓

不流：停止不动。　[4]江娥啼竹：江娥，一作"湘娥"。古代传说，舜南巡时，死于苍梧、葬于九嶷山。他的妃子娥皇、女英悲痛哭泣，泪洒竹上，竹子都有了斑点。素女：古代传说中的霜神，会弹瑟，乐调悲伤。　[5]中国：即国中，此指当时京城长安。　[6]昆山：昆仑山．出产美玉。　[7]芙蓉泣露：芙蓉，荷花的古称。泣露：像带露珠的荷花在哭。香兰笑：像芳香的兰花在笑。　[8]十二门：当时长安的四面城门有十二座。融：消融。　[9]二十三丝：竖箜篌有二十三弦。紫皇：天帝。　[10]女娲（wā）：古代神话传说，女娲曾炼五彩石修补苍天。[11]逗：引。　[12]神妪（yù）：古代神话传说女神成夫人爱好音乐，能弹箜篌。妪：此指老年神女。《搜神记》："有妪号成夫人，好音乐，能弹箜篌，闻人弦歌，辄便起舞。"　[13]老鱼：大鱼。瘦蛟：长蛟。《列子·汤问》："瓠巴鼓瑟而鸟舞鱼跃。"诗句中把"鸟舞"变成"瘦蛟舞"，以表现李凭技艺超过了瓠巴。　[14]吴质：旧注疑为吴刚。古代传说吴刚学仙有过，被罚去砍伐月中高大的桂树，他一拔出斧头，砍痕立即复合。因之他只好不停地砍树。　[15]露脚：像雨点一样连续落下来的露水。寒兔：玉兔。古代传说月宫中有玉兔捣药

寄扬州韩绰判官[1]

杜　牧

青山隐隐水迢迢[2]，
秋尽江南草未凋[3]。
二十四桥明月夜[4]，
玉人何处教吹箫[5]？

【译文】

青山逶迤，隐于云霄，
绿水如带，流向远郊，
江南秋尽，草未枯槁，
二十四桥，夜月朗照，
你在何处，教歌女吹箫？

【释义】

[1]韩绰（chuò）：生平不详，当是作者同僚。 [2]隐隐：朦胧的样子。迢迢：遥远的样子。 [3]草未凋：草没凋谢，意思是说地气暖。 [4]二十四桥：隋唐时扬州繁盛，城中有二十四桥。 [5]玉人：美人，此指歌女。教：使。

秋 夕[1]

杜 牧

银烛秋光冷画屏[2]，
轻罗小扇扑流萤[3]。
天阶夜色凉如水[4]，
坐看牵牛织女星[5]。

【译文】

秋夜的烛光月光照在幽冷的画屏上，
孤寂的宫女手拿轻罗小扇。
无聊地追扑着流萤。
夜色中的天阶冰凉似水，
她坐着仰望天上的牛郎与织女星。

【释义】

[1]秋夕："七夕"，农历七月初七晚上。传说这天晚上牛郎织女在鹊桥相会。 [2]秋光：月光。冷：烛光、月光照在屏风上给人寒冷的感觉。画屏：有图画的屏风。 [3]轻罗小扇：绢扇。流萤：飞来飞去的萤火虫。 [4]天阶：皇宫中的石阶。凉如水：指石阶冰凉如水，暗示夜深，寒气袭人。 [5]坐：一作"卧"。

江南春[1]

杜 牧

千里莺啼绿映红[2],
水村山郭酒旗风[3]。
南朝四百八十寺[4],
多少楼台烟雨中。

【译文】

江南千里之地到了春天,
一片莺啼花开,红绿相映。
水村山城处处飘扬着酒旗。
南朝所建的四百八十个寺院中,
有多少楼台掩映在花烟林雨中啊!

【释义】

[1]江南:这里主要是指建康(今江苏省南京市)一带。 [2]绿映红:绿叶红花相掩映。 [3]山郭:泛指山城。郭:外城。酒旗:酒帘,又叫酒望子,高悬在酒店外当标志,用以招引顾客。 [4]南朝:是宋、齐、梁、陈四个朝代的总称。这四个王朝都以建康为京城,其帝王均崇信佛教,爱建寺庙,梁武帝萧衍更是如此。四百八十寺:是当时通行的说法。

清 明[1]

杜 牧

清明时节雨纷纷[2],
路上行人欲断魂[3]。

借问酒家何处有[4],
牧童遥指杏花村[5]。

【译文】

清明节这天春雨连绵,
路上行人好像失魂落魄一样,没精打采。
请问酒店在什么地方呢?
牧童扬鞭指向远方杏花深处的村庄。

【释义】

[1]清明:节气名,清明节在农历三月上旬。 [2]纷纷:连绵不断。 [3]行人:行旅之人。断魂:销魂。形容神色黯然、伤心落魄的样子。 [4]借问:请问。酒家:酒店。 [5]杏花村:杏花深处的村庄。一说指地名,今安徽贵池县城西郊,以产酒著名。

山 行[1]

杜 牧

远上寒山石径斜[2],
白云生处有人家[3]。
停车坐爱枫林晚[4],
霜叶红于二月花[5]。

【译文】

一条歪歪斜斜的山间小路,通向远处的山顶;
在那高高的山顶上白云升腾、缭绕,
可以隐隐约约地看见几户人家。
因为喜爱傍晚的枫林美景,

所以不由得停下车子欣赏；
经霜打过的枫叶，比二月的春花还红艳。

【释义】

[1]山行：行进山间。 [2]寒山：深秋时的山。石径：山中小路。 [3]白云生处：白云升腾的地方，指山的高处。 [4]坐：因为。枫林晚：傍晚的枫树林。[5]霜叶：经霜打过的枫叶。红于二月花：比二月的鲜花还红艳。

过华清宫[1]

杜 牧

长安回望绣成堆[2]，
山顶千门次第开[3]。
一骑红尘妃子笑[4]，
无人知是荔枝来。

【译文】

从长安回头望骊山上的华清宫，
楼台花木布满了全山，酷似成堆的锦绣。
一个骑马的人卷着红尘飞奔而来，
贵妃含笑相迎，
没有谁知道这就是来给她送鲜荔枝的啊！

【释义】

[1]华清宫：唐朝皇帝的行宫，故址在今陕西省临潼县骊（lí）山上。[2]长安：唐代京都，今陕西省西安市。回望：回头看。绣成堆：骊山上的华清宫，楼台花木饰满一山，好像成堆的锦绣一样。骊山：一称绣岭，故说绣成堆。[3]千门：形容宫门之多。次第：一个接一个地。 [4]一骑（jì）：一人一马的合称。红尘：飞尘。妃子：杨（玉环）贵妃。她喜吃荔枝。

泊秦淮[1]

杜 牧

烟笼寒水月笼沙[2],
夜泊秦淮近酒家[3]。
商女不知亡国恨[4],
隔江犹唱《后庭花》[5]。

【译文】

烟雾笼照着寒冷的河水,
月光透过烟雾笼罩着河边的浅滩泥沙,
夜间船泊秦淮河畔,靠近卖酒的店家。
卖唱的歌女啊,不懂得亡国之恨,
在河对岸的酒店里,
还唱那亡国之曲《玉树后庭花》。

【释义】

[1]秦淮:秦淮河。此河发源于江苏溧水县东北,西流经金陵(今江苏省南京市)入长江。相传秦时凿钟山以疏淮水,故称秦淮河。 [2]烟笼寒水月笼沙:为互文见义句,即"烟""月"都笼罩"水"和"沙"。 [3]夜泊秦淮:夜间停船于秦淮河畔。酒家:酒店。 [4]商女:歌女。商:我国古代五音之一,这里用它来指代歌。亡国恨:亡国之恨。 [5]江:此指秦淮河。后庭花:陈后主(陈叔宝)所作的《玉树后庭花》:"丽宇芳林对高阁,新妆艳质本倾城。映户凝娇乍不进,出帷含态笑相还(一作"迎")。妖姬脸似花含露,玉树流光照后庭。"

赤　壁[1]

杜　牧

折戟沉沙铁未销[2]，
自将磨洗认前朝[3]。
东风不与周郎便[4]，
铜雀春深锁二乔[5]。

【译文】

断戟埋在泥沙里不知多少年了，但未销蚀，
拿起来一看就知道它是前朝的遗物。
倘若不是东风给周瑜以方便，
那么东吴将被曹操所灭，
二乔也将被关进铜雀台中了。

【释义】

[1]一作《赤壁怀古》。赤壁：在今湖北武昌西，长江南岸。　[2]折戟（jǐ）：断戟。戟：泛指古代兵器。销：销蚀。　[3]将：拿起。认前朝：认识是前朝的遗物。　[4]东风：赤壁火攻事。不与：若不与。周郎：周瑜。　[5]铜雀：铜雀台，在邺城（今河北临漳西）。二乔：大乔、小乔。东吴乔玄之女，大乔嫁孙策，小乔嫁周瑜。

夜雨寄北[1]

李商隐

君问归期未有期[2]，
巴山夜雨涨秋池[3]。

何当共剪西窗烛[4]，
却话巴山夜雨时[5]。

【译文】

你问我回家的日期？没有回家的日期。
四川山区秋雨连绵，
一夜之间池塘里水就涨满了。
哪一天我们能够团圆共剪西窗残烛呢？
到那时再回过头来向你诉说
在巴山雨夜中孤寂的心境和思念你的情意。

【释义】

[1]北：北方的人。可以指妻子，也可以指朋友。此诗《万首唐人绝句》题作《夜雨寄内》。有人经过考证，认为此诗作于诗人妻子王氏去世之后，因而不是"寄内"诗，而是写赠长安友人的。但从诗的内容看，"寄内"似乎更确切一些。[2]君：你。对自己妻子的称谓。　[3]巴山：也称大巴山，又叫巴岭。这里指四川的山。涨秋池：因秋雨池塘水涨。　[4]何当：何时，犹哪一天。　[5]却话：回过头来说。却：回转，回溯。话：谈论。

锦　瑟[1]

李商隐

锦瑟无端五十弦[2]，
一弦一柱思华年[3]。
庄生晓梦迷蝴蝶[4]，
望帝春心托杜鹃[5]。
沧海月明珠有泪[6]，
蓝田日暖玉生烟[7]。

此情可待成追忆[8]，

只是当时已惘然[9]。

【译文】

锦瑟为什么有五十条弦？
一弦一柱都令人追忆好华年。
我的理想如庄子，为蝴蝶晓梦而迷惘，
又像望帝化杜鹃，托付春心哀怨。
沧海明月高悬，鲛人泣泪皆成珠。
蓝田红日温暖，可见美玉生烟。
悲欢之情岂待今日来追忆，
其实当时就已惆怅。

【释义】

[1]锦瑟：瑟上绘纹如锦。瑟：古代一种弦乐器。 [2]无端：无缘无故，为什么。 [3]柱：瑟上系弦的木柱。一弦一柱：指一音一节。思华年：追忆青春年华的往事。 [4]庄生：即庄周。晓梦：天亮的梦，言梦境之短暂。迷蝴蝶：《庄子·齐物论》中的一则寓言故事——庄周做了一个梦，梦见自己化为蝴蝶，飞得很得意，竟忘了自己是庄周；一会儿梦醒了，发现自己又是实实在在的庄周。于是庄周迷惑了，不知是梦中化为蝴蝶了，还是蝴蝶化为庄周了。 [5]望帝：古代神话中周末蜀国的一个君主，名叫杜宇，号称望帝。相传他死后化为杜鹃鸟，鸣声凄切。春心：伤春之心，常比喻对理想的追求，或对爱情的向往。托杜鹃：把哀怨寄托在杜鹃的悲鸣上。 [6]沧海月明珠有泪：古人认为珠生于海中的蚌，蚌与月相感应，月满珠就圆，月亏珠就缺。又有传说"鲛人泣珠"，美人鱼的眼泪就是珍珠。这句诗用两个典故构成了"沧海遗珠"的意象，托寓才能不为世用的悲哀。 [7]蓝田：山名，又名玉山，在今陕西蓝田县，是著名的产玉之地。司空图《与极浦书》："戴容州云'诗家之景，如蓝田日暖，良玉生烟，可望而不可置于眉睫之前也'。" [8]此情：前两联所说的情景。可待：怎待，何待，岂待。 [9]惘然：怅然若失的样子。

无 题[1]

李商隐

相见时难别亦难[2],
东风无力百花残[3]。
春蚕到死丝方尽[4],
蜡炬成灰泪始干[5]。
晓镜但愁云鬓改[6],
夜吟应觉月光寒[7]。
蓬山此去无多路[8],
青鸟殷勤为探看[9]。

【译文】

相聚不易啊,分别也很难。
东风力已尽,百花已凋残。
春蚕到死,才把它的丝吐尽,
蜡烛烧尽成灰,热泪方才流干。
在清晨对镜梳妆时,
只怕双鬓改色,容颜憔悴。
月下低吟,也会感到凄冷孤单吧!
此处距离蓬莱仙山并不遥远,
传递信息的"青鸟"啊,请替我常把她探看。

【释义】

[1]诗文有用"无题"做题目的,表示没有适当的题目可用,或有所寄托而不愿标明题目。这是一首寄托对所爱之人思念的爱情诗。 [2]相见时难:两人互相见面很困难。别亦难:分别时心情痛苦,也很难堪。 [3]东风:春风。残:凋

残。　[4]丝：双关语，既指蚕丝，又谐"相思"之"思"。　[5]蜡炬（jù）：蜡烛。泪：双关语，既指烛泪，又指相思之泪。　[6]晓镜：早晨梳妆照镜。但：只。云鬓：形容青年女子轻柔如云的鬓发。改：指容颜变得憔悴。　[7]夜吟：深夜吟诵相思诗。月光寒：情人在月光下相思长吟而感凄凉。　[8]蓬山：蓬莱山，传说中的仙山。此指所思念之人的住处。无多路：没有遥远的路程。　[9]青鸟：传说中为西王母传递信息的神鸟，此借指信使。探看：探望，慰问。

金陵图[1]

韦　庄

谁谓伤心画不成[2]？
画人心逐世人情[3]。
君看六幅南朝事，
老木寒云满故城。

【译文】

谁说画不出元朝古都伤心事？
只是画家为了追随世人情而已。
您看这六幅描绘南朝史事的画中，
枯树寒云充满了整个故城。

【释义】

[1]金陵图：画名，绘的是南朝六代（东吴、东晋、宋、齐、梁、陈）的故事。　[2]高蟾《金陵晚望》："曾伴浮云归晚翠，犹陪落日泛秋声。世间无限丹青手，一片伤心画不成。"谓：说，认为。　[3]画人：画家，作画之人。逐：追逐，追随。

伤田家[1]

聂夷中

二月卖新丝,
五月粜新谷[2]。
医得眼前疮,
剜却心头肉[3]。
我愿君王心,
化作光明烛。
不照绮罗筵[4],
只照逃亡屋[5]。

【译文】

二月间蚕未养已将新丝预先售出,
五月里禾苗还在田里,
早已预售了新谷。
预售新丝新谷好比为医眼前的疮,
挖掉了心头肉。
我希望君王的心化作光明的烛,
不要再去照富贵人家的筵席,
只去照逃荒在外的贫苦人家的茅屋。

【释义】

[1]也作《咏田家》。田家:农家。 [2]粜(tiào):卖粮食。 [3]剜(wān):用刀子等利器挖。 [4]绮(qǐ)罗筵:穿绮罗者的酒筵,即指富贵人家的酒筵。绮罗:绫罗绸缎等丝织品。 [5]逃亡屋:生活不下去而逃荒在外的穷苦人家。

焚书坑[1]

章碣

竹帛烟销帝业虚[2],
关河空锁祖龙居[3]。
坑灰未冷山东乱[4],
刘项原来不读书[5]。

【译文】

焚烧竹帛书的浓烟消散后,
秦朝帝业也随之变成一片空虚。
号称天下险的函谷关和黄河水,
如今只空空守卫着秦始皇的故居。
当年焚书坑的灰烬还未冷,山东就群雄并起,
秦始皇惧怕书籍而焚书,
却不知推翻秦朝的刘邦、项羽,原来并不读书!

【释义】

[1]焚书坑:也叫坑儒谷,是秦始皇焚诗书之地,故址在今陕西省临潼县东南的骊山上。 [2]竹帛:代指书籍。烟销:把书烧光。虚:空虚。 [3]关河:指代险固的地理形势。关:函谷关。河:黄河。祖龙:指秦始皇。 [4]山东:崤函以东。一说指太行山以东,即为秦所灭的六国旧有之地。 [5]刘项:刘邦、项羽,秦末两支主要的农民起义军的领袖。不读书:刘邦年轻时是市井无赖,项羽年轻时习武,两人都不是读书的人。

社 日[1]

王 驾

鹅湖山下稻粱肥[2],
豚栅鸡栖半掩扉[3]。
桑柘影斜春社散[4],
家家扶得醉人归。

【译文】

鹅湖山庄稼长势喜人,
猪满栅栏鸡成群。
夕阳西下时春社的欢宴才散,
家人扶着喝醉的人回家。

【释义】

[1]社日:古代祭祀土神的日子。有春社、秋社之分。时间分别在立春、立秋后的第五个戊日。 [2]鹅湖山:在今江西省铅山县境内。 [3]豚栅(tún zhà):猪栏。豚:小猪,此泛指猪。鸡栖:鸡舍。 [4]桑柘(zhè):桑树、柘树。

苦 吟[1]

卢延让

莫话诗中事,
诗中难更无。
吟安一个字[2],
捻断数茎须[3]。
险觅天应闷[4],

狂搜海亦枯[5]。
不同文赋易[6],
为著者之乎[7]。

【译文】

不要谈诗中的事情,
诗中的艰难更是没有。
但是,作诗时思考、选定一个字,
要捻断数根胡须。
历尽艰险寻觅诗句,上天都应感到烦闷,
任情地搜索诗句,连大海也干涸了。
写诗不同为文作赋那样容易,
为文作赋有"者""之""乎"这些虚词充数。

【释义】

[1]苦吟:刻苦作诗。 [2]安:定。 [3]捻:用手搓捏。茎(jīng):根。须:胡须。 [4]险:艰苦。觅:寻找。闷:心烦。 [5]狂:任情,不受拘束。枯:干涸。 [6]文:文章。赋(fù):我国古代一种文体,有韵,句式像散文。[7]为:因为。著:写。者之乎:为文作赋常用的虚词。

金缕衣[1]

杜秋娘

劝君莫惜金缕衣[2],
劝君惜取少年时[3]。
花开堪折直须折[4],
莫待无花空折枝[5]。

【译文】

劝君不要珍惜华贵的金缕衣,
而是要要珍惜、把握少年时光。
如花儿盛开时应及时欣赏采摘,
待到春残花落时,就只有花枝可折了。

【释义】

[1]曲牌名,属乐府《近代曲辞》。 [2]金缕衣:用金线织成的华贵的衣服。 [3]惜取:珍惜,把握。 [4]堪:可以。直须:必须。 [5]空:徒然。

宿甘露僧舍[1]

曾公亮

枕中云气千峰近[2],
床底松声万壑哀[3]。
要看银山拍天浪[4],
开窗放入大江来[5]。

【译文】

云雾弥漫在枕边,
千峰仿佛就在窗前。
床下松涛阵阵,
仿佛万壑呼啸,声悲哀。
要看银山似的拍天江浪,
开窗只见大江奔腾迎面来。

【释义】

[1]甘露僧舍:甘露寺,在今江苏省镇江市北固山上,是著名的游览胜地。此

寺始建于唐文宗大和年间，重建于北宋真宗大中祥符年间。北枕长江，风景绝佳。古往今来，诗人墨客不知留下多少歌咏的篇章。　[2]枕中云气：因靠江，屋子里充满水气，似云似雾，连枕头也是凉沁沁的。千峰近：仿佛自己置身在千峰之上，故觉很近。这是想象。　[3]床底松声：床底松涛声。壑：山谷。哀：呼号。　[4]银山：在镇江西江畔，山形直立，因与金山相对，故称银山。此指白色的江浪。拍天浪：浪头高拍天空。　[5]大江：长江。

登飞来峰[1]

王安石

飞来山上千寻塔[2]，
闻说鸡鸣见日升[3]。
不畏浮云遮望眼[4]，
自缘身在最高层[5]。

【译文】

飞来山上有高塔，
听说鸡鸣时就可在塔上看见日出。
我不怕浮云遮挡住我的视线，
因为我是站在最高的地方。

【释义】

　　[1]飞来峰：山名，又叫灵鹫峰，位于浙江省杭州市西湖的灵隐寺前，是西湖胜景之一，为石灰岩侵蚀而成的一座孤峰。　[2]寻：古代长度单位，八尺为一寻。千寻：形容飞来峰和峰顶之塔很高。　[3]鸡鸣：雄鸡报晓，指清晨。[4]浮云遮望眼：比喻奸臣在皇帝面前谗言害臣。西汉陆贾《新语·慎微篇》："故邪臣之蔽贤，犹浮云之障日月也。"　[5]自：己，自己。缘：因为。

泊船瓜洲[1]

王安石

京口瓜洲一水间[2],
钟山只隔数重山[3]。
春风又绿江南岸[4],
明月何时照我还[5]?

【译文】

京口和瓜洲之间仅隔着一条江,
从瓜洲到钟山也不过仅隔着几座山。
春风又吹绿了江南岸,
明月何时才能照我返回呢?

【释义】

[1]泊:停船靠岸。瓜洲:地名,又叫瓜埠洲,位于长江北岸,扬州南面,与京口隔江相对,是大运河注入长江的地方。 [2]京口:地名。今江苏省镇江市。间:隔开。 [3]钟山:山名,即今江苏南京紫金山,诗人晚年居住在这里。重(chóng):层。此为量词"座"。 [4]春风:喻朝廷继续推行"新法"。绿:吹绿。喻新法带来的兴旺景象。

元 日[1]

王安石

爆竹声中一岁除[2],
春风送暖入屠苏[3]。
千门万户曈曈日[4],

总把新桃换旧符[5]。

【译文】

爆竹声中除去旧岁,
春风把温暖吹进屠苏酒。
朝阳的光辉普照千家万户,
家家取下旧桃符换上新桃符。

【释义】

[1]元日:农历正月初一,即春节。 [2]一岁除:一年过去了。 [3]屠苏:屠苏酒。古代风俗,农历正月初一,家人要先幼后长饮屠苏酒,庆贺新春。 [4]曈(tóng)曈:朝阳初升,光芒四射的样子。 [5]新桃换旧符:用新桃符换下旧桃符。桃符:一种绘有神像、挂在门上避邪的桃木板,每年元日更换。

饮湖上初晴后雨[1]

苏 轼

水光潋滟晴方好[2],
山色空蒙雨亦奇[3]。
欲把西湖比西子[4],
淡妆浓抹总相宜[5]。

【译文】

阳光照耀着波光闪动的湖水,
和风吹过,碧波粼粼,湖上风光多么美好!
烟雨迷蒙的山色若隐若现也很奇妙。
要把西湖或晴或雨的美景,
比作西施或淡妆或浓抹的姿色,

都是很恰当的。

【释义】

[1]饮湖上：在西湖上饮酒。湖：杭州西湖。 [2]潋滟（liàn yàn）：波光闪动的样子。方好：正显出美好。 [3]空蒙：烟雨迷茫，若隐若现的样子。亦奇：也显得奇妙。 [4]西子：西施，春秋时代越国著名的美女。 [5]总相宜：都显得很相称，很合适、恰当。

海 棠[1]

苏 轼

东风袅袅泛崇光[2]，
香雾空蒙月转廊[3]。
只恐夜深花睡去[4]，
故烧高烛照红妆[5]。

【译文】

春风吹拂，海棠花透出美妙的光华，
香雾迷漫，月光转过长廊。
我担心夜深花睡去，不再开放，
于是点燃高高的蜡烛，照耀着红妆（海棠）。

【释义】

[1]海棠：花名，花白色或粉红色。 [2]袅（niǎo）袅：形容微风吹拂的样子。泛：浮动。崇光：指海棠花光泽的高洁美丽。 [3]空蒙：迷茫不清。转：旋绕。 [4]花睡去：此为暗中用典。昔日唐明皇召杨贵妃宴饮，正值杨贵妃酒醉未醒。于是唐明皇笑道："岂是妃子醉耶？真海棠睡未足耳。"唐明皇是以花喻人，而苏轼这里是以人喻花，花像人一样夜深睡去。 [5]故：于是。红妆：此指海棠。

惠崇《春江晚景》[1]

苏 轼

竹外桃花三两枝，
春江水暖鸭先知。
蒌蒿满地芦芽短[2]，
正是河豚欲上时[3]。

【译文】

竹林边有几枝正在开放的桃花，
最先觉察春水温暖的是江中的鸭子。
蒌蒿铺满浅滩，
新生的芦笋刚刚抽芽，
此时河豚正要到上游安家。

【释义】

[1]此诗一题作"惠崇《春江晓景》"。惠崇：僧人，北宋画家，建阳人。善于画鹅、鸭及水乡图景。诗也有名，为"九僧"之一。　[2]蒌蒿（lóu hāo）：草名，草本植物，有青蒿、白蒿等。芦芽：芦苇的嫩芽，也叫芦笋。　[3]河豚（tún）：鱼名，头圆口小，肉味鲜美，但肝脏和卵巢有剧毒。欲上：想逆流而上。

食荔枝[1]

苏 轼

罗浮山下四时春[2]，
卢橘杨梅次第新[3]。
日啖荔枝三百颗[4]，

不辞长作岭南人[5]。

【译文】

罗浮山地区四季如春,
新鲜的枇杷、杨梅依次结出。
每天都能吃到三百颗荔枝,
我愿意长期做个岭南人。

【释义】

[1]《食荔枝》:苏轼原有《食荔枝二首并引》,现选其中第二首。 [2]罗浮山:在广东省增城县东,跨入博罗县境。四时:四季。 [3]卢橘:枇杷。次第:依次。 [4]啖(dàn):吃,给人吃。 [5]辞:一作"妨"。不辞:表示愿意。岭南:指五岭以南的广东、广西一带地区。

夏日绝句

李清照

生当作人杰[1],
死亦为鬼雄[2]。
至今思项羽[3],
不肯过江东[4]。

【译文】

人活着就要做英雄,
死也要死得壮烈,
不能卑贱地活着,也不能屈辱地死去。
直到现在,人们还思念着项羽,
他在兵败之后,宁肯壮烈地死去,

也不回江东苟且偷生,忍辱为王。

【释义】

[1]生当:活着应当。人杰:才智突出的人物,即人中的豪杰。 [2]死亦:死后也要。鬼雄:鬼中的英雄。 [3]项羽:秦朝末年农民起义军的领袖之一。他和刘邦争天下,最后被刘邦打败。 [4]江东:项羽原来是在吴地(今江苏省苏州市一带)起义,这里旧称江东。被刘邦打败后,有人劝他回江东,重整旗鼓再战。他认为自己已经没脸见江东父老兄弟,于是在乌江边上自刎(wěn)。

游山西村[1]

陆 游

莫笑农家腊酒浑[2],
丰年留客足鸡豚[3]。
山重水复疑无路[4],
柳暗花明又一村[5]。
箫鼓追随春社近[6],
衣冠简朴古风存[7]。
从今若许闲乘月[8],
拄杖无时夜扣门[9]。

【译文】

不要讥笑农家腊酒不好,
丰收年景有足够的佳肴招待客人。
一道道山一条条水,
好像挡住了前面的去路,
然而转过去,又是绿柳成荫、鲜花吐艳的村庄。
人们戴着古代的帽子,穿着古代的衣裳,

吹箫打鼓，欢度春社，
这儿保留着古代的习俗。
今后若能乘月闲游，
我将随时拄杖来夜敲柴门。

【释义】

[1]山西村：今浙江省绍兴市鉴湖附近的一个山村。 [2]腊酒：腊月或冬天酿造的酒。浑：浑浊，不清。 [3]足：足够，充足。豚（tún）：小猪。足鸡豚：指菜肴丰盛。 [4]山重（chóng）水复：山重叠水纵横。重：重叠。复：重复。疑：怀疑。 [5]柳暗花明：绿柳成荫，山花烂漫。暗：昏暗，形容树阴很浓。明：明亮，形容鲜花艳丽。 [6]春社：古节候名。《月令广义》指出"立春后五戊为春社"，人们于此日集会祭祀土地神，以祈丰年。 [7]冠：帽子。古风：古代的风俗习惯。 [8]若许：如有可能。闲乘月：趁着月明之夜出外闲游。 [9]无时：随时，不时。扣：敲。

书　愤[1]

陆　游

早岁那知世事艰[2]，
中原北望气如山[3]。
楼船夜雪瓜洲渡[4]，
铁马秋风大散关[5]。
塞上长城空自许[6]，
镜中衰鬓已先白[7]。
《出师》表真名世[8]，
千载谁堪伯仲间[9]。

【译文】

年轻的时候哪里知道世事艰难，

北望中原常常气壮如山。
茫茫大雪,战舰夜发瓜洲渡,
萧萧秋风,铁骑频驰大散关。
叹平生空以长城自许,
看今朝镜中两鬓已先白。
《出师》表真正名扬于世,
千年来谁能与诸葛丞相比美、并肩?

【释义】

[1]《书愤》:用诗歌写出自己愤恨的心情。写此诗时,黄河以南,淮河以北的广大地区已被金兵占领,诗人看在眼里,恨在心头,用这首诗把它反映出来。此诗作于南宋淳熙十三年(1186年)初春,诗人时年六十二,闲居山阴。 [2]早岁:即早年,指年轻的时候。那:通"哪"。世事艰:主要指抗金复国之事阻力重重。 [3]中原:地区名,即中土、中州,以区别于边疆地区。狭义的中原,指今河南省一带;广义的中原,指黄河中、下游地区,或指整个黄河流域。中原北望:即北望中原。气如山:气壮如山。 [4]楼船:高大的战船。瓜洲渡:地名,在长江北岸,今江苏省扬州市之南,运河注入长江的地方,是当时重要的军事基地。 [5]铁马:古代装配有铁甲的战马,这里比喻英勇善战的骑兵队伍。大散关:在今陕西省宝鸡县西南大散岭上,是南宋与金交界地方的边防重镇。 [6]塞上长城:古代筑在边塞的万里长城。诗中采用南朝宋代大将檀道济的典故。他率领军队抵抗北朝魏国的入侵,自比为万里长城。这里是作者自比。自许:自己称赞自己,表示自负又自信。 [7]鬓:脸边耳旁的头发。斑:白。 [8]《出师》一表:指蜀汉丞相诸葛亮的《出师表》。诸葛亮于公元227年出兵伐魏前,写《出师表》呈交后主刘禅,表明自己复兴汉室的决心。名世:有名于世。 [9]千载:千年。堪:可以。伯仲:老大老二。古代兄弟中,依年龄顺序排为伯、仲、叔、季。

诗

临安春雨初霁[1]

陆　游

世味年来薄似纱[2],
谁令骑马客京华[3]。
小楼一夜听春雨,
深巷明朝卖杏花[4]。
矮纸斜行闲作草[5],
晴窗细乳戏分茶[6]。
素衣莫起风尘叹[7],
犹及清明可到家[8]。

【译文】

近年来,人情淡薄好像轻纱一般,
谁教我骑马到京城(临安)做客?
在小楼上夜卧听春雨飘落的声音,
第二天早晨又听到深巷里卖杏花的声音。
春雨初晴,闲居无事,就练写草书,
在窗前沏细乳学习品名茶。
不要叹悔自己在京城里风尘污素衣的生活,
清明节回到家还是来得及的。

【释义】

[1]临安:今浙江省杭州市。当时是南宋都城。霁(jì):雨雪停止,天放晴。[2]世味:人情世态,利害关系。年来:一年以来,近年以来。　[3]令:教,使。京华:国都。　[4]深巷:狭长小巷。朝(zhāo):早晨。　[5]矮纸:短纸。作草:作草书。作者擅长草书,有《草书歌》、《题醉中所作草书卷后》等诗。从现

存的陆游手迹看,他的行草疏朗有致,风韵潇洒。此句暗用张芝典故,据说张芝擅草书,但平时都写楷书,人问其故,回答说:"匆匆不暇草书。"意即草书太花时间,故没工夫写。　[6]晴窗:晴天窗前。细乳:《茶谱》"婺州有举岩茶,有片甚细,味极甘芳,煎如碧乳"。分茶:品茶。分:鉴别。　[7]素衣:洁白的衣服。陆机《为顾彦先赠妇》诗:"京洛多风尘,素衣化为缁。"此句反用其意。　[8]犹及:还来得及。

十一月四日风雨大作[1]

陆　游

僵卧孤村不自哀[2],
尚思为国戍轮台[3]。
夜阑卧听风吹雨[4],
铁马冰河入梦来[5]!

【译文】

困居在孤寂的山村里,并不觉得悲哀,
我还想为国家从军去防守西北边疆。
深夜在床上听到风雨交加的声音,
好像千军万马在战斗一般,
在梦中我仿佛跨着战马,
在冰天雪地的西北边防前线英勇杀敌。

【释义】

[1]十一月四日:宋光宗赵惇绍熙三年(1192年)十一月四日。大作:大起。　[2]僵卧:形容自己年迈,行动不灵活。作者当时已经六十八岁。不自哀:不为自己年迈悲哀。　[3]尚思:还想着。戍(shù):守卫。轮台:今新疆维吾尔自治区巴音郭楞蒙古自治州轮台县。这里代指西北边疆。　[4]夜阑:夜深。　[5]铁马:披铁甲的战马。冰河:冰封的河流。

闻武均州报已复西京[1]

陆　游

白发将军亦壮哉，
西京昨夜捷书来。
胡儿敢作千年计[2]，
天意宁知一日回[3]。
列圣仁恩深雨露[4]，
中兴赦令疾风雷[5]。
悬知寒食朝陵使[6]，
驿路梨花处处开[7]。

【译文】

白发武（钜）将军指挥真神奇，
昨夜收复西京捷报已传来。
金人胆敢做出霸占中原千年的白日梦，
哪知天意不容，一日仓皇逃回。
各位先帝的仁爱和恩德如雨露般深厚，
宋朝复兴后的赦令迅疾如风雷。
明年寒食节祭陵使者赶往洛阳，
那时驿路边梨花处处盛开。

【释义】

[1]武均州：指均州（今湖北省光化县）的军政长官武钜，即诗中的"白发将军"。西京：今河南省洛阳市。　[2]胡儿：指金国贵族统治者。　[3]宁：岂。回：逃回北方。　[4]列圣：指宋代各位已死的皇帝。仁恩：仁爱与恩德。深雨露：如雨露般深厚。　[5]中（zhōng）兴：由衰微而复兴。赦令：皇帝大赦犯人

的文告。　[6]悬知：预知，表推测。寒食：寒食节。朝陵使：朝祭帝王陵墓的使者。北宋的皇帝陵墓都在西京。　[7]驿（yì）路：古代为传送政府文告而开辟的道路。

示　儿[1]

陆　游

死去原知万事空[2]，
但悲不见九州同[3]。
王师北定中原日[4]，
家祭无忘告乃翁[5]。

【译文】

人死了，原知一切都变成空虚，
我只是悲伤未能亲眼看到九州的统一。
宋朝的军队平定中原那一天，
你在家祭中不要忘记
把这胜利消息告诉你的父亲。

【释义】

　　[1]示儿：给儿子看。　[2]原：一作"元"。　[3]但悲：只是悲伤。九州：指中国。同：统一。　[4]王师：古代指天子军队，这里指南宋的军队。北定中原：到北方去收复中原失地。　[5]家祭：祭祀祖先。乃翁：你父亲，即诗人自己。

四时田园杂兴[1]

范成大

昼出耘田夜绩麻[2],
村庄儿女各当家[3]。
童孙未解供耕织[4],
也傍桑阴学种瓜[5]。

【译文】

白天除草黑夜搓麻绳,
村中青年都有自己的事情干。
儿童们还不会耕田织布,
却在桑阴下学习种瓜。

【释义】

[1]一作《田园杂兴》。杂兴:杂感。四时:四季。 [2]耘(yún):除草。绩麻:搓麻线或麻绳。 [3]儿女:指青年男女。各当家:各人都专心干自己的事情。当家:专心于家业。 [4]童孙:儿童。未解:不懂得。供:供奉。此引申为能,做。 [5]傍:靠近。桑阴:桑树下的阴凉处。

小 池

杨万里

泉眼无声惜细流[1],
树阴照水爱晴柔[2]。
小荷才露尖尖角[3],
早有蜻蜓立上头[4]。

【译文】

泉眼无声地爱惜着涓滴汇成的细流,
树阴喜爱晴空下照出自己倩影的池水。
小荷叶才露出尖尖角儿,
早有蜻蜓站在它的上头。

【释义】

[1]泉眼:泉水的出口处。惜:爱惜。细流:细小的水流。 [2]阴:通"荫",蔽覆。树阴:指树木的枝叶浓密、茂盛,遮住阳光。晴柔:指晴天,风和日丽的美好光景。 [3]小荷:初生的荷叶。尖尖角:露出水面的荷叶尖端。[4]立:站。这里指蜻蜓停留的姿势。

春 日

朱 熹

胜日寻芳泗水滨[1],
无边光景一时新[2]。
等闲识得东风面[3],
万紫千红总是春[4]。

【译文】

在风和日丽的春天,
我到泗水边去游赏美好的风景,
只见漫无边际的风光景色,
一时变得焕然一新。
不知不觉地领略到了春风的巨大作用,
方知万紫千红都是由春风点染而成的。

诗

【释义】

[1]胜日：晴日，天气晴朗的好日子。寻芳：游赏美好的风景。泗水：河流名，在山东省中部，发源出于山东省泗水县东蒙山南麓，因四源并发而得名。流经曲阜。孔子讲学的地方和孔子墓在它的旁边。滨：水边。 [2]光景：风光景色。一时：一个时辰，即一时之间。 [3]等闲：平常，寻常；随便，轻易。识得：领略到，认识到。东风：春风。面：面貌。此指作用。 [4]万紫千红：形容百花齐放，颜色鲜艳，也比喻事业兴盛。

观书有感[1]

朱 熹

半亩方塘一鉴开[2]，
天光云影共徘徊[3]。
问渠那得清如许[4]，
为有源头活水来[5]。

【译文】

门前有一个池塘，面积约有半亩见方，
池塘里的水，清澈明亮，好像镜子。
水面上可以看见蓝天白云和塘水一起游荡。
问它为什么能够这样清呢？
因为有一股常流水，从源头不断地流进来。

【释义】

[1]观书：看书，读书。 [2]鉴：铜镜。古时没有镜子，人们取水照影。战国以后制作青铜镜照影，故称铜镜为鉴。《新唐书·魏徵传》："以铜为鉴，可整衣冠。" [3]徘徊：来回行走。 [4]渠：他，它。这里指方塘。那得：哪能。如许：如此，这样。 [5]为：因为。源头：泉水的出口处。活水：流动着的水。

绝 句

僧志南

古木阴中系短篷[1],
杖藜扶我过桥东[2]。
沾衣欲湿杏花雨,
吹面不寒杨柳风。

【译文】

在古树的树阴下,我系牢了小篷船,
拄着藜杖走到了桥的东边。
杏花雨将要沾湿我的衣裳,
杨柳风吹面不觉寒。

【释义】

[1]系(jì):打结,扣住。短篷:小舟有篷,即以短篷代小舟。 [2]杖藜(lí):拄着藜茎做的拐杖。藜:植物名,茎坚可为杖。

游园不值[1]

叶绍翁

应怜屐齿印苍苔[2],
小扣柴扉久不开[3]。
春色满园关不住,
一枝红杏出墙来[4]。

【译文】

兴致勃勃来游园,

不料园门紧闭，敲了好久也没有人来开。
可能是园主人怕我踩坏地上的青苔吧！
满园春色是关不住的，
一枝鲜红的杏花已伸出墙外来了。

【释义】

[1]不值：没有遇到。　[2]应怜：本意是应当怜惜，这里带有可能怜惜的意思。屐（jī）齿：古人穿的一种木鞋，鞋底钉有小齿，穿上它便于在泥地或山坡上行走。印：脚印，这里是践踏的意思。苍苔：也叫青苔，是一种绿色的苔藓（xiǎn）。　[3]小扣：轻轻地敲打。柴扉（fēi）：柴门。　[4]红杏：指红色杏花。

过零丁洋[1]

文天祥

辛苦遭逢起一经[2]，
干戈寥落四周星[3]。
山河破碎风飘絮，
身世浮沉雨打萍[4]。
惶恐滩头说惶恐[5]，
零丁洋里叹零丁[6]。
人生自古谁无死？
留取丹心照汗青[7]！

【译文】

遭遇困苦是从精通儒家经典而获得官职开始的，
在荒凉冷落的战争中我度过了四年。
祖国河山支离破碎，就像那在风中飘落的柳絮，
我的一生坎坷，就像那雨中被打得时起时覆的浮萍。
惶恐滩头败退的情景令人惶恐不安，
零丁洋被俘的耻辱令人悲叹孤苦零丁。

从古到今,有谁不死?
人的寿命终有极限,
我要留得这赤诚的忠心光照史册,直到永久。

【释义】

[1]零丁洋:珠江口的海面。 [2]遭逢:遭遇。起一经:苦难是从精通儒家经典而得官职开始的。 [3]干戈:古兵器。这里引申为战争。寥落:荒凉冷落。四周星:四年。地球十二个月绕太阳一周,称为"周星",即周岁,一年。 [4]雨打萍:比喻备受折磨。 [5]惶恐滩:在江西万安县,是赣江十八个险滩之一。 [6]零丁:孤苦无依的样子。 [7]留取:留得。丹心:赤红的心,比喻忠心。汗青:指史册。照汗青:光耀史册。

石灰吟[1]

于　谦

千锤万凿出深山[2],
烈火焚烧若等闲[3]。
粉骨碎身浑不怕[4],
要留清白在人间[5]。

【译文】

千万次锤击敲凿我被运出深山,
烈火焚烧我视若等闲。
粉身碎骨我全不怕,
要把"清白"二字长留人间。

【释义】

[1]一作《咏石灰》。 [2]锤:名词用作动词,用锤击打。凿:一作"击"。 [3]等闲:平常,寻常。 [4]浑:全。一作"全"。 [5]清白:双关语。既说石灰洁白,又比喻自己品质高洁。

别云间[1]

夏完淳

三年羁旅客[2],今日又南冠[3]。
无限河山泪,谁言天地宽[4]?
已知泉路近[5],欲别故乡难。
毅魄归来日[6],灵旗空际看[7]。

【译文】

三年来为抗清奔走飘荡,今日兵败被困囚房。
为河山已撒下无穷泪,谁说外面天地宽?
已知将要为国死,要别故乡情却难舍。
待我英魂归来,空中起义战旗迎风飘扬。

【释义】

[1]别云间:告别故乡。云间,松江古称。 [2]三年:诗人自参加抗清义兵,到这次被捕约为三年。羁旅:指离家在外奔走。 [3]南冠:俘虏的代称。 [4]谁言天地宽:意思是说天地之大竟无容身之处。 [5]泉路:黄泉路,指死亡。 [6]毅魄:坚强不屈的魂魄。 [7]灵旗:古代出兵征伐时所用的一种旗帜。灵旗空际看:即空际看灵旗,从空中看后继者率部起义。

圆圆曲[1]

吴伟业

鼎湖当日弃人间[2],破敌收京下玉关[3]。恸哭六军俱缟素[4],冲冠一怒为红颜[5]。红颜流落非吾恋[6],逆贼天亡自荒宴[7]。电扫黄巾定黑山[8],哭罢君亲再相见[9]。
相见初经田、窦家[10],侯门歌舞出如花。许将戚里箜篌伎[11],

等取将军油壁车[12]。家本姑苏浣花里[13]，圆圆小字娇罗绮[14]。梦向夫差苑里游[15]，宫娥拥入君王起。前身合是采莲人[16]，门前一片横塘水。横塘双桨去如飞，何处豪家强载归。此际岂知非薄命，此时只有泪沾衣。薰天意气连宫掖[17]，明眸皓齿无人惜。夺归永巷闭良家[18]，教就新声倾坐客。坐客飞觞红日暮[19]，一曲哀弦向谁诉。白皙通侯最少年[20]，拣取花枝屡回顾。早携娇鸟出樊笼，待得银河几时渡[21]。恨杀军书抵死催[22]，苦留后约将人误。相约恩深相见难，一朝蚁贼满长安[23]。可怜思妇楼头柳，认作天边粉絮看。遍索绿珠围内第[24]，强呼绛树出雕栏[25]。若非壮士全师胜，争得蛾眉匹马还[26]。蛾眉马上传呼进，云鬟不整惊魂定。蜡炬迎来在战场，啼妆满面残红印。专征箫鼓向秦川，金牛道上车千乘。斜谷云深起画楼[27]，散关月落开妆镜[28]。

传来消息满江乡，乌桕红经十度霜。教曲妓师怜尚在，浣纱女伴忆同行。旧巢共是衔泥燕，飞上枝头变凤凰。长向尊前悲老大，有人夫婿擅侯王[29]。当时只受声名累，贵戚名豪竞延致[30]。一斛珠连万斛愁，关山漂泊腰肢细。错怨狂风飐落花，无边春色来天地。

尝闻倾国与倾城，翻使周郎受重名[31]。妻子岂应关大计，英雄无奈是多情。全家白骨成灰土[32]，一代红妆照汗青。君不见，馆娃初起鸳鸯宿[33]，越女如花看不足[34]。香径尘生鸟自啼，屧廊人去苔空绿[35]。换羽移宫万里愁[36]，珠歌翠舞古梁州[37]。为君别唱吴宫曲，汉水东南日夜流。

【译文】

当年先朝崇祯皇帝自缢于煤山，吴三桂带领清军打败了李自成起义军，收复京城又追击李自成起义军到潼关、西安一带。六军痛哭追悼崇祯皇帝皆穿白色孝服。吴三桂冲冠一怒投降清朝，实为得到美女陈圆圆。他却说："我并非因爱恋流落敌军之手的美女（陈圆圆）才去攻打敌人，敌军沉湎酒色本该去剿灭。以闪电的速度扫荡李自成的军队，哭罢国君和家父才与她相见。"

吴三桂与陈圆圆初次相见是在外戚周奎家。在侯门的轻歌曼舞中显露陈圆圆貌美如花。周奎为了笼络吴三桂，将这个会弹箜篌的歌妓（陈圆圆）赠给他，专等吴将军用油壁小车将她娶回家。美妓（陈圆圆）老家在姑苏，她的乳名叫作"娇罗绮"。她小时候曾做梦到吴王夫差宫苑里去游玩，宫女们簇拥吴王起身迎接她。陈圆圆前身该是那采莲的美女西施，她的门前一片横塘水盈盈。那年横塘水上彩舟快如飞，何处豪门竟然强载圆圆归。这时她哪里知道北上非薄命，只有泪水涟涟湿衣裳。外戚气焰熏天通皇宫，她被选进宫却得不到皇帝的宠幸。从宫内出来仍然被关在外戚家，她学会的新歌使座客听了都如醉如痴，忘乎所以。座客赏歌纵酒直到日西斜，圆圆一曲哀怨向谁诉？白脸通侯（吴三桂）最年轻，爱上花枝招展的陈圆圆，频频回头偷看。心中盘算早日带着这只俊俏的小鸟（陈圆圆）飞出樊笼，像牛郎会织女一样，只待银河早飞渡。可恨军书急催驻守山海关，苦留后约将她误。相约情深相见难，只因如蚁敌军攻占了京城。可怜她本是吴三桂的妾室，却被当作天边水性杨花女。刘宗敏包围府第，四处寻"绿珠"（陈圆圆），强呼"绛树"（陈圆圆）出闺房。若不是（吴三桂）带兵进京打败敌军，怎能使美女（陈圆圆）骑着马回到吴三桂身边？让美女（陈圆圆）骑在飞跑的马上，部将喝道传送，蓬头垢面来不及梳洗的陈圆圆惊魂逐渐安定。战场上燃烧蜡炬迎接美人（陈圆圆），她热泪满面残留胭脂印。远征箫鼓下秦川，金牛道上战车千辆驰向前。三桂在斜谷建起高入云霄的画楼，在大散关上，月落之时美人打开梳妆镜。

待到陈圆圆的消息传到姑苏时，乌桕红叶已经染过十年霜。怜爱徒弟的教曲妓师还健在，浣纱女伴回忆年少好时光。旧巢里都是衔泥的小燕子，如今有的飞上高枝成凤凰。女伴色衰借酒来浇愁，羡慕陈圆圆嫁个夫婿是侯王。当年只受美妓名声累，贵戚名豪争相招致取乐。赏赐的一斛珍珠，连着万斛愁，历尽漂泊，人也憔悴不堪。错怨狂风扬落花，哪料到无边春色来自新天地。

曾听美人倾城倾国事，反使吴三桂名声振。妻子难道应该关系到国家大计吗？英雄无奈太多儿女情。吴三桂全家被杀，却让一代佳人（陈圆圆）留青史。君不见，馆娃宫初建，鸳鸯刚同宿，西施如花，吴王看不足。到如今香径尘生鸟自啼,屎廊人去只留下碧绿的青苔。乐声转换(朝代更替)令人悲,古梁州珠歌翠舞乐悠悠。为君另唱一首吴宫曲,富贵恰似汉水日夜向东流。

【释义】

[1]本诗写的是明末清初著名妓女陈圆圆的事迹。 [2]鼎湖:《史记·封禅书》称鼎湖为黄帝乘龙升天之处。此指明代崇祯皇帝于北京煤山(今景山)自缢。 [3]玉关:玉门关的省称,此指西北潼关、西安一带。 [4]六军:泛指朝廷军队。 [5]红颜:年轻人的红润脸色,引申为美女。此指陈圆圆,苏州名妓。 [6]流落:留居他乡穷困潦倒。 [7]荒宴:荒唐宴乐。 [8]黄巾:东汉时以张角为首的农民起义军黄巾军。此喻李自成起义军。黑山:山名。在河南濬县西北。东汉末张燕领导的河南黑山农民起义军。此喻李自成起义军。 [9]君:指崇祯皇帝。亲:指吴三桂父亲吴襄。 [10]田窦:汉代田蚡和窦婴,他们是朝廷的外戚,此指崇祯皇帝之周后的父亲嘉定伯周奎。 [11]戚里:汉代长安城中外戚居住的地方,此指周奎家。箜篌:一作"空侯""坎侯"。古拨弦乐器。 [12]油壁车:古代一种车子,车壁用油涂饰,故名。古乐府《苏小小歌》:"妾乘油壁车,郎骑青骢马。" [13]姑苏:江苏省苏州。浣花里:即浣花溪,四川成都县西,唐名妓薛涛故乡。把姑苏与浣花里牵合在一起,借以点出圆圆是姑苏名妓。 [14]小字:乳名。 [15]夫差:春秋时代吴王。 [16]合:应当。 [17]此句写外戚之家气势威赫,将圆圆送入宫中。掖:掖庭。宫掖:宫中的旁舍,嫔妃所居之处,故称宫中为宫掖。 [18]永巷:深巷。良家:旧指清白人家。 [19]觞(shāng):古代盛酒器。 [20]通侯:古爵位名。(言其功德通于王室。)此指吴三桂,崇祯曾封其为平西伯。 [21]银河:又名"天河""银汉"。这句用牛郎织女故事,以渡银河喻婚娶。此指吴三桂得圆圆,而未及婚娶。 [22]抵死:拼命,拼死。此句写三桂因受命去镇守山海关。 [23]蚁贼:此为对李自成起义军的诬蔑语。长安:指北京。 [24]绿珠:是晋代权贵石崇的爱妾。此指陈圆圆。 [25]绛树:三国时代善舞的美人,此指陈圆圆。 [26]争:怎么能。蛾眉:美女,此指陈圆圆。 [27]斜谷:在陕西眉县西南,褒斜道的斜谷一段。 [28]散关:在陕西省宝鸡县西南大散岭上,亦称大散关。 [29]擅:据有。 [30]延致:招致。 [31]翻:反。重名:更加有名。此用作反话。 [32]全家白骨成灰土:指

吴三桂全家毁灭。 [33]馆娃：古代宫名，吴王夫差为西施所建。 [34]越女：春秋时代越国美女，此指西施。 [35]屟（xiè）廊：响屟廊，吴王为西施所造，以木板铺廊，西施穿木底鞋经过则有响声。 [36]换羽移宫：乐声更换，指朝代更替。 [37]古梁州：指吴三桂于顺治五年（1648年）所移驻的汉中。

论　诗[1]

赵　翼

李杜诗篇万口传[2]，
至今已觉不新鲜。
江山代有才人出[3]，
各领风骚数百年[4]。

【译文】

李白杜甫的诗篇万人传诵，
到了今天已感到不新鲜。
世间代代都有人才出现，
各自领导诗坛文苑数百年。

【释义】

[1]《论诗》：是七绝组诗，共五首，此选其二。此诗借评"李杜诗篇"，提出诗应不断发展创新的观点。 [2]李杜：唐代大诗人李白和杜甫。 [3]江山：指天地间、世间。代：每一世代。才人：即人才，此指有才气的诗人。 [4]领：领导。风：指《诗经》。骚：指屈原的《离骚》。二者都是影响深远的文学作品，后世常用其指代诗文。

己亥杂诗[1]

龚自珍

浩荡离愁白日斜[2],
吟鞭东指即天涯[3]。
落红不是无情物[4],
化作春泥更护花[5]。

【译文】

离愁茫茫无际,
向着夕阳西下的远方延伸。
离开京都,马鞭东指的远方就是天涯。
我辞官回乡,犹如落花,
但它却不是无情之物。
化作春泥后,还能为国家培养更多的人才。

【释义】

[1]己亥,道光十九年(1839年)。当时作者辞官南归,后又北上接迎眷属,往返途中将其见闻感受写成三百一十五首杂诗,统称《己亥杂诗》,此选其中一首。 [2]浩荡:广阔无际。离愁:离别之愁。白日斜:夕阳西下。 [3]吟鞭:抽响马鞭。东指:东方故里。天涯:远离京都的地方,天边。 [4]落红:落花。比喻辞官。 [5]春泥:喻平民百姓。花:喻朝廷,国家。

词

忆江南[1]

白居易

江南好,风景旧曾谙[2]:日出江花红胜火[3],春来江水绿如蓝[4]。能不忆江南[5]?

【译文】

江南好,美丽的风景,是我一向熟悉的:日光照耀下,江边的鲜花比火还要红,春天来了,江水碧绿明净,似蓝草一样蓝。这样如画的春景,怎么能够叫人不怀念江南?

【释义】

[1]词牌名。这首词是白居易在唐文宗开成三年(838年),任太子少傅分司东都(洛阳)时写的。共三首,这里选的是第一首。 [2]旧:一向。谙(ān):熟悉。 [3]江花:江边的花。胜:超过,胜过。 [4]如:及,比得上。蓝:指蓼(liǎo)蓝,叶子可以制作蓝色染料。 [5]能不:怎么能够不。忆:怀念。

渔歌子[1]

张志和

西塞山前白鹭飞[2],桃花流水鳜鱼肥[3]。青箬笠[4],绿蓑衣[5],斜风细雨不须归。

【译文】

白鹭在西塞山前上下翻飞,桃花映红了流水,鳜鱼正嫩肥。头戴青箬笠,身披绿蓑衣,放舟垂钓,斜风细雨不须归。

【释义】

[1]又名"渔父",词牌名。 [2]西塞山:在湖北大冶长江边。一说在今浙江吴兴西南。 [3]鳜(guì)鱼:即桂鱼,大口细鳞、肉佳味美的上等鱼。 [4]箬(ruò)笠:用竹篾或箬叶编织而成的斗笠。 [5]蓑衣:用草、棕或竹叶编成的雨披。

忆江南[1]

温庭筠

梳洗罢,独倚望江楼。过尽千帆皆不是,斜晖脉脉水悠悠[2],肠断白蘋洲[3]。

【译文】

梳洗后,我独自倚靠着望江楼的楼柱向江面眺望。船儿驶过千百只,却不见心上人出现。夕阳西下含情脉脉,江水悠闲流向远方。再看看我们分手的白蘋洲呀,追昔抚今,令人愁肠寸断。

【释义】

[1]一作"梦江南"、"望江南",词牌名。 [2]斜晖:偏西的阳光。脉脉:含情的样子。悠悠:遥远。 [3]白蘋洲:浮草丛生的小洲。

菩萨蛮[1]

温庭筠

小山重叠金明灭[2],鬓云欲度香腮雪[3]。懒起画蛾眉[4],弄妆梳洗迟[5]。

照花前后镜[6],花面交相映[7]。新贴绣罗襦[8],双双金鹧鸪[9]。

【译文】

金色的阳光照在叠折的屏风上或明或暗,闪烁不定,(闺妇初醒)鬓发缭乱飘拂着雪白芳香的面颊,懒散地起床,迟疑地梳洗打扮。

前后两镜对照头上插的花,镜中鲜花和人面交相辉映。锦绣的短袄贴上新的图案,用金色的丝线绣出成双的鹧鸪。

【释义】

[1]词牌名。 [2]小山:屏山,即屏风。金明灭:金色的阳光(照在叠折的屏风上),忽明忽暗,闪烁不定。 [3]鬓云:鬓发。度:飞动。香腮雪:芳香雪白的面颊。 [4]蛾眉:形容细长弯曲的眉毛。 [5]弄妆:梳妆,打扮。 [6]花:头上插的鲜花。前后镜:前后对照的两面镜子。 [7]映:辉映。 [8]贴:花样子,剪纸做成,贴于丝绸衣料之上,作为刺绣之蓝本。罗襦:丝绸短袄。金鹧鸪:用黄色丝线绣成的鹧鸪图案。

虞美人[1]

李 煜

春花秋月何时了[2],往事知多少[3]?小楼昨夜又东风[4],故国不堪回首月明中[5]!
雕栏玉砌应犹在[6],只是朱颜改[7]。问君能有几多愁[8]?恰似一江春水向东流[9]。

【译文】

春花艳丽,秋月凄清,这一年年啊,何时才能了结呢?多少悠悠往事浮上心头。昨夜,春风又吹进我寄居的小楼,在这凄清的月光下,不堪追忆我那沦丧的南唐故国。

想那往日华丽的宫殿，如今应还依然如故，只是红颜变老了，青春不再来。试问你究竟能有多少愁呢？我的愁啊，就像这满江的春水源源不断地向东奔流。

【释义】

[1]唐教坊曲名，后用为词牌名，得名于项羽宠姬虞美人。又名"一江春水""玉壶水"等。 [2]春花秋月：春花艳丽秋月凄清。一说春花开，秋月圆的省语。比喻人生最美好的时刻。何时了：什么时候才能完结。 [3]往事：过去的事情，这里指过去寻欢作乐的宫廷生活。 [4]小楼：作者被俘降宋后在汴京（今河南开封市）所居之楼。东风：即春风。又东风：又刮起了春风。 [5]故国：指南唐。堪：经得起，受得住。回首：回头想，即回忆。 [6]雕栏玉砌（qì）：雕花的栏杆和白玉一样的台阶。砌：台阶。应犹在：应该还存在。 [7]朱颜改：红颜改，红润的脸色改变了，变得很苍白，憔悴了。 [8]问君：君，你。这是设问的话。作者把自己作为第二人称来发问。几多：多少。 [9]恰似：正像。春水：春天的江水。

相见欢[1]

李　煜

无言独上西楼，月如钩。寂寞梧桐深院锁清秋[2]。
剪不断，理还乱，是离愁，别是一般滋味在心头[3]。

【译文】

无人可语，我独上西楼，只见残月如钩挂在高高的苍穹。寂寞的梧桐深院被凄清的秋色所笼罩。

这去国之愁绪啊，如丝缕，剪不断，理还乱，另是一番滋味在心头。

【释义】

[1]一作"乌夜啼",词牌名。 [2]锁:关,此处为笼罩之意。 [3]别是:另是。一般:一番。

浪淘沙[1]

李 煜

帘外雨潺潺[2],春意阑珊[3]。罗衾不耐五更寒[4]。梦里不知身是客,一晌贪欢[5]。

独自莫凭栏[6],无限江山[7],别时容易见时难[8]。流水落花春去也[9],天上人间[10]。

【译文】

门帘外雨声潺潺,春意正悄悄衰残。丝绸被已无法抵御五更春寒。梦里不知在异乡囚禁为客,贪恋着片刻之欢。

独自一人且莫凭栏,凭栏会望见我南唐故国的无限江山。当年被俘,故国一别多么容易,如今想要相见多么难。流水落花,春天一去不复返,故国啊,我与你相隔遥远,犹如人间天上。

【释义】

[1]词牌名。 [2]潺(chán)潺:水流的声音,这里形容雨声。 [3]阑珊(shān):叠韵连绵字,衰残将尽之意。 [4]罗衾(qīn):丝绸做的被子。不耐:抵不住,受不了。 [5]一晌(shǎng):一会儿,片刻。 [6]凭栏:依着栏杆。凭:依着。栏:栏杆。 [7]无限江山:一作"无限关山"。江山:指原属南唐的地方。 [8]别时容易见时难:《颜氏家训·风操》有"别易会难";曹丕《燕歌行》有"别日何易会日难";戴叔伦《织女词》有"难得相逢容易别"。 [9]流水落花春去也:比喻南唐灭亡和欢乐消逝。 [10]天上人间:极言其阻隔遥远且无定。张泌《浣溪沙》:"天上人间何处去,旧欢新梦觉来时。"

渔家傲[1]

范仲淹

塞下秋来风景异[2],衡阳雁去无留意[3]。四面边声连角起[4]。千嶂里[5],长烟落日孤城闭[6]。

浊酒一杯家万里[7],燕然未勒归无计[8]。羌管悠悠霜满地[9]。人不寐[10],将军白发征夫泪[11]。

【译文】

西北边疆一到秋天,风景与内地不同。雁儿向衡阳飞去,毫不留恋荒凉的大西北。军中号角一吹,四面的边声随之而起。在层层山峰的环抱里,当夕阳西下烟雾弥漫之时,孤城山门紧闭。

举起一杯浊酒思念远隔万里的家园,但没击溃敌军,边境还不安全,也就打消了回家的念头。羌笛悠扬,寒霜满地,哪能安然入睡,将军添了白发,士兵流下眼泪。

【释义】

[1]词牌名。 [2]塞下:指宋朝西北边疆。 [3]衡阳雁去:即雁去衡阳。衡阳:县名,在今湖南省衡阳市。旧县城之南有回雁峰,传说雁自北南飞,到达衡阳不再南下。 [4]边声:边境上的马嘶、风号等声音。李陵《答苏武书》:"胡笳互动,牧马悲鸣,吟啸成群,边声四起。" [5]千嶂:层峦叠嶂的山峰。嶂:像屏障一样的山峰。 [6]长烟:一大片的雾气。 [7]浊酒:浑浊的酒。 [8]燕然未勒:即未勒燕然。燕然:山名。勒:刻。《后汉书·窦宪传》载窦宪追北单于,"登燕然山,去塞三千余里,刻石勒功"而还。 [9]羌管悠悠:笛声悠扬。羌管:羌笛,出自羌地,故名。霜满地:李白《静夜思》"床前明月光,疑是地上霜,举头望明月,低头思故乡",这里"霜满地"可能是实指,却也蕴蓄了李白的诗意。 [10]不寐:睡不着。 [11]将军:作者自称。征夫:远征的士兵。

浣溪沙[1]

晏 殊

一曲新词酒一杯[2],去年天气旧亭台[3]。夕阳西下几时回[4]?无可奈何花落去,似曾相识燕归来。小园香径独徘徊[5]。

【译文】

填一曲新词,饮一杯美酒。一样是去年的天气,一样是去年的亭台,夕阳正渐渐西沉,逝去的时光啊,何时才能回?无可奈何啊,花儿纷纷落去。似曾相识啊,燕子双双归来。我踏着满是落花香味的小路,独自在小园中徘徊。

【释义】

[1]词牌名。 [2]新词:新填之词。 [3]去年天气旧亭台:意为景物与去年一样,而人的心情却不同于去年。 [4]夕阳西下几时回:意为逝去的年华不会再来。夕阳:比喻光阴。 [5]香径:满是落花香味的路径。独:独自。徘徊:来回往复,流连不舍。

玉楼春[1]

宋 祁

东城渐觉风光好,縠皱波纹迎客棹[2]。绿杨烟外晓寒轻,红杏枝头春意闹[3]。

浮生长恨欢娱少[4],肯爱千金轻一笑[5]?为君持酒劝斜阳[6],且向花间留晚照。

【译文】

东城渐觉春浓,风光多么美好。绉纱般的碧波仿佛是在殷勤地迎接游船到来。远处杨柳如烟,一片嫩绿,虽然是清晨,寒气却很微弱。眼前杏树枝上红色杏花竞相开放,多么热闹!

飘浮无定的人生长恨欢乐太少,怎么能因爱惜金钱而轻视瞬间的欢乐生活呢?我要为您举杯挽留夕阳,请它在花丛之间多陪伴我们些时候吧!

【释义】

[1]词牌名。一说此词词牌为"木兰花"。 [2]縠(hú)皱:一作"皱縠",即绉纱,用来比喻水的波纹。 [3]闹:热闹,浓盛。 [4]浮生:飘浮无定的人生。 [5]肯:愿意。一笑:这里化用了"一笑倾人城"的典故。这句意思是说,怎么能因爱惜千金,而轻易放过美人一笑呢? [6]君:您。斜阳:夕阳。这句意思是说,我要为您举杯挽留夕阳。

雨霖铃[1]

柳 永

寒蝉凄切,对长亭晚[2],骤雨初歇[3]。都门帐饮无绪[4],留恋处[5],兰舟催发[6]。执手相看泪眼[7],竟无语凝噎[8]。念去去,千里烟波[9],暮霭沉沉楚天阔[10]。

多情自古伤离别,更那堪,冷落清秋节!今宵酒醒何处[11]?杨柳岸,晓风残月[12]。此去经年[13],应是良辰好景虚设[14]。便纵有千种风情[15],更与何人说[16]?

【译文】

傍晚,一场秋天急雨刚刚停息,听着寒蝉凄切的鸣叫,(我们)在长亭即将分手。京城门外,帐篷之下,她为我设宴饯行,然而双方心情不好,佳肴也食之无味。正在难舍难分之际，艄公催我登船。两只无力而又有意的手紧紧握着，脉脉含情的两双眼睛，被酸楚的泪花模糊，纵有千言万语，也难一一倾吐。（她在思念啊！）我的船渐渐离岸远了，消失在浩渺的烟波中，眼前只剩下沉沉的暮霭，辽阔的南天。

自古以来多情的人都会因离别而感伤，更何况我正在清秋冷落的时节与她分别，这就更叫人难以忍受了啊！今晚我在何处醒酒呢？是在垂柳拂地的江岸，阵阵凄冷的晨风吹来，一弯黯然失色的残月高悬空中。这次离别，将年复一年（不知何时才能重逢），良辰好景形同虚设，就算是有千种风情，待向谁说呢？

【释义】

[1]也作"雨淋铃"，词牌名。 [2]对长亭晚：面对着长亭，正是傍晚的时候。长亭：古代大道上每五里设一短亭，十里设一长亭，供人休息，或送别。 [3]骤（zhòu）雨：急雨。初歇：乍停。 [4]都门：京城城门。帐饮：设帐饮酒（送别）。无绪：没有心思，即心情不好。 [5]留恋处：一作"方留恋处"。 [6]兰舟：用木兰木造的船。对船的美称。 [7]执手：紧紧握手。 [8]凝噎：喉咙里像是塞住了，说不出话来。一作"凝咽"。 [9]去去：去了又去，越去越远。烟波：波面像轻烟笼罩着。 [10]暮霭（ǎi）沉沉楚天阔：傍晚的时候，天气阴沉沉的，南方的天空空阔无边。暮霭：傍晚的云气。沉沉：深沉。楚天：楚地天空。这里泛指南方天空。 [11]宵：晚。 [12]杨柳岸，晓风残月：空旷无边的江岸，有几株衰败低垂的杨柳。阵阵凄冷的晨风吹来，一弯黯然失色的残月高悬空中。 [13]经年：一年，或一年以上。即年复一年之意，泛指时间之长。 [14]应是良辰好景虚设：即使有良辰美景也只是形同虚设。 [15]风情：深情蜜意。 [16]更：一作"待"。

生查子[1]

欧阳修

去年元夜时[2],花市灯如昼[3]。月上柳梢头,人约黄昏后。
今年元夜时,月与灯依旧。不见去年人,泪湿春衫袖[4]。

【译文】

去年元宵节的晚上,街上的花灯亮如白昼。明月升上柳梢头,你我相约在黄昏后。

今年元宵节的晚上,月明灯亮景色依旧。见不到去年相约时的你啊,相思的泪水湿透了我的春衫。

【释义】

[1]词牌名。 [2]元夜:农历正月十五夜,即元宵节的夜晚。 [3]花市:灯市。花:指花灯。 [4]春衫:年少时穿的衣裳,也指代年轻时的自己。

玉楼春[1]

欧阳修

尊前拟把归期说[2],欲语春容先惨咽[3]。人生自是有情痴[4],此恨不关风与月[5]。
离歌且莫翻新阕[6],一曲能教肠寸结[7]。直须看尽洛城花[8],始共春风容易别[9]。

【译文】

在欢宴上原打算把归期说,但是还没有言语,亲友们的颜容上已堆满凄伤，声音哽咽。临别伤怀本是人生固有的痴情，与风月无关。

不要再唱新的离歌了，因为唱了一曲都叫人悲伤难忍、肝肠寸断。一直等到洛阳城花开尽时，我们再在春风沐浴下握手言别吧。

【释义】

[1]词牌名。 [2]尊：即"樽"，盛酒器皿。拟（nǐ）：打算。 [3]语：说话。春容：指妇女美丽的容貌。惨咽（yè）：凄伤的样子。 [4]人生自是有情痴：人生固有的痴情，临风陨泪，对月伤怀，皆因强烈的感情蕴于心中，触景而发。 [5]风与月：指良辰美景。这句意思是说，此恨与景物本身其实无关。 [6]离歌：离别歌曲。翻：创作。阕（què）：乐终，因谓一曲为"一阕"。 [7]结：凝结，凝固。引申为"断"。 [8]直须：一直等到。 [9]始：方才。共：共有，共同使用或承受。

桂枝香·金陵怀古[1]

王安石

登临送目[2]，正故国晚秋[3]，天气初肃[4]。千里澄江似练[5]，翠峰如簇[6]。征帆去棹残阳里[7]，背西风[8]，酒旗斜矗[9]。彩舟云淡[10]，星河鹭起[11]，画图难足[12]。

念往昔，繁华竞逐[13]。叹门外楼头[14]，悲恨相续[15]。千古凭高对此[16]，漫嗟荣辱[17]。六朝旧事随流水[18]，但寒烟衰草凝绿[19]。至今商女[20]，时时犹唱[21]，《后庭》遗曲[22]。

【译文】

登高眺远，正晚秋时分，故国天地一派肃爽，眼前的长江像一条素白的绸带，蜿蜒东去；远处的山峦苍翠葱绿，簇拥在一起。夕阳映照之下，江上的船只来来往往，岸上酒家的旗招迎风斜矗。放眼望去，水天一色。江中小舟被轻云缭绕，时隐时现，似游于天际；长江之上，一群白鹭腾空而起，这气象万千的壮丽景色，纵是画笔也难以完全描述。

  遥想六朝往事，帝王们争着过豪华淫靡的生活。叹那朱雀门外的结绮楼阁，六朝亡国的悲恨相续不断，历代仁人志士凭高眺远，空叹兴（荣）亡（辱）。六朝旧事早随流水而去，只剩寒烟笼罩下的衰草还有点点绿意。歌女们不知亡国恨，至今仍时时弹唱《后庭》遗曲。

【释义】

  [1]桂枝香：词牌名。金陵怀古：词题。金陵：今江苏省南京市。 [2]登临送目：登山临水，眺望远近景色。 [3]故国：旧日都城。此指旧都金陵。晚秋：暮秋，即秋末。 [4]肃：肃杀，这里有寒冷高爽的意思。 [5]澄江：澄净的江水。练：白色的绸带。谢朓《晚登三山还望京邑》："余霞散成绮，澄江静如练。" [6]簇（cù）：聚集，聚集成团或堆。此形容山峰簇拥。一说簇为箭头。此处形容峰林峭拔。 [7]征帆去棹：指来来往往的船只。棹（zhào）：船上的橹。帆、棹均借指船。 [8]背西风：迎着西风。 [9]酒旗：酒店悬挂的布招帘。矗：直立。斜矗：犹言斜插。 [10]彩舟：游艇画船。云淡：被轻云缭绕。 [11]星河：银河。此指长江。 [12]画图难足：画笔也难以完全描述出来。 [13]繁华竞逐：争着过豪华淫靡的生活。竞逐：竞争，追逐。 [14]门外楼头：指南朝陈后主与其宠妃张丽华之事。公元589年，隋兵攻下金陵，自朱雀门（建康城正南门）入城，俘陈后主、张丽华等，陈亡。门外：指朱雀门外。楼头：指陈后主为张丽华建造的结绮阁。 [15]悲恨相续：是说六朝（吴、东晋、宋、齐、梁、陈）亡国的悲恨相续不断。 [16]千古凭高：指历代仁人志士凭高眺远。 [17]漫嗟荣辱：空叹兴（荣）亡（辱）。"荣"承上"繁华"，"辱"承上"悲恨"，虽是双举，意重在后者。"辱"字仍遥接陈后主张丽华故事，隋兵攻下金陵，陈后主携张丽华等跳入景阳宫枯井，于此被俘。 [18]六朝旧事随流水：六朝旧事早随流水而去。[19]但寒烟衰草凝绿：只剩寒烟笼罩下的衰草还有点点绿意。 [20]商女：歌女。[21]犹：仍。 [22]《后庭》遗曲：指陈后主所作《玉树后庭花》歌曲。《隋书·五行志》："祯明初，后主作新歌，词甚哀怨，令后官美人习而歌之。其辞曰：'玉树后庭花，花开不复久。'时人以为歌谶（chèn）。此其不久兆也。"所以后人把它看作亡国之音。

词

水调歌头[1]

苏 轼

丙辰中秋[2],欢饮达旦[3],大醉,作此篇,兼怀子由[4]。

明月几时有[5]?把酒问青天[6]。不知天上宫阙[7],今夕是何年。我欲乘风归去,又恐琼楼玉宇[8],高处不胜寒。起舞弄清影,何似在人间!

转朱阁[9],低绮户[10],照无眠[11]。不应有恨,何事长向别时圆?人有悲欢离合,月有阴晴圆缺,此事古难全。但愿人长久,千里共婵娟[12]。

【译文】

宋神宗熙宁九年(1076年)中秋月夜,畅快的饮酒一直到天亮。因而大醉,写下这首词,并以此寄托怀念弟弟子由的心情。

从什么时候开始天上就有这一轮明月的呢?我端起满满的一杯酒请问青天。不知道在天上的宫阙里,此时是哪年哪月哪日?我欲乘风飞到天上去,又怕在那高高的月宫殿宇里经受不住寒冷。在月光下起舞,影子也跟着我舞动,天宫哪比得上美好的人间?

月亮转过了朱红色的楼阁,月光低低地照进了雕花的门窗,照着睡不着的人。月亮该不会跟我们有什么仇恨吧?为什么偏偏在离别的时候特别圆呢?人有悲、有欢、有离、有合的遭遇,月亮也会有阴、有晴、有圆、有缺的时候,这一类的事自古以来都难以十全十美。但愿我们都健康长在,即使远离千里却也能够共同欣赏这美好的月色。

【释义】

[1]词牌名。 [2]丙辰:宋神宗赵顼(xū)熙宁九年(1076年)。苏轼此年在密州做地方官。 [3]达旦:一直到天亮。 [4]怀:怀念,思念。子由:苏轼

的弟弟苏辙，字子由。　[5]几时：何时。　[6]把：持。　[7]官阙：本指皇宫门前两旁的楼观，这里指代月宫。　[8]琼楼玉宇：指仙人居住的天宫。　[9]朱阁：朱红色的华丽楼阁。　[10]低绮户：低低地照进雕花的门窗里去。　[11]照无眠：照着有心事的人不能安眠。　[12]千里共婵娟：千里共明月。婵娟：月宫里的嫦娥，指月亮。

念奴娇[1]·赤壁怀古[2]

苏　轼

大江东去[3]，浪淘尽[4]，千古风流人物[5]。故垒西边[6]，人道是[7]，三国周郎赤壁[8]。乱石穿空[9]，惊涛拍岸[10]，卷起千堆雪[11]。江山如画，一时多少豪杰。

遥想公瑾当年[12]，小乔初嫁了[13]，雄姿英发[14]。羽扇纶巾[15]，谈笑间[16]，樯橹灰飞烟灭[17]。故国神游[18]，多情应笑我[19]，早生华发[20]。人生如梦[21]，一尊还酹江月[22]。

【译文】

大江东流，淘尽了千古风流人物。旧垒西边是人们传说中周郎（瑜）打败曹兵的赤壁。陡峭不平的石壁插入云天，惊人的狂涛拍打着江岸，卷起了千万堆似雪的浪花。江山像图画般美丽，在那时出现多少英雄豪杰。

遥想周瑜当年很年轻，美女小乔刚嫁给他，姿容雄伟，英气勃发。他戴着纶巾，摇着羽扇，指挥若定，轻而易举地就把曹操的水军烧得灰飞烟灭。现在我游览古战场赤壁，想象当年周瑜在这里破曹的情景，应该笑自己多情善感，使自己的头发都早早地变成花白了。人生如梦，何必多愁善感呢？还是洒一杯酒来酬谢江月吧！

【释义】

[1]词牌名。　[2]赤壁：三国时吴将周瑜击破曹军的地方，在今湖北省嘉鱼

县东北长江南岸。苏轼所游的赤壁在黄冈城外的赤鼻矶,不是三国当年大战的赤壁。 [3]大江:长江。 [4]浪淘尽:长江的波浪像淘米似的冲走了。 [5]风流人物:杰出的英雄人物。 [6]故垒:旧的营垒。 [7]人道是:人们说(那)是。 [8]周郎赤壁:周瑜为吴将时年仅二十四岁,吴中呼为周郎。赤壁以周瑜出名,故称周郎赤壁。 [9]乱石穿空:陡峭不平的石壁插入天空。穿空:一作"崩云"。 [10]惊涛:惊人的巨浪。拍:一作"裂"。 [11]雪:比喻浪花。 [12]公瑾:周瑜的字。当年:从前,往年;指过去某个时间。 [13]小乔:乔玄有两个女儿,都很美丽,称大乔、小乔。小乔嫁给周瑜。 [14]英发:英气勃发,言论见解卓越不凡。《三国志·吴志·吕蒙传》载孙权论吕蒙的学问筹略可以比周瑜,"但言议英发,不及子之耳"。 [15]羽扇纶(guān)巾:古代儒将的装束,用来形容周瑜的从容闲雅。纶巾:青丝带的头巾。一说,羽扇纶巾是指诸葛亮。这一解释与前面脱节,不妥。从"遥想公瑾当年"以下六句是写一个完整的人物形象,与上段的"周郎赤壁"相应,不容割裂开来。 [16]谈笑间:表示轻而易举,不费气力。 [17]樯橹:指船舰,这里指曹操的水军,又作"强虏"或"狂虏"(指曹操和他的军队)。 [18]故国神游:神游于故国(三国)的战地。故国:旧国,这里指旧地。 [19]多情应笑我:应笑我多情善感。 [20]早生华发:头发早早斑白了。华发:花白的头发。 [21]人生:一作"人间"。 [22]尊:通"樽"。酹(lèi):把酒倒在地上祭奠。这里指洒酒酬月,寄托自己的感情。

江城子·密州出猎[1]

苏　轼

老夫聊发少年狂[2]。左牵黄[3],右擎苍[4]。锦帽貂裘[5],千骑卷平冈[6]。为报倾城随太守[7],亲射虎,看孙郎[8]。

酒酣胸胆尚开张[9]。鬓微霜,又何妨?持节云中[10],何日遣冯唐[11]?会挽雕弓如满月[12],西北望,射天狼[13]。

【译文】

老夫我姑且发出少年的狂放。左手牵黄狗,右肩驾苍鹰。戴锦帽,着貂裘,千骑席卷平坦的山冈。为报答满城百姓盛情随观,且看我亲自射虎,定会像孙郎那样勇猛。

酒多兴致浓,胸阔胆气豪。霜染几许鬓发,又何妨?不知皇帝什么时候才派人来通知我赶赴卫边沙场?那时我定会把弯弓拉成满月,射杀那西北来犯的敌人。

【释义】

[1]江城子:词牌名。密州出猎:这是苏轼在密州做官第二年的事情。密州:今山东诸城县。 [2]老夫:作者自谓。 [3]黄:黄狗。 [4]苍:苍鹰。 [5]锦帽貂裘:锦蒙帽和貂鼠裘,古代贵族官僚的服装。 [6]千骑(jì)卷平冈:古代诸侯有兵车千乘,千骑是以太守级的地方官比诸侯。卷:占住。平冈:平坦的山冈。 [7]为报倾城随太守:为了酬答满城的人都随同去看打猎的盛意。太守:一州的行政长官,作者自称。 [8]孙郎:孙权。孙权曾亲自骑马射虎,此为作者以孙权自比。 [9]酒酣:酒喝得多,兴致正浓之时。胸胆开张:胸怀开阔,胆气极豪。 [10]持节:带着传达命令的符节。云中:汉时郡名。在今内蒙古自治区托克托县一带,包括山西省西北的一部分地区。 [11]冯唐:汉文帝时的一个老年郎官。当时云中太守魏尚抗匈奴有功,但因报功不实,获罪削职。后来文帝听了冯唐的劝说,派冯唐持节去赦免魏尚,复任云中太守。作者在这里以守卫边疆的魏尚自期许,希望得到朝廷的信任。 [12]会挽雕弓如满月:弓的形状像半边月亮,把弦尽量拉开便成满月形,这样箭发射出去便更加有劲道。会:当。 [13]天狼:星名,主侵掠。此以天狼喻西夏和辽国。

浣溪沙[1]

苏 轼

游蕲水清泉寺[2],寺临兰溪,溪水西流。

山下兰芽短浸溪[3],松间沙路净无泥。潇潇暮雨子规啼[4]。

谁道人生无再少[5]?门前流水尚能西[6]!休将白发唱黄鸡[7]。

【译文】

我游览蕲水清泉寺,只见寺临兰溪,溪水西流。

山下溪边兰草发芽了,那兰芽浸在水里,松林里沙路洁净无泥。暮雨潇潇,子规哀啼。

谁说人生不会再有青春年少?门前溪水还能向西流淌!即使到了暮年,也不要徒然自伤,悲叹时光的流逝。

【释义】

[1]词牌名。 [2]蕲(qí)水:今属湖北。清泉寺:距蕲水城约二里,下临兰溪。 [3]山下兰芽短浸溪:山下兰溪边兰草发芽了,那水边短的浸在溪水里。 [4]潇潇:一作"萧萧"。子规:杜鹃鸟,即布谷鸟。 [5]无再少(shào):不会再有青少年时期。 [6]门前流水尚能西:流水照例向东,这里以溪水西流作为例子来说明事物有种种不同的发展变化。 [7]休将白发唱黄鸡:不要徒然自伤白发,悲叹衰老。白居易《醉歌》:"谁道使君不解歌,听唱黄鸡与白日。黄鸡催晓丑时鸣,白日催年酉时没。腰间红绶系未稳,镜里朱颜看已失。"这里反用其意。

江城子[1]·乙卯正月二十日夜记梦[2]

苏 轼

十年生死两茫茫[3]。不思量[4],自难忘。千里孤坟[5],无处话凄凉。纵使相逢应不识[6],尘满面[7],鬓如霜[8]。

夜来幽梦忽还乡。小轩窗[9],正梳妆。相顾无言,惟有泪千行。料得年年肠断处,明月夜,短松冈[10]。

【译文】

我和她十年生死相隔,音容渺茫,即使不去想念她,也总是难以忘怀。

她的坟墓远在千里之外,既遥远,又很孤单,我无法向她倾诉凄凉。即使相逢,她大概也认不出我来了,我满面风尘,鬓发染霜。

夜梦中我恍惚回到了家乡。见到她还同往常一样正在小窗前梳妆。互相看着没有话说,只有泪千行。我料想年年她因思念我而伤心断肠的地方,就是月夜里的小松冈。

【释义】

[1]词牌名。 [2]乙卯正月二十日夜记梦:词题。乙卯:宋神宗熙宁八年(1075年),苏轼四十岁,时知密州(今山东省诸城县)。 [3]十年生死两茫茫:十年来,双方生死隔绝,什么都不知道了。茫茫:不明的样子。作者写这首词的时候,他的妻子王弗恰恰死去十年。 [4]思量:想念。 [5]千里孤坟:作者妻子的坟墓在四川彭山县,和他当时所在地的密州相距数千里。 [6]纵使:即使,即便。 [7]尘满面:风尘满面。 [8]鬓如霜:两鬓白如秋霜。 [9]小轩窗:小窗。轩:窗的别称。 [10]短松冈:栽着松树的小山冈。

鹊桥仙[1]

秦 观

纤云弄巧[2],飞星传恨[3],银汉迢迢暗度[4]。金风玉露一相逢[5],便胜却人间无数[6]。

柔情似水,佳期如梦[7],忍顾鹊桥归路[8]。两情若是久长时,又岂在朝朝暮暮[9]!

【译文】

片片的云彩做弄出巧妙的花样,牵牛织女两星流露出终年不得见面的离恨,在黑夜里他们渡过了辽阔的天河相会。金秋一次相会,便胜过了人间无数次的约会。

柔情好像天河水,相会的幸福时光,就像美梦般短暂,怎忍心回头看那从鹊桥上回去的道路呢？夫妻两人相爱之情如果是忠贞不渝，天长地久，又岂在乎朝朝暮暮相守？

【释义】

[1]词牌名。 [2]纤云弄巧：片片的云彩做弄出巧妙的花样。 [3]飞星传恨：飞星，指牵牛、织女两星。传恨，流露出终年不得见面的离恨。 [4]银汉迢（tiáo）迢暗度：在黑夜里渡过了辽阔的天河相会。银汉：天河。迢迢：遥远的样子。 [5]金风玉露一相逢：指七夕相会事。金风玉露：指秋天的气候。诗赋家多把金风和玉露并用，如李世民《秋日》诗："菊散金风起，荷疏玉露圆。" [6]胜却：胜过。 [7]佳期：情人约会的日期、时间，也指婚期。 [8]忍顾鹊桥归路：怎么忍心回顾那条从鹊桥回去的道路呢？忍顾：即不忍顾；以语促而省。 [9]朝朝暮暮：指朝夕相聚。宋玉《高唐赋》："朝朝暮暮，阳台之下。"

苏幕遮[1]

周邦彦

燎沉香[2]，消溽暑[3]。鸟雀呼晴，侵晓窥檐语[4]。叶上初阳干宿雨[5]，水面清圆[6]，一一风荷举[7]。

故乡遥，何日去？家住吴门[8]，久作长安旅[9]。五月渔郎相忆否？小楫轻舟[10]，梦入芙蓉浦[11]。

【译文】

燃起名贵的沉香，消去湿闷的暑气。清晨鸟雀欢呼天晴，在屋檐上探头探脑地私语。初升的太阳晒干了叶上昨夜下的雨水。浮在水面上的荷叶是那么圆润，当晨风吹来的时候，朵朵荷花一颠一颠地昂起头。

这荷塘让我想起遥远的故乡，何日我方能归去？家住江南的我，却久在京城客居。五月故乡江上的渔郎们是否还把我忆起？在梦中我驾起小桨划动轻舟，荡入那荷花盛开的池塘。

【释义】

[1]词牌名。 [2]燎(liáo)沉香：小火烧灸。沉香：一种名贵的香料，以入水而沉得名。 [3]溽(rù)暑：夏天潮湿而闷热的天气。 [4]侵晓：天刚亮的时候。 [5]初阳：初升的太阳。干：晒干。宿雨：昨夜的雨。 [6]水面清圆：浮在水面上的荷叶是那么圆润。 [7]一一风荷举：晨风吹来，朵朵荷花一颗一颗地昂起头。一说"荷"为"荷叶"。 [8]吴门：苏州，古代吴国的首都，有吴门、吴中等名称。此借指作者故乡钱塘（今浙江杭州）。 [9]长安旅：客居京城。长安：今陕西西安，汉唐都城。此借指北宋都城汴京（今河南开封）。 [10]楫(jí)：桨。 [11]芙蓉浦：有溪涧可通的荷花塘。芙蓉：古称荷花为芙蓉。浦：水边或河流入海的地方。此指池塘。

一剪梅[1]

李清照

红藕香残玉簟秋[2]。轻解罗裳[3]，独上兰舟[4]。云中谁寄锦书来[5]？雁字回时[6]，月满西楼[7]。

花自飘零水自流。一种相思，两处闲愁。此情无计可消除，才下眉头[8]，却上心头[9]。

【译文】

池塘中的红荷花已经凋零，颜色和香味也随渐劲的秋风日日消退，素白的竹席间渗出了丝丝凉意。轻轻脱下丝绸衣裳，独自登上兰木小船出游。谁从远方寄来我久盼未得的书信呢？举目远望，只见万里碧空中一行南飞的大雁，凄清的月光悄然洒满了西楼，徒然增添了几许惆怅。

花自飘落，水自流去。（我与你）身处异地，却两心相通；彼此一样的思念，一样的愁肠百结。这种相思之情没有办法可以把它消除，方才眉头不皱，心里头却又想念起来。

【释义】

[1]词牌名。这首词黄升《花菴词选》题作《别愁》。 [2]红藕:指红荷花。玉簟(diàn)秋:用竹席有些嫌凉了。玉簟:竹席的美称。 [3]罗裳:用细丝织成的衣裳。 [4]独上兰舟:独自坐船出游。兰舟:木兰舟,船的美称。 [5]云中谁寄锦书来:是谁从远方捎带了信来?谁:实指作者所想念的丈夫赵明诚。锦书:书信的美称。 [6]雁字回时:雁儿飞来的时候。相传雁能传书,故云。雁字:雁群飞行时组成行列,形状如字,故云。 [7]月满西楼:月光洒满了西楼。 [8]才下眉头:方才眉头不皱。 [9]却上心头:心里头却又想念想来。

声声慢[1]

李清照

寻寻觅觅[2],冷冷清清,凄凄惨惨戚戚。乍暖还寒时候[3],最难将息[4]。三杯两盏淡酒,怎敌他、晚来风急!雁过也,正伤心,却是旧时相识[5]。

满地黄花堆积[6],憔悴损,如今有谁堪摘[7]?守着窗儿,独自怎生得黑[8]!梧桐更兼细雨,到黄昏,点点滴滴。这次第[9],怎一个愁字了得!

【译文】

我正在寻找精神上可以寄托的安慰,周围是如此的孤寂冷清,无奈这凄苦愁惨和悲戚。刚暖又寒的天气,最难保养、休息,喝下两三杯淡酒,怎能抵挡那晚风迅急。北来的大雁飞过,接不到书信我正在伤心,它却是我旧时的相识。

菊花堆积满地,憔悴枯损,如今有哪朵可堪采摘、品鉴?在窗前我独自守候,怎样才能挨到那黑夜降临。蒙蒙细雨敲打梧桐叶儿,直到黄昏还点点滴滴下个不停,这一连串的情况,用一个愁字怎能道尽?

【释义】

[1]词牌名。 [2]寻寻觅觅:(作品里主人公抱着百无聊赖的心情)去寻觅精神上可以寄托的安慰。 [3]乍暖还寒时候:忽然回暖,一会儿又冷的时候。[4]最难将息:很难安排自己。将息:有调养、休息的意思。 [5]却是旧时相识:却原来是为她带过书信的旧时相识。这里旧时相识指雁。 [6]黄花:菊花。[7]谁:何。 [8]怎生:怎样。 [9]这次第:这一连串的情况。

醉花阴[2]

李清照

薄雾浓云愁永昼[2],瑞脑销金兽[3]。佳节又重阳,玉枕纱厨[4],半夜凉初透。

东篱把酒黄昏后[5],有暗香盈袖[6]。莫道不销魂[7],帘卷西风,人比黄花瘦[8]。

【译文】

室内兽形铜香炉里的瑞脑将要燃尽,香烟缭绕,如薄雾浓云,这长长的白昼使人愁。又逢重阳佳节,难成眠,躺在碧纱帐里,枕着磁枕,辗转反侧,直到半夜才感到凉气将全身浸透。

黄昏后,在菊园独自饮酒,菊花幽香充溢衣袖。莫说离愁别恨不会使人伤神,看西风卷帘处,人比菊花还要瘦。

【释义】

[1]词牌名。 [2]永昼:长长的白天。 [3]瑞脑销金兽:香料在香炉中渐渐烧完了。瑞脑:香料名。金兽:兽形的铜香炉。 [4]玉枕:磁制的凉枕。纱厨:纱帐。 [5]东篱:菊园的代称。把酒:端着酒杯子喝酒。 [6]暗香:指菊花的幽香。盈袖:充满袖子。 [7]莫道:不要说。销魂:伤神。 [8]黄花:菊花。

诉衷情[1]

陆 游

当年万里觅封侯[2],匹马戍梁州[3]。关河梦断何处[4],尘暗旧貂裘[5]。

胡未灭,鬓先秋[6],泪空流。此生谁料,心在天山[7],身老沧洲[8]。

【译文】

当年我远赴万里从军求建功立业的机会,单枪匹马戍守梁州。边塞戎马生涯像梦一般消逝,醒来不知它在何处?只留下这尘封色暗旧貂裘。

敌人还未灭,白发已满头,老泪空自流。此生谁能料,心在天山,身老江湖。

【释义】

[1]词牌名。 [2]觅封侯:寻觅建立功业以取封侯的机会。 [3]戍梁州:指陆游四十八岁时在汉中川陕宣抚使署任职期间一段军事性的活动。梁州:今陕西汉中市一带,因梁山得名。 [4]关河梦断何处:边塞从军生活像梦一般消逝了。关河:关塞、河防,指边疆。何处:不知何处,无踪迹可寻之意。 [5]尘暗旧貂裘:貂裘积满灰尘,颜色也变了。这里表示长期闲散没有建功立业的机会。《战国策·秦策》:"苏秦说秦王,书十上而不行,黑貂之裘弊,黄金百斤尽,资用乏绝,去秦而归。" [6]鬓先秋:两鬓早已白如秋霜。 [7]天山:在新疆境内,汉唐时的边疆,这里比喻西北抗金前线。 [8]沧洲:水边之地,犹言江湖,古喻隐者住的地方。此借指诗人家乡的镜湖。

钗头凤[1]

陆 游

红酥手[2],黄縢酒[3],满城春色宫墙柳[4]。东风恶[5],欢情薄,一怀愁绪,几年离索[6]。错,错,错![7]

春如旧,人空瘦,泪痕红浥鲛绡透[8]。桃花落,闲池阁[9],山盟虽在[10],锦书难托[11]。莫,莫,莫![12]

【译文】

她用那红润白嫩的手为我斟满了黄封美酒,春意满城,她像绿色的宫墙柳,可望不可即。只怨那可恶的东风吹得欢情不能长久,满腔愁苦怅惘,几年饮恨离别,孤独寂寞。错,错,错啊!

如今春天依然美好,人儿却空自消瘦,胭脂染红相思泪,将那绡帕湿透。桃花缤纷凋谢,池阁凄清寂寥。山盟海誓虽然在,书信却难以投递!莫说,莫说,莫说!

【释义】

[1]词牌名。此词作于绍兴二十五年(1155年),时陆游三十一岁。陆游与前妻唐琬感情甚笃,但迫于母命而离异。此后一娶一嫁,再未见面。这年(1155年)春,陆游独游沈园,邂逅唐琬及其丈夫。唐琬遣人呈酒致意,陆游不胜感慨,情不自禁,作此词,题于园壁。传云:唐琬日后读此词,悲痛欲绝,含泪和作一首(《钗头凤·世情薄》),未几病殁。 [2]红酥手:红润白嫩的手。 [3]黄縢(téng)酒:一种名酒。 [4]宫墙:南宋以绍兴为陪都,故有宫墙,此代指沈园。 [5]东风恶:比喻破坏美满婚姻的封建势力的可恶。 [6]离索:分离孤独。 [7]错:铸成大错。 [8]浥(yì):湿。鲛绡(xiāo):薄纱,绸巾的别称。传说古代南海有鲛人,住在水中,擅长机织,所织的丝绢名叫鲛绡。 [9]池阁:池上楼阁。 [10]山盟:盟誓如山,坚定不移。说明深爱不变。 [11]锦书难托:书信难通。

[12]莫:休再提起。

菩萨蛮[1]·书江西造口壁[2]

辛弃疾

郁孤台下清江水[3],中间多少行人泪[4]。西北望长安[5],可怜无数山。

青山遮不住,毕竟东流去。江晚正愁余[6],深山闻鹧鸪[7]。

【译文】

郁孤台下那奔腾不息的赣江水呵,当年曾经流淌着多少行人的血和泪!向西北方向遥望中原故都,可惜被连绵不断的群山所遮挡。

青山虽然可以遮住人们的视线,但它毕竟遮挡不住这波涛滚滚的赣江水,江水冲破重峦叠嶂,经过无数次波折,终于浩浩荡荡地向东奔流而去。当江边夜幕降临,我正在惆怅的时候,深山里又传来了鹧鸪鸟"行不得也"的鸣叫声,实在令人难过。

【释义】

[1]词牌名。 [2]造口:又称皂口,在今江西万安县西南六十里处。 [3]郁孤台:在今江西赣州市西南。清江:赣江。 [4]行人:指流离失所的人们。 [5]长安:代指国都。 [6]余:我。 [7]鹧鸪:鸟名,其声凄苦,飞必南向,啼声似说"行不得也哥哥"。

永遇乐[1]·京口北固亭怀古[2]

辛弃疾

千古江山,英雄无觅孙仲谋处[3]。舞榭歌台[4],风流总被雨打风吹去[5]。斜阳草树,寻常巷陌[6],人道寄奴曾住[7]。想当年[8],

金戈铁马[9],气吞万里如虎。

元嘉草草,封狼居胥,赢得仓皇北顾[10]。四十三年[11],望中犹记,烽火扬州路[12]。可堪回首,佛狸祠下[13],一片神鸦社鼓[14]!凭谁问:廉颇老矣,尚能饭否[15]?

【译文】

江山千年长存,可是像孙仲谋那样的英雄已无处可寻了。(从前的)歌舞台谢,流风余韵,都被历史的风雨冲刷殆尽了。西沉的夕阳照射在草木上,人们传说那普通的街道是南朝宋武帝刘裕曾经住过的地方。回想当年他率兵北伐,兵强马壮,气势如同猛虎一般,简直要把盘踞万里中原的敌人生吞下去。

南朝宋文帝刘义隆,毫无准备就出师北伐,好大喜功,想要建立像霍去病封狼居胥山那样的功绩,最后只落得仓皇逃回的悲惨结局。四十三年过去了,如今北望的时候,还记得当年扬州以北地区战火弥漫的情景。不堪回顾,现在佛狸庙里竟然是击鼓祭神,乌鸦争食祭品,一片升平景象。还指望谁来过问:"廉颇老了,饭量还好吗?"

【释义】

[1]词牌名。 [2]京口:今江苏镇江市。北固亭:在镇江市东北北固山上,面临长江,又名北固楼。 [3]英雄无觅孙仲谋处:无处寻找英雄孙仲谋(那样的人物)了。仲谋:孙权的字。他曾在京口建立吴都,并曾打败来自北方的曹操的军队。 [4]舞榭(xiè)歌台:歌舞的台榭。榭:台上的房子。 [5]风流:指英雄事业的流风余韵。 [6]寻常巷陌:普通的街道。 [7]寄奴曾住:南朝宋武帝刘裕小字寄奴。他的先世由彭城移居京口,他自己在这里起事,平定桓玄的叛乱,终于推翻东晋,做了皇帝。 [8]当年:指刘裕为了恢复中原大举北伐的之时。 [9]金戈:用金属制成的长枪。铁马:披着铁甲的战马。金戈、铁马都是当时精良的军事装备。这里指代精锐的部队。 [10]元嘉草草,封狼居胥,赢得仓皇北顾:宋文帝刘义隆(刘裕的儿子)在元嘉二十七年(450年),草率出师北

伐，想要建立像古人封狼居胥山那样的功绩，只落得自己北望敌军而仓皇失措。封狼居胥：汉朝霍去病追击匈奴至狼居胥山（今内蒙古自治区西北部），封山（筑土为坛以祭山神，纪念胜利）而还。南朝宋文帝刘义隆命王玄谟北伐，玄谟陈说北伐的策略。文帝说："闻王玄谟陈说，使人有封狼居胥意。"后来北伐失败。作者借此事咏当时南宋近事，指宋孝宗隆兴元年（1163年）张浚北伐，在符离（今安徽省宿县符离集）兵败的事。 [11]四十三年：作者于宋高宗赵构绍兴三十二年（1162年）从北方抗金南归，至宋宁宗赵扩开禧元年（1205年）任镇江知府写这首词时，前后共四十三年。 [12]烽火：指金兵南下的战火。路：宋朝的行政区域名。扬州属淮南东路。 [13]佛（bì）狸祠：后魏太武帝小字佛狸。他击败王玄谟的军队以后，统率追兵到达长江北岸的瓜步山（今江苏省六合县东南二十里处）。在山上建立行官，即后来的佛狸祠。 [14]一片神鸦社鼓：乌鸦的叫声和击鼓声响成一片。神鸦：庙里吃祭品的乌鸦。社鼓：社日祭神的鼓声。[15]凭：依仗，依靠。廉颇：赵国名将。《史记·廉颇蔺相如列传》记载：廉颇免职后，跑到魏国。赵王想再用他，派人去看他的身体情况。"廉颇之仇郭开多与使者金，令毁之。赵使者既见廉颇，廉颇为之一饭斗米，肉十斤，被（通"披"）甲上马，以示尚可用。赵使还报王曰：'廉将军虽老，尚善饭，然与臣坐，顷之三遗矢（屎）矣。'赵王以为老，遂不召。"

清平乐[1]·村居

辛弃疾

茅檐低小[2]，溪上青青草。醉里吴音相媚好[3]，白发谁家翁媪[4]。

大儿锄豆溪东，中儿正织鸡笼；最喜小儿无赖[5]，溪头卧剥莲蓬[6]。

【译文】

茅屋低矮小巧，溪边长满青青草。醉里听到交谈的吴语感到亲切美妙，那白发夫妇是谁家二老？

大儿在溪东锄地,二儿在家编织鸡笼,最喜爱的小儿真淘气,趴在溪头剥吃莲蓬。

【释义】

[1]词牌名。 [2]茅檐:茅草屋。 [3]吴音:吴地口音。 [4]媪(ǎo):老太太。 [5]无赖:此指顽皮,淘气。 [6]卧:一作"看"。莲蓬:莲房,莲实。

丑奴儿[1]·书博山道中壁[2]

辛弃疾

少年不识愁滋味,爱上层楼[3]。爱上层楼,为赋新词强说愁[4]。而今识尽愁滋味,欲说还休[5]。欲说还休,却道天凉好个秋!

【译文】

少年时候不知道愁滋味,爱上高楼。爱上高楼,为写新词勉强说愁。

而今尝尽了愁滋味,想说(愁)又停留。想说(愁)又停留,却说天凉了,好一个秋!

【释义】

[1]通称"采桑子",词牌名。 [2]博山:山名,在江西省广丰县西南二三十里。古名通元峰。 [3]层楼:高楼。 [4]强说愁:没有愁而勉强说愁。强:勉强。 [5]欲说还休:想说(愁)而说不出口。

西江月[1]·夜行黄沙道中[2]

辛弃疾

明月别枝惊鹊[3],清风半夜鸣蝉。稻花香里说丰年,听取蛙声一片。

七八个星天外，两三点雨山前。旧时茅店社林边[4]，路转溪桥忽见[5]。

【译文】

明亮的月光，惊得鹊儿从这枝头飞到另一枝头，清凉的风儿吹得蝉儿在半夜里还鸣个不休。阵阵稻花香预示一年好光景，听那蛙声一片，正是歌唱将要到来的丰收年。

七八颗星在流云中时隐时现，两三点雨从云层中洒落山前。在夜色中难找往日住过的茅店避雨，仿佛记得它在土地庙的树林边，转弯走过溪桥，茅店突然在面前出现。

【释义】

[1]词牌名。　[2]黄沙道：即黄沙岭，在江西上饶西。　[3]别枝：另一枝。[4]社林边：土地庙的树林边。社：土地庙。　[5]忽见（xiàn）：忽然显露。见：通"现"。

破阵子[1]·为陈同甫赋壮词以寄之[2]

辛弃疾

醉里挑灯看剑[3]，梦回吹角连营[4]。八百里分麾下炙[5]，五十弦翻塞外声[6]。沙场秋点兵[7]。

马作的卢飞快[8]，弓如霹雳弦惊[9]。了却君王天下事[10]，赢得生前身后名。可怜白发生！

【译文】

深夜我带着醉意拨亮油灯细看宝剑，清晨梦醒时座座军营号角连天响。军旗下，将士们分食着烤牛肉，古瑟弹奏出塞外战歌声多么悲壮。战场上阅兵正值萧瑟秋天。

战马犹如的卢一样飞奔向前,弓箭声就像霹雳,使敌人吓破胆。完成君王收复失地统一国家的大业,赢得生前身后的美名。可惜啊,壮志未酬白发已在两鬓增添!

【释义】

[1]词牌名。 [2]陈同甫(一作陈同父):即陈亮,字同甫。婺州永康(在今浙江省)人,平生反对与金议和,坚持抗战,是辛弃疾志同道合的朋友。赋:作。 [3]挑灯看剑:挑亮油灯,细看宝剑。表示杀敌立功的心愿。 [4]梦回:梦醒。角:号角。连营:一个接一个的军营。 [5]八百里:牛的代称,《世说新语·汰侈》:"王君夫(恺)有牛,名八百里駁……"麾(huī)下:指部下,军中。麾:旌旗。炙(zhì):烤肉。 [6]五十弦:指古代乐器瑟。瑟有二十五根弦,古代传说瑟本有五十根弦。翻:变换。此指演奏。塞外声:边塞上雄壮的军歌声。 [7]沙场:战场。点兵:查对,检核士兵,即阅兵。 [8]作:如,像。的卢:良马名。 [9]霹雳:比喻猛烈的弓弦声。 [10]了却:完成。天下事:指收复中原失地,实现国家统一的大事。

青玉案[1]·元夕[2]

辛弃疾

东风夜放花千树[3]。更吹落、星如雨[4]。宝马雕车香满路[5]。凤箫声动[6],玉壶光转[7],一夜鱼龙舞[8]。

蛾儿雪柳黄金缕[9],笑语盈盈暗香去[10]。众里寻他千百度[11]。蓦然回首[12],那人却在,灯火阑珊处[13]。

【译文】

元宵夜,满街彩灯如同春风吹开了千树繁花。那漫天的花灯,又好像东风吹落的繁星,密集的雨点。富贵人家的宝马雕车驶过,留下满路浓郁的香气。悠扬的凤箫声在夜空中回荡,月儿西沉,倩影转动,整夜鱼龙彩灯不停地欢舞。

美女们打扮得花枝招展,头上戴着黄金缕缠扎的蛾儿雪柳,说笑含情,衣香在暗中浮动,随她们而去。在人群中我千遍万遍地苦苦寻觅她,总不见她的身影。忽然回头,只见她却在灯火冷落的地方,还未归去,似有所待。

【释义】

[1]词牌名。 [2]元夕:农历正月十五为元宵节,又称元夕、元夜。此为词题。 [3]东风夜放花千树:形容元夜灯火极盛,如同千树花开。 [4]星如雨:满天花灯如雨点一般密。 [5]宝马雕车:指豪门贵族的华美车马。宝马:装饰着珠宝的马。雕车:雕刻着花纹的车。 [6]凤箫:即排箫,系用小竹管编排而成,长短不齐,形如凤翼。 [7]玉壶光转:月亮(向西边)转动过去。玉壶:月亮的代称。 [8]鱼龙舞:指鱼灯、龙灯的表演。 [9]蛾儿雪柳黄金缕:妇女们打扮得很漂亮。蛾儿、雪柳、黄金缕都是妇女头饰。 [10]暗香:幽微的香气。这里指穿着华丽的妇女。 [11]众里寻他千百度:在众多的妇女中寻找她千百遍。他:这里指她,女性。度:遍。 [12]蓦(mò)然:忽然。 [13]阑珊:冷落的样子。

齐天乐[1]

姜　夔

丙辰岁[2],与张功父会饮张达可之堂[3]。闻屋壁间蟋蟀有声,功父约予同赋,以授歌者。功父先成,辞甚美。予裴回末利花间[4],仰见秋月,顿起幽思,寻亦得此[5]。蟋蟀,中都呼为促织[6],善斗。好事者或以三二十万钱致一枚,镂象齿为楼观以贮之[7]。

庾郎先自吟《愁赋》[8],凄凄更闻私语。露湿铜铺[9],苔侵石井,都是曾听伊处[10]。哀音似诉,正思妇无眠,起寻机杼[11]。曲曲屏山[12],夜凉独自甚情绪?

西窗又吹暗雨，为谁频断续，相和砧杵[13]？候馆迎秋[14]，离宫吊月[15]，别有伤心无数。豳诗漫与[16]。笑篱落呼灯[17]，世间儿女。写入琴丝[18]，一声声更苦！

【译文】

宋宁宗庆元二年（1196年），我与张功父会饮于张达可家。听到屋内墙脚下有蟋蟀在鸣唱，功父约我同时以此为题材写词，送给唱歌的人来演唱。功父先我写成了词，词句甚美。我在茉莉花间徘徊，抬头见秋月当空，顿时浮想联翩，马上也写下了这首词。蟋蟀，汴京里称它为促织，善斗。有的人拿三二十万钱买一只，象牙雕刻成小楼阁以为其住所。

庾信早年曾作《愁赋》这样的名篇，现在又听到凄凉私语的蟋蟀鸣声。夜露浸湿黄铜作的门环，青苔盖满的石块，雕砌的井栏，都是听到它凄凉鸣唱的地方。它悲哀的鸣声好像是一声声哭诉，思妇听了难以入睡，起来寻找机杼，以排遣心头的惆怅。面对着眼前这屏风上重叠的远山，秋深夜寒，这孤独的人儿是怎样的情绪！

西窗外寒风又暗暗地吹送秋雨，溪流边断断续续的蟋蟀愁鸣声与捣衣声相应和，是为谁传来的？它以愁鸣迎来候馆之秋，凭吊离宫之月，别有伤心无数。我受《豳》诗有关蟋蟀描写的触发，故而即景填词，率然而成。可笑的是孩子们兴高采烈地提着灯笼在篱笆下捉蟋蟀，他们哪里知道我内心的痛苦呢？蟋蟀凄凄私语，谱成乐曲，从琴弦上传出，一声声更苦。

【释义】

[1]词牌名。 [2]丙辰岁：宋宁宗庆元二年（1196年）。 [3]张功父：张镃（zī）字功父，号约斋，有《南湖诗余》。张达可：不详。 [4]裴回：徘徊。 [5]寻：不久，旋即。 [6]中都：指汴京（今河南开封市）。 [7]楼观：楼台。 [8]庾郎：庾信，曾作《愁赋》。 [9]铜铺：铜做的铺首，用来装在门上衔门环的。这句指门外边。 [10]伊：你。 [11]机杼（zhù）：织布机。这句说失眠的思妇听了蟋蟀的鸣声起来寻找纺织的机杼。 [12]屏山：屏风，上面刻着遥

山远水,容易触发思妇的离情。 [13]砧(zhēn)杵(chǔ):捣衣具。砧:垫石。杵:槌棒。古代妇女常在夜间赶洗衣服寄给远方征人。这两句是说蟋蟀的鸣声跟捣衣的声音为什么这样凄切不断地唱和着呢? [14]候馆:客馆。[15]离宫:行宫,皇帝出巡时居住之所,这两句写靖康之耻。 [16]《豳(bīn)》:《诗经·豳风·七月》。诗漫与:即景抒情、率意而作(词)。 [17]篱落:篱笆。篱落呼灯:写孩子们夜里提灯笼到园子里去捉蟋蟀的活动。[18]写入琴丝:谱成乐曲,入琴弹奏。

扬州慢[1]

姜 夔

淳熙丙申至日[2],予过维扬[3]。夜雪初霁[4],荠麦弥望[5]。入其城,则四顾萧条,寒水自碧。暮色渐起,戍角悲吟[6]。予怀怆然,感慨今昔,因自度此曲[7]。千岩老人以为有《黍离》之悲也[8]。

淮左名都[9],竹西佳处[10],解鞍少驻初程[11]。过春风十里[12],尽荠麦青青。自胡马窥江去后[13],废池乔木,犹厌言兵[14]。渐黄昏,清角吹寒[15],都在空城[16]。

杜郎俊赏[17],算而今,重到须惊[18]。纵豆蔻词工[19],青楼梦好[20],难赋深情[21]。二十四桥仍在[22],波心荡,冷月无声。念桥边红药[23],年年知为谁生!

【译文】

宋孝宗三年(1176年)的冬至那天,我经过扬州。夜雪刚停,天气转晴,满眼都是荠菜野麦。进入扬州城,四顾萧条,寒水自碧。暮色渐起,军营里传出号角的悲鸣声。我内心悲伤,为扬州昔盛今衰而感慨,因而自己创制《扬州慢》这个词调。千岩老人(萧德藻)认为此词调有《黍离》之悲。

扬州是淮东地区著名的都会,扬州城东禅智寺侧有竹西亭,那一带的环境很幽静。下马解鞍,暂时在初行的这段路歇歇吧。昔日繁华的春风十里扬州路,而如今望去满眼荠麦青青,多么萧条冷落。人们看见因金兵南侵而遭破坏的城池、大树,至今仍厌恶谈到那种破坏正常生活的战争。黄昏时候,凄清的号角声随着凛冽的寒风飘过,回荡在这座荒凉的空城之上,令人不胜伤痛。

像唐代诗人杜牧那样才华横溢,如果今日重到扬州,一定会为现在的荒凉萧条而大吃一惊。即使有杜牧写"豆蔻"、"青楼梦"诗的才华也难以表达我此时悲怆的深情。杜牧笔下的二十四桥还在,水波动,而冷月却寂然无声。想桥边美丽的红芍药啊,她们年年为谁盛开呢?

【释义】

[1]词牌名。 [2]淳熙丙申至日:宋孝宗三年(1176年)的冬至日。 [3]维扬:今江苏省扬州市。 [4]霁(jì):雨、雪后天气转晴。 [5]荠(jì)麦弥望:满眼都是荠菜和麦子。荠:荠菜,一种野菜,嫩叶可食。 [6]戍角:驻军的号角声。 [7]自度此曲:自己创制《扬州慢》这个词调。 [8]《黍离》:《诗经·王风》中的篇名。旧说周平王东迁后,周大夫经过西周故都,悲叹宫室宗庙毁坏,长满禾黍,就作了这首诗。因此,后来常用"禾黍"来表示对国家昔盛今衰的痛惜伤感之情。 [9]淮左:淮水东面。扬州在淮东。 [10]竹西佳处:指扬州。 [11]初程:长途旅行的第一阶段。程:里程。 [12]春风十里:写扬州的繁华的街道。杜牧《赠别》诗:"春风十里扬州路,卷上珠帘总不如。" [13]自胡马窥江去后:自从胡人的军队窥伺长江离去以后。此指南宋时,金兵南侵长江流域。胡:我国古代对北方和西方各民族的泛称。这里指北方的金国。 [14]池:城池,泛指城市。乔木:主干高大、与分枝有明显区别的木本植物,如松,杨等。泛指大树。犹厌言兵:至今仍厌恶谈到(那种破坏正常生活的)战争。厌:厌恶。 [15]渐:逐渐,徐进。清角吹寒:凄清的号角在寒气中吹响。 [16]都:汇集,聚。空城:指劫后的扬州。 [17]杜郎俊赏:扬州是杜牧的游赏之地。俊赏:卓越的鉴赏力。 [18]算而今重到须惊:估计杜牧今天重到扬州,也定会感到吃惊。 [19]纵豆蔻词工:即使有杜牧写"豆蔻"诗的技巧。纵:即使。工:技巧。

[20]青楼梦好：像杜牧"青楼梦"诗做得那样好。　[21]难赋深情：难以表达我此时悲怆的深情。　[22]二十四桥：传说扬州城里原有二十四座桥。一说"二十四桥"即扬州吴家砖桥，因古时有二十四位美人吹箫于桥上而得名。杜牧《寄扬州韩绰判官》："二十四桥明月夜，玉人何处教吹箫。"　[23]桥边红药：二十四桥边的红芍药花。